A.JANES

Jeux Coupables
Tome 2/2

Entre passion et raison elle va devoir choisir

A.JANES

Avertissements :

Ce livre pourrait ne pas convenir à tous les publics, car des scènes de sexe explicites ou des propos peuvent heurter la sensibilité des lecteurs.

Les personnages et les situations de ce récit étant purement fictifs, toute ressemblance avec des personnes ou des situations existantes ou ayant existé ne saurait être que fortuite.

Les propos et les pensées des personnages ne sont en aucun cas le reflet des pensées de l'auteur.

Date de dépôt légal : Octobre 2022

ISBN : 978-1-7782562-3-3

TABLE DES MATIÈRES

Note concernant la lecture :

Pour faciliter la fluidité de la lecture, les dialogues en anglais sont directement traduits.
Il est supposé que les personnages non mentionnés comme francophones parlent anglais.

Résumé tome 1

Moi, c'est Emma, 28 ans. Jusqu'à l'année dernière, ma vie roulait parfaitement dans la bonne direction, sur des rails solides. J'exerçais le métier de mes rêves, dans une des capitales de la culture, en couple avec un homme adorable et maman d'un petit garçon formidable. Et puis, il y a eu un tout petit accrochage. Pas grand-chose, vraiment. Mais le train de mon existence a fini par dérailler complètement et ma locomotive a atterri dans le fossé.

Que s'est-il passé ? Au milieu de la jungle new-yorkaise, le hasard a conduit sur mon chemin mon ancien professeur de français, Matthias, qui se trouve être également le premier homme à avoir fait chavirer mon cœur. Et à partir de là, ma petite vie bien tracée s'est effondrée. Non seulement j'ai entamé une relation avec lui, mais j'ai été assez bête pour lui mentir au sujet de ma contraception et je suis tombée enceinte. Pour couronner le tout, lorsque mon amant a appris ma faute, il a disparu de la surface de la Terre. Ah oui, et mon conjoint m'a demandée en mariage. Comme si tout n'était pas assez compliqué, j'ai bien entendu accepté. Et maintenant, je me retrouve avec un nourrisson sur les bras dont je ne sais pas qui est le père. Personne pour m'aider à remettre le train sur la voie ?

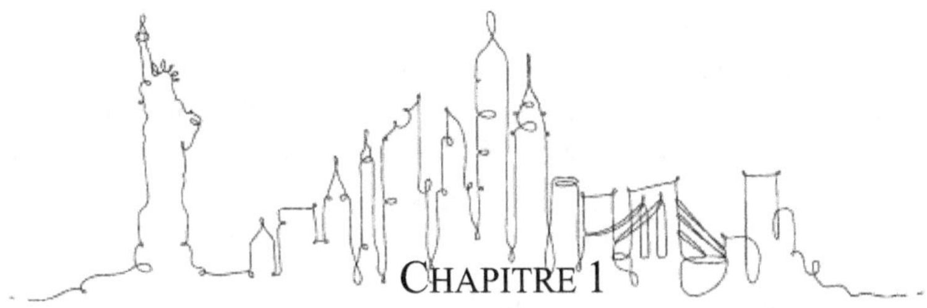

CHAPITRE 1

Trois coups se font entendre à la porte. Super, il s'agit probablement des sages-femmes qui viennent faire les vérifications obligatoires pour le bébé ou moi, elles vont donc demander à Sonia et Emily de quitter la chambre. Je ne pouvais pas espérer mieux.

— Entrez, hurlé-je, presque soulagée par cette interruption.

Un énorme bouquet fait son entrée, cachant la personne qui le porte. Puis les fleurs se baissent et mon cœur s'arrête.

Matthias se tient devant nous, un sourire terriblement niais sur le visage, comme si c'était la chose la plus naturelle au monde.

Mon sang se glace. Je n'étais pas préparée à cette situation. Malgré tout, je suis soulagée qu'il semble plus gêné que victorieux. Est-il venu pour moi ? S'attendait-il vraiment à me trouver seule ?

Emily réagit en premier :

— Monsieur Simeo ? Ça alors, que faites-vous ici ?

Comme au ralenti, je vois Sonia tourner la tête vers moi et recoller les morceaux qu'elle avait certainement commencé à reconstituer depuis quelque temps. Ses yeux écarquillés me montrent clairement que tout est maintenant limpide dans son esprit. Je la supplie discrètement du regard tout en secouant la tête pour lui exprimer que le moment est très mal choisi pour une révélation.

Valentin est trop distrait par Matthias pour remarquer quoi que ce soit.

— Vous étiez notre prof de français en première, c'est bien ça ? interroge-t-il.

Il marque une courte pause pour le détailler.

— Mais pourquoi êtes-vous ici ?

Matthias ne répond pas tout de suite. Il a l'air de faire face à un dilemme. Son mépris pour le mensonge est-il plus fort que son empathie envers moi ? Après tout, il m'a bien ignorée des mois durant sans se soucier de mes sentiments, donc je ne pense pas que ça change aujourd'hui. Je n'ose même pas le regarder pour ne pas éveiller plus de soupçons.

— Je me rends compte à l'instant que je me suis trompé de chambre, affirme-t-il en se raclant la gorge, quelle coïncidence de tomber sur quatre de mes anciens élèves. Décidément, le monde est petit.

Il opère alors un demi-tour, mais avant qu'il ne sorte, Valentin l'interpelle.

— Quelle chambre cherchez-vous au juste ? Est-ce que vous visitez quelqu'un en particulier ?

Matthias paraît de plus en plus mal à l'aise. Mais son assurance reprend rapidement le dessus et il répond avec un ton sec :

— Je viens rendre visite à un ami qui s'est cassé la jambe. Manifestement, je me suis trompé d'étage, puisque celui-ci semble être dédié aux nouveau-nés. Si vous voulez bien m'excuser.

Il passe enfin la porte puis s'en va. Mon cœur reprend un rythme un peu plus normal même si je ne suis pas encore tirée d'affaire.

Valentin tourne la tête vers moi, incrédule.

— Ce n'est pas avec lui que tu avais eu une sorte d'histoire ?

J'ouvre de grands yeux comme si je ne me rappelais pas de quoi Valentin voulait parler.

— Je… je ne sais plus, bredouillé-je, le lycée remonte à tellement longtemps. C'est possible.

— Bien sûr que c'était lui et tu ne peux pas ne pas t'en rappeler. Donc soit tu joues la comédie, soit ce sont les hormones qui parlent, pouffe Emily.

— C'est vraiment très étrange, ajoute Valentin en me regardant, quelle est la probabilité pour que notre ancien prof de français, avec qui tu as eu une relation, débarque le jour de la naissance de notre fille ?

S'agit-il d'une question ou d'une accusation ?

— Je n'ai pas fait d'études de statistiques, mais les chances sont probablement très fines. Un de ces mystères de la vie. Et puis, nous n'avons pas eu de relation, réponds-je en haussant les épaules.

Emily, qui semble surexcitée, prend la parole avant que Valentin ne puisse répliquer :

— Quoi qu'il en soit, le hasard fait bien les choses et c'est le moment ou jamais pour moi de réaliser un fantasme de plus. Je vais essayer de le croiser à la cafétéria.

— Attends, Valentin, peux-tu l'accompagner ? interpelle Sonia alors qu'Emily se dirige déjà vers la porte, je pense qu'Emma a besoin d'un petit café, elle n'a pas l'air dans son assiette.

Valentin acquiesce et rejoint Emily. À peine la porte est-elle refermée, que Sonia se jette sur moi.

— C'est avec lui que tu couches ?

Terrifiée à l'idée que Sonia ait parlé trop fort, je ne trouve qu'à répondre :

— Chuuuut ! Ils viennent de sortir, ils risquent de t'entendre.

— Donc j'ai raison ? renchérit Sonia, la mine déçue.

Les deux mains sur les hanches et les yeux en l'air, elle semble réfléchir.

— C'était donc bien lui l'année dernière à ta galerie ? Et quand j'ai vu son prénom ? Que tu m'as fait croire qu'il s'agissait de quelqu'un d'autre ? Tu es douée... Et moi, vraiment très crédule. On devrait me renvoyer du barreau.

Cela ne servirait à rien de nier. Elle a tout compris. Je ne me sens pas la force de me défendre. Tout ce qui m'intéresse est de la convaincre de garder cette information secrète.

— Je t'en supplie, n'en parle pas à Valentin. Nous venons d'avoir un bébé, cette nouvelle l'anéantirait. Donne-moi au moins un peu de temps.

D'habitude, mes yeux de chiens battus suffisent à l'amadouer. Mais je ne crois pas que ce sera le cas aujourd'hui. Sonia ronge ses ongles, attitude très exceptionnelle chez elle, tout en tournant en rond autour du lit dans lequel je suis allongée.

— Je ne sais pas, finit-elle par lâcher nerveusement, je dois réfléchir. Emma, tout est confus dans ma tête pour le moment, je ne comprends pas comment j'ai pu manquer ça. Depuis combien de temps ? Comment vous êtes-vous recontactés ? Il n'avait pas une femme ?

Ses questions m'embrouillent. Je balbutie des onomatopées et elle reprend :

— Bon tu sais quoi, ce n'est pas vraiment le moment. Tu viens juste d'accoucher et moi je dois digérer l'information.

Elle continue ses allers-retours qui me donnent le tournis et semble complètement paniquée. Beaucoup plus que moi, bizarrement.

— So, calme-toi, lui intimé-je, tu sembles plus bouleversée que moi.

— Parce que le ciel me tombe sur la tête Em, et que je suis désolée, mais je ne sais pas si je vais être capable de mentir pour toi, me lâche-t-elle l'air vraiment confus, je vais y aller pour le moment, on en rediscute plus tard, d'accord ? Je n'arriverai pas à regarder Valentin en face. Et Emily non plus. On se revoit rapidement.

Je m'interroge sur ce qu'Emily fait dans cette histoire, mais je préfère me taire pour le moment, car ma question serait certainement très malvenue.

Sonia récupère son sac puis quitte la pièce. La chambre me semble maintenant beaucoup trop calme. Malgré l'adorable petit bébé qui dort à côté de moi, la solitude me pèse de tout son poids.

Ma fille gazouille dans son minuscule berceau blanc. Mon regard s'arrête sur ses yeux. Ses beaux yeux clairs. Ils m'ont pétrifiée lorsque l'infirmière m'a tendu Mia pour la tenir dans mes bras. Ces deux prunelles que j'ai tant espérées de la même couleur que celles de son père et de son frère. À la naissance d'Ethan, avec ses yeux brun foncé, il n'y avait pas de doute possible. « Il est le portrait craché de son père. » pouvais-je entendre à longueur de journée. Mes recherches sont claires : si Mia avait eu les yeux marron, le test ADN aurait été inutile. Cela aurait directement signifié qu'ils lui venaient de Valentin. Et, ayant les yeux verts et Matthias bleus, la probabilité que l'on ait un enfant aux yeux foncés est quasi nulle.

Je suis tellement concentrée dans la contemplation du regard de mon bébé que je n'entends pas la porte s'ouvrir. La voix de Valentin me fait sursauter.

— Tu m'as l'air bien absorbée par les yeux de notre fille. Ils sont très bleus, ne trouves-tu pas ?

Je me ressaisis et rétorque en adoptant un ton léger :

— Ils ressemblent plus aux miens qu'aux tiens cette fois. Ne sois pas jaloux.

Valentin ne rebondit pas à la blague.

— Tiens, je t'ai pris un café noir, déclare-t-il en me jetant presque le gobelet dessus.

Je prends toujours du lait et du sucre dans mon café. Valentin le sait forcément et son attitude traduit sa contrariété à la suite de l'apparition de Matthias. Bien entendu, je ne souhaite pas mettre le sujet sur le tapis, mais, au fond de moi, je sais qu'il ne pourra pas être évité indéfiniment. Évidemment, Emily met les pieds dans le plat.

— La vie est drôle parfois quand même. Quelles étaient les chances ? Ah, je me sens bête de ne pas avoir pris son numéro quand j'en avais l'occasion. Maintenant, je vais devoir arpenter les rues de New York dans l'espoir de le retrouver, rigole-t-elle.

Elle est bien la seule à rire. Valentin ne desserre pas les dents et un haut-le-cœur me saisit lorsque je tente d'ouvrir la bouche. Un lourd silence pèse dans la pièce. Emily finit par remarquer la tension ambiante.

— Je vais rentrer rejoindre Sonia. Elle m'a envoyé un texto pour m'expliquer qu'elle se sentait mal et qu'elle devait se reposer.

— Je t'accompagne, lance alors Valentin.

— Mais pourquoi ? demandé-je, prise au dépourvu, tu ne veux pas rester avec Mia et moi ?

— J'ai promis à Ethan que je rentrerai. On se voit demain. Comme tu as interdit à tout le monde de venir aujourd'hui, ils seront tous à la maison quand nous arriverons. Prépare-toi.

Il prend ses affaires et passe la porte avec Emily, qui m'adresse un signe de la main en guise d'au revoir.

La peur me cisaille le ventre. Je crois bien que Valentin a tout compris. Ou peut-être est-il seulement fâché, car l'arrivée soudaine de Matthias lui a rappelé l'histoire qu'il y avait eu entre nous deux ? Quoi qu'il en soit, je n'en saurai pas plus avant demain. Bébé Mia pleure et moi aussi. La nuit s'annonce longue.

Le lendemain, Valentin revient pour nous récupérer, Mia et moi. Il m'adresse à peine un bonjour. Le trajet jusqu'à chez nous se fait en silence. Lorsqu'il se gare devant notre maisonnette, la petite dort dans son siège auto. J'observe la façade vieillie de notre humble habitation. Le souvenir de notre emménagement se rappelle à moi, comme un rêve lointain et joyeux, où tout était simple. Malgré la crispation au fond de mon ventre, je sais qu'une conversation s'impose. Je préfère me retrouver au pied du mur maintenant et devoir avouer, plutôt que de continuer sans crever l'abcès qui s'est formé depuis que mon amant a débarqué à la maternité. Alors que Valentin s'apprête à descendre de la voiture, je prends mon courage à deux mains.

— Attends ! Tu m'ignores depuis hier. J'aimerais comprendre pourquoi. Nous venons tout juste d'avoir un deuxième enfant, ce n'est pas le moment de creuser un fossé entre nous.

Mes paroles n'ont aucun effet sur mon fiancé, il me snobe comme si j'étais une inconnue.

— Es-tu énervé, car nous avons croisé monsieur Simeo ? tenté-je à nouveau.

Mes mots sont choisis soigneusement, surtout le fait que je le mentionne par son nom de famille. Je retiens mon souffle. Valentin grimace.

— Bien sûr que cela m'a contrarié. Je n'ai jamais réellement digéré votre amourette et je trouve cela incongru qu'il refasse surface maintenant. C'est quand même une drôle de coïncidence, tu ne trouves pas ?

Il marque une pause puis reprend en appuyant son regard, qui semble s'être assombri depuis hier, dans le mien :

— Peux-tu me regarder dans les yeux et m'affirmer que tu n'as rien à voir avec son arrivée soudaine ?

Mon cœur est à l'arrêt. Mon histoire avec Valentin défile devant mes yeux. Si j'avoue maintenant, je ne donne pas cher de notre couple. La vérité est au bord de mes lèvres. Mais je résiste.

— Bien entendu que je peux te l'affirmer ! Mais qu'est-ce que tu vas t'imaginer ? Que je l'ai invité ? assuré-je de mon ton le plus convaincant, satisfaite de mon demi-mensonge.

Valentin me scrute. Il est probablement en train de jauger s'il peut me croire ou non.

— Ok, très bien, si tu le dis, finit-il par lâcher.

Il s'extirpe ensuite de la voiture pour récupérer notre fille. Je respire enfin, avant d'ouvrir la portière et m'échapper de l'habitacle. Je dois faire face à une nouvelle épreuve à l'intérieur, où tout le monde attend impatiemment de rencontrer Mia.

******

Les journées se succèdent ensuite à un rythme éreintant. D'abord parce que ma famille met bien trop de temps à rentrer en France, puis parce que la vie avec deux enfants n'est pas de tout repos. Six semaines s'écoulent sans que je ne le réalise. Entre les réveils nocturnes et la routine d'Ethan, Valentin et moi nous croisons sans vraiment nous voir. Une fois mes parents repartis, tout s'accélère de nouveau. J'arrive même à oublier l'incident de l'hôpital et je réalise à peine que ni Sonia ni Matthias n'ont repris contact depuis la naissance de Mia.

Parfois, dans l'un de mes rares moments de répit, j'imagine cette épée de Damoclès au-dessus de ma tête, pour représenter ces deux personnes à la fois si proches de moi et en même temps si éloignées à présent.

Alors que je suis dans la cuisine à tenter tant bien que mal de nettoyer une tache de régurgitation sur un de mes chemisiers et que Valentin dort avec Mia à l'étage, la sonnerie de mon téléphone retentit à mes oreilles. Le nom de Sonia s'affiche et ma respiration se bloque comme un automatisme de défense.

— Allô, réponds-je, la gorge nouée.

— Emma, c'est Sonia. Je suis désolée de ne pas avoir donné de nouvelles plus tôt, mais toute cette situation me met vraiment mal à l'aise. Est-ce un bon moment pour t'appeler ?

Je tends l'oreille pour vérifier qu'aucun bruit n'émane de l'étage supérieur. Calme plat.

— Oui vas-y, je suis seule.

Mon cœur tambourine dans ma poitrine. J'ai très peur qu'elle me demande de tout révéler à Valentin, ce dont je ne me sens pas capable.

— Pouvons-nous nous voir aujourd'hui ? reprend-elle, je sais bien que tu as accouché il y a seulement quelques semaines, mais nous devons nous parler impérativement. Valentin s'interroge sur mon silence radio et je ne peux décemment pas communiquer normalement avec lui en ayant connaissance de tes tromperies. Je suis coincée toute la semaine sur une multitude de dossiers, penses-tu pouvoir me rejoindre au bureau ? Je déjeune avec Emily ensuite.

Le cabinet d'avocats où travaillent Sonia et Valentin se situe au sud de Manhattan dans le quartier des affaires. Le temps de trajet est assez court et nécessite que je prenne seulement un métro. Mais je déteste y mettre les pieds. La tour dans laquelle se situe le cabinet s'allonge sur plus de soixante-dix étages. Et, évidemment, Sonia travaille au soixante-cinquième. Je me retrouve donc régulièrement avec les oreilles bouchées après la montée en ascenseur à cause de l'altitude. Puis, il y a leurs collègues. Rarement courtois, souvent condescendants, je redoute de les croiser. Une fois, l'un d'eux m'a asséné un « French Girl, voulez-vous coucher avec moi ce soir ? » lors d'une soirée organisée par l'entreprise. Enfin, les tenues de toutes les personnes déambulant dans les couloirs sont dignes d'un défilé de haute couture. D'habitude, cela ne me pose pas de problèmes, mais, ces temps-ci, j'adopte un look décontracté qui correspond au mode de vie « maman d'un nourrisson ». Tant pis, je vais fournir un effort pour que Sonia note ma bonne volonté dans cette situation délicate.

— Oui, je peux venir à 13h si cela te convient, marmonné-je par manque d'enthousiasme.

— Parfait. À cet après-midi alors.

Mon départ de la maison indiffère Valentin. Il m'affirme même qu'il ira chercher Ethan si je veux rester plus longtemps dehors. Au moment de partir, je m'approche de lui pour l'embrasser, mais il se dérobe et me gratifie d'un « à tout à l'heure » sans même l'once d'un sourire.

Le chagrin m'envahit et la solitude se fait de plus en plus pesante.

Alors que je marche en direction du métro, mon téléphone retentit une nouvelle fois. Numéro inconnu. Après une brève hésitation, je prends l'appel.

— Emma Gatinel à l'appareil.

Je peux maintenant reconnaître cette voix suave et rauque entre toutes.

— Emma, c'est Matthias.

CHAPITRE 2

Le choc me coupe les jambes et m'oblige à m'immobiliser en pleine rue. Restée muette sous l'effet de la surprise, Matthias comble le blanc.

— Est-ce que nous pouvons planifier un rendez-vous pour discuter en personne seul à seul ?

Décidément, ils se sont donné le mot. Plusieurs semaines sans nouvelles ni de l'un ni de l'autre, puis ils m'appellent le même jour. Le son de ma voix reste coincé dans ma gorge. L'enfer des derniers mois passés remonte à la surface et une rage folle m'envahit. Lorsque les mots sont enfin prêts à sortir, ils jaillissent de façon incontrôlée.

— Ah donc tu veux me voir maintenant ? Suis-je censée être à ta disposition ? Tu ne me donnes plus de nouvelles pendant des mois, tu disparais littéralement du jour au lendemain pour ensuite te pointer à la maternité et je devrais me mettre en quatre pour te donner satisfaction à présent ? Est-ce que tout te tombe toujours tout cuit dans la bouche ? Tu imagines certainement que je vais bousculer mes plans comme je t'y ai habitué l'année dernière. Eh bien non. Parce que je n'ai pas de temps à t'accorder, Matthias. J'ai déjà bien assez souffert comme ça pour que tu n'en rajoutes pas une couche avec tes jeux à la con.

J'entends un soupir.

— C'est précisément pour parler de ces sujets qu'une discussion entre toi et moi s'impose, répond Matthias étrangement calme.

Ma tirade ne déclenche pas l'effet escompté. Sa passivité face à mon agressivité me déstabilise.

— De toute façon, je ne connais pas mes disponibilités et puisque je ne dispose d'aucun moyen de te contacter, je ne pourrai pas te les transmettre quand je les aurai, bredouillé-je.

Nouveau soupir.

— Mon nouveau numéro vient de t'être envoyé par message. Rappelle-moi quand tu auras trouvé un créneau dans ton emploi du temps surchargé.

Et il raccroche. Ce ne sont pas les remords qui l'étouffent on dirait. Cette attitude devrait me donner une raison supplémentaire de le détester pour les mois horribles qu'il vient de me faire vivre et pour avoir osé venir à la maternité sans prévenir. Malgré tout, je ne peux ignorer que cet appel, aussi froid fût-il, m'enchante secrètement.

Pourquoi a-t-il encore de l'emprise sur moi ? L'envie de lui envoyer un texto sur le champ pour convenir d'un rendez-vous le plus vite possible me démange. Mais je dois résister pour ne surtout pas retomber dans ses filets.

******

Le bâtiment vitré se dresse devant moi, alors que des dizaines de passants s'activent à entrer et sortir de l'imposant édifice. Je me dirige vers le bureau de la sécurité pour demander un accès temporaire à l'immeuble et prends ensuite la direction des ascenseurs. Les fameux soixante-cinq étages défilent trop vite. Je redoute tellement cette rencontre que je préférerais encore que le monte-charge ait une panne.

Sonia m'attend à l'accueil du cabinet. Je l'aperçois dès que les portes de ma cage d'acier s'ouvrent. Elle me semble plus détendue que la dernière fois, ce qui me rassure. Elle m'indique de la suivre sans un mot. Nous entrons dans une pièce, pas plus grande que la chambre d'Ethan, qui semble être une salle de pause-café. Un canapé gris foncé en tissu ainsi qu'un fauteuil en cuir bleu nuit et une machine à boissons diverses meublent l'espace, dont le sol en moquette marron n'invite pas à la fête. J'imaginais que ce type de cabinet possédait les moyens d'offrir un meilleur environnement à ses employés. Des rideaux semi-opaques couvrent partiellement les grandes fenêtres, ayant pour effet d'assombrir le lieu déjà très peu lumineux.

En franchissant la porte à la suite de Sonia, un haut-le-cœur remonte dans ma poitrine. Je me fige et n'ose aller plus loin que le seuil d'entrée.

— Peux-tu fermer la porte s'il te plaît ? me demande-t-elle amusée, et puis tu peux avancer je ne te mangerai pas.

Je m'exécute sans un mot et me dirige vers le canapé où elle vient de s'asseoir.

— Nous serons tranquilles, personne ne s'aventure ici depuis que la nouvelle « break room » est accessible, m'informe Sonia.

— Il me semblait que tu déjeunais avec Emily aujourd'hui. Elle n'est pas là ? questionné-je pour engager la conversation.

Le rire de Sonia sonne faux lorsqu'elle répond :

— Non, pourquoi ? Tu voulais lui faire part de tes aventures ?

Ma salive se bloque dans ma gorge. Sonia ne m'a pas invitée pour parler de la pluie et du beau temps, elle veut des explications. Alors que je m'apprête à lui en fournir, elle prend de nouveau la parole :

— Désolée Em, je ne veux pas te mettre encore plus mal à l'aise. C'est juste que…

Elle souffle et semble chercher les bons mots.

— Je ne peux toujours pas croire que tu as une aventure. Je ne comprends pas. Il s'agirait d'une autre fille j'aurais réussi à réagir, mais toi, ce comportement ne te ressemble pas du tout. Et puis, il s'agit de Valentin. Avec tout autre mec, je t'aurais épaulée à 100% Em, mais là… tu me mets dans une position très très compliquée.

Sa détresse se lit sur son visage. Je m'en veux de mettre mon amie dans cette situation.

— Pourquoi ne m'en as-tu pas parlé avant ? me demande-t-elle déçue.

Sa question me surprend, je croyais qu'elle avait compris.

— Exactement pour les raisons que tu as citées, réponds-je comme une évidence, Valentin et toi êtes si proches, alors que tu n'as jamais porté Matthias dans ton cœur. J'étais persuadée que tu t'offusquerais et me ferais la morale avant d'aller tout raconter à Valentin.

Sonia rit un peu avant de noter :

— C'est tellement étrange de t'entendre l'appeler Matthias.

Elle s'arrête ensuite et ajoute avec un air désolé :

— Tu n'as pas tout à fait tort. Cela fait des semaines maintenant et je ne digère toujours pas.

Mince, ça ne présage rien de bon pour la suite de notre entretien.

— Mais tout de même, tu as dû te sentir si seule, reprend-elle, peux-tu m'expliquer ce que j'ai raté ?

— Je ne sais pas si mes réponses pourront te satisfaire, réponds-je.

— Ça m'est complètement égal d'être satisfaite par tes réponses. Je veux comprendre, vraiment, insiste-t-elle.

Je me dis que c'est le moment de lui présenter mes requêtes.

— Promets-moi que tu ne diras rien à Valentin avant que je ne te raconte quoi que ce soit.

Sonia se lève et fait les cent pas.

— Emma, je ne peux pas lui mentir s'il me pose des questions, répond-elle, sinon, d'accord, je tiendrai ma langue.

Ouf, une vague de soulagement apaise mon estomac. Je me rends compte que ce secret m'a tellement pesé que tout lui raconter me soulagerait d'un poids. Je dois donc être parfaitement honnête avec elle, j'ai peut-être tout à y gagner.

— Et il faut que tu arrêtes de voir monsieur Simeo aussi, ajoute-t-elle presque trop vite, comme pour faire passer l'information en douce.

Je me fige. Il y a encore quelques heures, je n'étais pas sûre d'entendre parler de lui un jour, mais après son appel, je ne peux pas ignorer qu'il cherche à faire partie de ma vie à nouveau.

— Sonia, je dois régler certaines choses avec lui avant de pouvoir accepter.

— Par exemple ?

— Par exemple, je dois m'assurer qu'il ne débarquera plus à l'improviste dans ma vie.

— Ok je comprends. Quoi d'autre ?

Sa question est lourde de sous-entendus. Elle veut savoir si je compte recoucher avec lui.

— Rien. Je veux seulement m'assurer qu'il ne me causera plus de problèmes. Il en a déjà assez fait, affirmé-je sûre de moi.

— Tu en es bien certaine ? Emma, il faut vraiment que tu me promettes que tu ne coucheras plus avec lui. J'ai l'impression de trahir Valentin, c'est plus fort que moi.

— Oui j'en suis sûre. Je ne veux plus rien avoir à faire avec lui, réponds-je à demi convaincue par moi-même.

— De combien de temps as-tu besoin pour le couper définitivement de ton existence ?

— Donne-moi quelques semaines.

— Quelques semaines ? Pourquoi ne peux-tu pas le voir demain et mettre fin à… à… ton aventure ?

Je déglutis difficilement. Notre histoire est en réalité déjà terminée, Sonia a donc raison : pourquoi aurais-je besoin d'autant de temps ? J'emprunte le chemin de l'honnêteté encore une fois.

— Si tu veux être au courant, tout était fini depuis quatre mois quand il s'est pointé à la maternité. Je ne sais même pas pourquoi il est venu ni comment il savait que j'étais là.

Malgré mes efforts pour ne rien laisser transparaître, la tristesse que je ressens à l'évocation de Matthias se lit sur mes traits. Sonia se rassoit, son regard dépité se fixe sur mon visage.

— En fait, tu ne sais pas qui tu choisirais entre Valentin et lui si tu devais prendre une décision radicale, conclut-elle.

Mes mains deviennent moites et ma gorge se serre. Je ne l'avais pas réalisé plus tôt, mais il y a du vrai dans ce qu'énonce Sonia. Instinctivement, je voudrais lui répondre que je choisirais Valentin à cent pour cent. Mais en réalité, durant les mois qui viennent de s'écouler, j'ai rêvé plusieurs fois que Matthias débarque et me demande de choisir. Et le choix n'est jamais évident.

— Tu as raison, lui confirmé-je, c'est pourquoi il me faut du temps.

Sonia se fige. Elle pensait certainement que je démentirais son propos.

— Mais pourquoi ? bégaie-t-elle, Valentin représente tout ce dont rêve une femme. C'est un homme attentionné, intelligent, gentil, un père aimant et pour ne rien gâcher il est très beau… je ne te comprends pas Emma.

Attend-elle une réponse ? Parce que je ne comprends pas totalement moi-même. Pourquoi suis-je autant attirée par Matthias ? Physiquement il s'invite facilement dans la compétition. Mais ce ne sont certainement pas la gentillesse ou les petites attentions qui l'étouffent.

— Explique-moi, insiste-t-elle.

Après quelques secondes de réflexion, je parviens à répondre :

— Tu le dis toi-même : Valentin est parfait. Donc qui dois-je être moi pour être à la hauteur ? Miss parfaite. La parfaite maman, la parfaite fiancée, la parfaite galeriste. J'ai la pression tout le temps. Et dès que je prononce un mot plus haut que l'autre, il me renvoie l'image d'une hystérique.

Les larmes me montent aux yeux, alors que le flot de mes paroles continue :

— Avec Matthias, je suis moi-même. Je ne triche pas. Alors, certes, il m'irrite constamment. J'ai eu envie de lui hurler dessus plus souvent en quelques mois qu'en dix ans avec Valentin. Mais c'est aussi de cette manière qu'il me challenge. Il me pousse dans mes retranchements et j'aime ça. Je sais bien que tu ne peux pas comprendre parce que tu es comme Valentin. La base d'une relation saine pour vous correspond à une communication sans vagues. Les conflits sont proscrits. Moi je fonctionne différemment, et j'ai gardé tous mes bouillonnements intérieurs pendant des années sans m'en rendre compte. L'arrivée de Matthias a été un peu une libération.

Je reprends mon souffle, réalisant à ce moment-là que je le retenais. Sonia me regarde avec des yeux ronds. Elle semble intégrer mes paroles sans s'en offusquer.

— Ok, finit-elle par dire, j'aurais aimé me rendre compte de cela avant, pour t'aider.

Elle laisse son dos retomber contre le dossier derrière elle. Sa mine accablée m'attriste.

— Je ne comprends toujours pas comment j'ai pu louper un truc aussi gros, énonce-t-elle tout haut pour elle-même.

— Tu n'as pas à t'en vouloir, la rassuré-je, j'ai tout fait pour le cacher.

Sonia secoue la tête et se redresse, l'air interrogateur.

— Et quel est le problème alors ? Pourquoi votre histoire s'est-elle terminée ? demande-t-elle perplexe.

— Il n'aime pas les menteuses, réponds-je sans pouvoir empêcher un sourire d'apparaître sur mes lèvres, vu l'ironie de la situation.

Sonia se met à rire nerveusement également.

— Tu es toi-même avec lui, mais tu lui mens ? C'est un peu contradictoire, tu ne trouves pas ?

— Je ne lui mens pas. J'ai dit un petit mensonge une fois que j'ai cru sans conséquence et puis…

Je réalise à ce moment-là que les révélations ne sont pas terminées. Le sujet de Mia n'a pas été abordé. Ma mâchoire se crispe. Sonia n'encaissera jamais la nouvelle.

— Et puis quoi ? demande Sonia, qu'est-ce que tu ne m'as pas dit ? Je ne vois pas bien ce qu'il pourrait y avoir de plus ?

Et soudain, elle comprend. Elle se relève et marche à nouveau. Ses mains se posent sur sa tête en signe de catastrophe et elle reprend :

— Emma, tu m'as dit que la relation était terminée depuis quelques mois. Quand a-t-elle commencé ?

Aucun son ne sort de ma bouche. Les mots sont bloqués. Mes mains tremblent.

— Putain, Emma, réponds. Si tu as besoin que je perde mon calme pour être à l'aise ne t'inquiète pas c'est déjà fait, crie-t-elle, une dernière fois : quand est-ce que tu as couché avec lui la première fois ?

La tête baissée, incapable de la regarder en face, j'articule difficilement :

— Il y a un an, plus ou moins.

Sonia ferme les yeux et inspire profondément avant de prononcer les mots que je redoute :

— Dis-moi que Valentin est le père de Mia.

— Je ne peux pas, sangloté-je, je ne sais pas qui est son père.

Sonia s'effondre dans le fauteuil en face de moi.

Nous restons un long moment l'une en face de l'autre, sans bouger. Finalement, à ma grande surprise, elle se met à rire.

— Tu t'es mise dans une sacrée merde.

Un fou rire me prend également. Nous rions quelques secondes de façon incontrôlée. Lorsqu'elle reprend son sérieux, Sonia m'impose l'ultimatum que j'attendais.

— Tu dois faire un choix. Cette situation n'est acceptable pour personne et surtout pas pour tes enfants. Je te donne un mois Emma, pas plus. Réfléchis à ce que tu veux, prends le temps. Mais dans un mois, ton choix doit être définitif : soit tu te donnes une chance avec Matthias et tu quittes Valentin, soit tu restes avec Valentin et tu t'engages à ne plus jamais revoir Matthias, quelles que soient ses intentions. Et en attendant, tu évites les contacts physiques avec lui.

Alors que j'acquiesce, la porte de la salle s'ouvre en même temps que le rire d'Emily résonne à mes oreilles.

— Ah enfin ! Je t'ai cherchée partout, Soso, déclare-t-elle toujours enjouée, et salut Emma je ne savais pas que tu déjeunais avec nous.

Derrière Emily, j'aperçois mon frère les bras chargés de paquets.

— Tom, m'écrié-je, qu'est-ce que tu fais là ? Je croyais que ton avion décollait hier ?

Mon frère prend un air gêné puis répond :

— J'ai changé mes billets. La vie new-yorkaise me plaît tellement.

Il jette un regard de connivence à Emily.

— On vous attend devant les ascenseurs, reprend cette dernière.

— Je ne vous accompagne pas, répliqué-je un sourire contrit aux lèvres, peut-être une autre fois.

Emily et mon frère quittent la pièce l'air légèrement déçu.

— Elle n'est pas en couple avec quelqu'un d'autre en ce moment ? demandé-je à Sonia, étonnée, après leur départ.

Cette dernière m'adresse un regard m'indiquant que je suis très mal placée pour questionner l'attitude d'autres personnes à propos de fidélité. Je reçois le message.

— Je dois les rejoindre, affirme Sonia tout en se levant, tu m'accompagnes ?

Tout en secouant la tête en signe de négation, je me remets debout et m'approche d'elle, ne sachant pas si elle va me repousser. Mes bras s'enroulent autour des siens. Après quelques secondes, elle me rend mon accolade et une vague de soulagement m'envahit.

Je reste quelques minutes seule dans la pièce lugubre après le départ de mon amie, pour me remettre de mes émotions. Alors que j'attends l'ascenseur pour redescendre, j'entends un raclement de gorge.

— Emma Hudson, c'est bien cela ? Valentin se trouve chez vous il me semble, me lance d'une voix rieuse l'homme en costard cravate qui se tient à mes côtés.

Je reconnais un des collègues français de Valentin. Samuel, il me semble. Brun, petite trentaine, mignon dans tout ce qu'il y a de plus classique. Un peu lourd, mais pas le pire.

— Non, Emma Gatinel pour le moment, rétorqué-je pas franchement enchantée de croiser quelqu'un qui me reconnaît.

— Ok… et sans me montrer indiscret que viens-tu chercher au cabinet ? Un vrai mec viril qui ne s'amuse pas à la poupée avec un bébé ? s'enquiert-il tout en me lançant un clin d'œil complice.

Si, c'est indiscret, petit con. Je prends le parti de rester aimable pour qu'il ne puisse pas se plaindre de moi à Valentin.

— Je suis venue voir mon amie Sonia qui travaille dans le département immigration.

Ses yeux se lèvent, discrètement, pour signifier le mépris que lui inspire cette spécialisation, au moment où les portes de l'ascenseur s'ouvrent. Malheureusement, il se rend également au rez-de-chaussée.

— Comment va Valentin ? reprend l'individu décidément bien bavard, on l'a invité pour un pot la semaine dernière, mais il a décliné. Tu lui gardes bien la corde au cou apparemment.

Mais quel connard. Je trouve ça étrange que Valentin refuse une invitation de la part de ses collègues. Habituellement, il se fait un devoir de participer à ces événements, même en congé.

— Valentin prend ses propres décisions. Il passe probablement de meilleurs moments avec sa famille qu'avec vous, rétorqué-je irritée.

Et merde, je n'ai pas réussi à retenir les mots qui sortent de ma bouche. Mais, apparemment, ma répartie ne le refroidit pas pour autant.

— As-tu des plans pour le lunch ?

Me propose-t-il vraiment de déjeuner en compagnie de son humour débile ?

— Oui, répliqué-je avec un sourire crispé cachant bien mal mon agacement, je rentre chez moi retrouver mon fiancé et mes enfants.

— Dommage, insiste-t-il, je connais un petit resto avec une vue dégagée sur le pont de Brooklyn, tu adorerais, j'en suis persuadé.

— Non merci, je connais Brooklyn j'y habite… avec mon fiancé et mes enfants.

Je ne peux m'empêcher d'appuyer lourdement sur mes derniers mots pour qu'il comprenne le message. Apparemment cela fonctionne, car il demeure silencieux le reste de notre descente.

Lorsque les portes s'ouvrent enfin, je m'éclipse très rapidement en lançant :

— Au revoir Samuel.

— Je m'appelle Marc, répond-il dépité.

Et merde Samuel c'est celui qui rit super fort.

******

Un soir, alors que Valentin donne le bain à Mia à l'étage, j'aide Ethan sur sa construction en Lego dans notre salon.

— Non, maman tu t'es encore trompée, me corrige le petit garçon attentif, ici c'est la pièce rouge pour faire le toit.

Il enlève alors le cube bleu déposé en haut de l'édifice pour le remplacer par un rouge en forme de tuile. Mon fils a raison, je me laisse distraire par mes pensées. Après de longues réflexions, je n'ai pas recontacté Matthias. Mes doigts ont écrit un message, quasiment de leur propre chef, mais mon cerveau a repris le contrôle à temps et effacé le texte. J'ai attendu de pouvoir le revoir pendant des mois, et maintenant que c'est possible, je me retrouve tétanisée à cette idée.

— Pardonne-moi mon petit lapin, m'excusé-je, j'ai la tête ailleurs.

— Ben non c'est pas vrai, elle est là ta tête, réplique-t-il avec un sourire coquin en touchant le bout de mon nez.

— Il s'agit d'une expression, expliqué-je en riant, elle signifie que je pense à autre chose.

— Ah non hein ! Les Lego, c'est sérieux. Tu dois être concentrée, ma maîtresse dit toujours que pour arriver à construire quelque chose, on doit y mettre tout son cœur. Maman, prends ton cœur et mets-le dans les Lego.

Si seulement c'était si simple, pensé-je. J'aimerais tellement pouvoir prendre mon cœur puis l'installer là où je veux qu'il soit.

— En fait, je préfère mettre mon cœur dans les chatouilles, réponds-je en avançant mes doigts vers son ventre et ses bras.

Rapidement, Ethan est pris d'un fou rire incontrôlé et moi aussi. Son innocence m'apaise. Les moments que je passe avec lui m'apportent toute la légèreté qu'il manque à ma vie actuellement et me permettent d'oublier un peu cette situation catastrophique dans laquelle je me suis embarquée.

Soudain mon téléphone sonne et d'un coup, un nuage noir s'installe sur ma poitrine, couvrant le ciel bleu que mon garnement crée lorsque je joue avec lui.

— Je reviens dans cinq minutes d'accord ? informé-je Ethan, déjà retourné dans sa construction.

Il acquiesce et je m'éclipse dans le jardinet dehors pour répondre.

— Emma Gatinel, annoncé-je comme si je ne savais pas qui m'appelait, alors que son nom apparaît clairement sur l'écran.

— Emma, c'est Matthias. Tu as un instant pour discuter ?

La nuit remplace doucement la lumière du jour et l'air frais me donne du courage. Je ferme la baie vitrée et m'installe sur l'une des deux petites chaises Adirondacks lui faisant face pour surveiller Ethan à travers le carreau.

— Je t'accorde cinq minutes, assuré-je effrayée à l'idée que Valentin se rende compte de mon absence à l'intérieur.

— Tu n'as donc pas mémorisé mon nouveau numéro ?

— À quoi bon ? Tu vas certainement le changer et me couper de ta vie dans les prochaines semaines.

Son irritation est perceptible même à distance. Il parvient à la ravaler pour me demander de nouveau :

— Peut-on se donner rendez-vous la semaine prochaine pour aplanir un peu la situation ?

Et moi, c'est lui que j'aimerais aplanir. Je réfléchis quelques instants puis rétorque :

— Quand tu veux, mais dans un lieu public.

— Ne t'inquiète pas je ne compte pas te sauter dessus, réplique-t-il d'un ton agacé.

— Et je n'ai pas envie de te sauter dessus non plus donc un endroit peuplé me permettra d'être sûre qu'on ne...

— Baisera pas ensemble ?

Mes nerfs se tendent. Je ne dois pas le laisser m'atteindre. Pas après tout ce temps. Il ne gagnera pas. Alors que je tente de me ressaisir, il reprend :

— À côté des tables d'échecs au Washington Square, ça te va ? Mardi 14h ?

— Comme tu voudras, lancé-je avant de raccrocher dans la foulée pour ne pas laisser transparaître mes émotions.

Je souffle, enfin. La perspective de le revoir me rend terriblement fébrile, mais en même temps, m'excite complètement.

******

Quelques jours plus tard, je quitte la maison prétextant une après-midi filles. Les relations avec Valentin demeurent toujours un peu tendues. Nous vivons dans une zone d'entente cordiale. Mais je ne discerne pas si c'est à cause de la fatigue ou de l'incident de l'hôpital.

Le temps printanier me permet de revêtir ma robe jaune à manches longues, ainsi que de petites ballerines noires. Je ne suis que très peu maquillée pour éviter les suspicions.

Je rejoins Manhattan en métro puis me rends à Washington Square. J'espère au plus profond de moi ne rien ressentir en le voyant, que son pouvoir aura disparu. L'enchantement peut-il réellement survivre à des mois de souffrance ? Mes yeux s'arrêtent en même temps que mon cœur. Il est assis sur un des bancs en pierre devant une table, à jouer aux échecs contre un autre homme. J'ai ma réponse : malheureusement la magie opère toujours.

A.JANES

CHAPITRE 3
Matthias

Emma ne m'a pas rappelé. Elle me fait languir pour me faire payer ma disparition. Soit, je n'ai pas donné de nouvelles pendant plusieurs mois, mais c'était mérité. Elle peut s'estimer heureuse que je la recontacte. Si l'idée d'avoir peut-être une fille avec elle ne me trottait pas dans la tête en permanence, j'aurais pu passer à une autre étape de ma vie. Mais voilà, je suis attablé au bureau dans ma chambre et je relis la même phrase pour la troisième fois sans la comprendre. Bon, l'inaptitude des étudiants à rédiger correctement m'épate encore. Mais je dois aussi avouer que ma concentration ne parvient pas à atteindre son niveau maximal puisque mon esprit s'aventure machinalement vers ce détail en suspens concernant ma paternité potentielle. Et un peu vers Emma, également. Je revois ses yeux verts me supplier de lui pardonner son excès de langage lors de l'ultime ébat sexuel de notre merveilleux week-end. J'ai essayé de fuir et de l'oublier, mais mes tentatives se soldent aujourd'hui par un échec cuisant. Et je déteste échouer.

Comme elle n'a pas retourné mon appel précédent, je n'arrive pas à la sortir de ma tête. Si je veux avancer aujourd'hui, je dois la recontacter et rayer cette tâche de ma liste. Elle sait combien je déteste courir après les gens. Mais elle n'est pas n'importe qui. Au bout de trois sonneries, elle décroche.

— Emma Gatinel.

******

Cet appel m'a passablement irrité, mais au moins, maintenant, je peux travailler convenablement et accorder la concentration nécessaire aux torchons rendus par mes élèves.

Mon attirance pour Emma a toujours été étrangement corrélée à la colère qu'elle suscite en moi. L'une et l'autre sont inévitablement liées, ce qui rend nos échanges à la fois excitants et horripilants. *Ok Matthias passe à autre chose*, me souffle ma fierté, jamais très loin, *elle t'a trahi elle ne mérite pas une minute de plus de ton attention*. Je l'écoute et me replonge dans mes copies.

Le mardi, je suis présent à l'heure dite. Comme elle n'est pas encore arrivée, je m'installe sur le banc froid en pierre en face d'un joueur, et nous commençons une partie d'échecs. Les tables sont situées au centre du parc, au milieu des arbres en floraison. Le vent fouette mes bras, mais n'est pas assez fort pour rafraîchir ma peau réchauffée par le soleil. Le printemps à New York reste ma saison préférée. Le froid n'est plus qu'un souvenir et la chaleur ne nous étouffe pas encore. Mais surtout, les jambes et les décolletés se découvrent pour le plus grand plaisir des yeux.

Quelques demoiselles m'envoient des œillades appuyées. Si je n'attendais pas Emma, j'aurais agrémenté mon téléphone de quelques numéros supplémentaires. Surtout que mon planning n'est pas encore complètement plein pour ce week-end.

Bien que focalisé sur le jeu, car je déteste perdre, je ne peux m'empêcher de lancer des coups d'œil en me demandant si Emma va venir.

Au bout de quelques minutes, je l'aperçois au loin. La simplicité de son apparence me surprend. Elle s'apprêtait de manière plus prononcée lors de nos précédents rendez-vous. Mais je la préfère ainsi. Son charme est beaucoup plus évident lorsque son visage n'est pas recouvert d'une couche de maquillage. Elle a revêtu une petite robe simple et des ballerines qui mettent parfaitement en valeur sa taille menue et ses jambes fuselées. Je n'ai pas l'habitude de la voir sans talons. Ses cheveux châtains sont attachés en une queue de cheval haute et négligée qui me donne des idées.

Elle marche en direction des tables et nos regards se croisent, me coupant le souffle. Ses yeux me captivent chaque fois que j'y plonge. Même lorsqu'elle était mon élève, ils parvenaient à me troubler. Ils reflètent toute sa complexité. Un mélange explosif de délicatesse et de combativité qui constitue son âme. Je m'égare, *Ressaisis-toi mec, cette fille a bafoué ta confiance*, me souffle la petite voix intransigeante dans ma tête.

J'invite poliment l'homme en face de moi à lui céder sa place et il s'exécute sans demander son reste. Elle s'assoit en face de moi et je parviens difficilement à garder un visage impassible. Elle me semble si fragile. Malgré son air fatigué, elle est toujours aussi belle. La tristesse qu'elle dégage me donne envie de la serrer contre moi et je lutte pour ne pas lui prendre la main qu'elle a posée sur la table.

Je m'éclaircis la gorge avant de commencer la conversation.

— Merci d'être venue.

Elle hausse les épaules et regarde ailleurs pour jouer l'indifférente. Si elle l'était vraiment, elle ne serait pas ici aujourd'hui.

— Comment vas-tu ? reprends-je.

Ses yeux reviennent vers moi et lancent des éclairs.

— Comment veux-tu que j'aille ? Tu as disparu de la surface de la Terre et tu es réapparu le jour de la naissance de ma fille en présence de mon fiancé et de mes amies.

Je reçois un coup de poing en pleine poitrine, mais ne le montre pas.

— Fiancé ? C'est nouveau, parviens-je à articuler.

Son air se durcit ainsi que son ton.

— Tu ne croyais tout de même pas que j'allais t'attendre pour vivre ma vie pendant quatre mois ?

Pourtant, c'est l'impression qu'elle me donne : qu'elle a arrêté de vivre, d'être heureuse. Une part de moi, celle qui gonfle mon ego, se satisfait de cette situation. Une autre, plus sensible, que j'ai tendance à écraser, ne peut que se sentir coupable et dévastée pour ce que je lui ai fait subir.

Malgré tout, je ne peux m'empêcher de marmonner entre mes dents.

— Certes, mais tu n'étais pas obligée de te fiancer à un homme que tu mènes en bateau depuis un an.

Elle enrage, je le vois à son rictus qui se dessine au coin de sa bouche. Je me retiens de sourire pour ne pas qu'elle s'en aille et essaye de calmer le jeu.

— Je suis désolé... si je t'ai fait du mal.

Il me faut une volonté de fer pour ne pas ajouter « Même si tu connaissais très bien les risques lorsque tu as décidé de me mentir ».

Emma a un rire nerveux qui montre qu'elle n'est pas convaincue par mes excuses. Elle a les bras croisés sur son ventre et regarde ailleurs. Son attitude commence sérieusement à m'agacer.

— Pourquoi es-tu venue, reprends-je, si tu es tellement remontée contre moi ?

— Parce que tu me harcèles et que j'aimerais que tu arrêtes d'interférer dans ma vie.

C'est à mon tour de rire.

— Je ne te crois pas, répliqué-je sûr de moi.

Comme elle ne répond rien, je continue :

— Tu as l'air… triste. Certes tu es probablement en colère, mais plus malheureuse encore.

Les larmes lui montent aux yeux, qu'elle a détournés des miens. Je rapproche prudemment ma main de la sienne. Mais elle la retire. Et voilà, maintenant je suis vexé et j'ai envie de lui faire payer son geste en étant désagréable.

— Bon je m'en vais alors si tu n'es pas décidée à me parler, lancé-je en me levant.

Elle se résout enfin à me regarder et à ouvrir la bouche.

— Tu agis toujours autant en connard en tout cas. Ton comportement n'a pas beaucoup évolué durant ces derniers mois. Tu me fais venir au milieu de la journée à des kilomètres de chez moi et tu pars sans même me donner d'explications. Classique Matthias.

Je me rassois en ricanant.

— Je me suis excusé et tu continues à te montrer têtue. Ça ne me donne pas envie de rester.

— Donc toi tu peux te permettre d'avoir la rancune tenace pendant plus de quatre mois, mais moi, cinq minutes et c'est déjà trop.

Elle m'emmerde carrément maintenant.

— Écoute Emma, si tu ne voulais pas que je disparaisse pendant des mois, il ne fallait pas me donner une raison de le faire. Tu peux déjà t'estimer heureuse que je sois reparu. D'autres n'ont pas eu cette chance.

— On ne t'a jamais dit que l'arrogance ne t'allait pas du tout, m'assène-t-elle tout en s'inclinant au-dessus de la table, rapprochant son visage du mien.

Je me penche également afin que l'on se touche presque.

— Au contraire, je crois que tu trouves mon arrogance très sexy, lui susurré-je.

Je peux presque sentir son souffle sur mon visage. Ma peau se pare d'une légère chair de poule. Elle me fait toujours autant d'effet.

Elle pose ses deux bras croisés sur la table pour y prendre appui.

— Que veux-tu, Matthias ? Pourquoi es-tu venu me voir à l'hôpital ? Et d'ailleurs, comment as-tu su où j'étais ?

Son visage n'est plus qu'à quelques centimètres du mien. La détermination se lit sur ses traits lorsqu'elle s'adresse à moi, et cela m'excite. J'aimerais m'emparer de sa chevelure pour attirer ses lèvres contre les miennes, puis la prendre contre l'arbre derrière elle, oubliant les passants autour de nous. Si je ne me calme pas, mon érection va me mettre à l'étroit dans mon pantalon déjà serré. Je me ressaisis donc pour lui répondre.

— Ton fiancé, comme tu l'appelles, a posté une photo de vous sur les marches de la maternité en indiquant le lieu.

Je fais une pause avant d'ajouter :

— J'ai également activé la géolocalisation sur ton téléphone. En cas d'urgence, bien entendu. Arrivé à la maternité, l'hôtesse d'accueil s'est montrée ravie de me donner ton numéro de chambre.

Le visage d'Emma se pare d'une couleur carmin qui lui va certes très bien, mais n'annonce rien de bon quant à son humeur. Ses traits se déforment de colère lorsqu'elle me répond :

— Tu es complètement taré ! La géolocalisation sur mon téléphone ? Et après tu te permets de discourir sur les limites, la confiance et autres conneries qu'apparemment tu n'appliques pas toi-même !

Toujours aussi excessive. Bon j'avoue que je m'attendais un peu à cette réaction.

— Et comment as-tu accès à ce que poste Valentin ? reprend-elle d'une voix criarde, tu n'es même pas sur les réseaux sociaux, je t'ai cherché partout. Tu n'existes pas en ligne.

— En réalité j'ai bien une présence virtuelle, mais j'utilise des pseudonymes. Tu sais, pour éviter les harceleuses qui me « cherchent partout » comme tu viens très bien de l'énoncer.

Elle contient son exaspération et je jubile.

— Je suis aussi passée à l'université et on m'a dit que tu étais parti pour un congé sabbatique. Où es-tu allé ? Tu as vraiment pris toutes les dispositions nécessaires pour que je ne te retrouve pas. Toute cette préparation uniquement pour me faire la surprise en présence de Valentin ?

— J'avais besoin de temps. Tu me traites comme un homme sans cœur, mais tu m'as blessé, Emma. J'avais entièrement confiance en toi, ce qui est très rare pour moi. Et tu as brisé cette confiance. Puis au lieu de m'avouer la vérité, tu as laissé planer le doute quant à la confiance que toi tu m'accordais. Donc j'admets que lorsque j'ai vu ta photo sur les réseaux, j'ai fait peu de cas de ton Valentin et j'ai débarqué sans penser aux conséquences pour ta vie. Tu noteras tout de même que j'aurais pu tout avouer à ce moment-là et que je me suis retenu.

Elle semble émue et mal à l'aise.

— Et sinon, la raison de ma présence ici, est-ce que tu vas finir par me la dire ? demande-t-elle.

Quelques secondes s'écoulent pendant lesquelles je réfléchis à la façon dont je vais formuler ma requête. Elle est déjà assez braquée comme ça.

— J'aimerais savoir si Mia est ma fille, déclaré-je.

Si nous n'étions pas au vu et au su de tous, elle me sauterait au visage, je le jurerais. Je peux quasiment distinguer de la fumée sortir de ses oreilles et les orbites de ses yeux. Elle hurle presque :

— Tu te fous de moi ? Tu as fait le mort pendant toute la grossesse et maintenant tu as des exigences ? Mia est et restera la fille de Valentin quoi qu'il arrive.

Son état d'apaisement n'aura pas duré très longtemps. Je réponds dans le plus grand calme :

— Tu as des preuves ou c'est ton espoir qui parle ? Tu ne peux pas ignorer le fait que je suis peut-être son géniteur. Tu sais très bien que ça peut te poser des problèmes plus tard et, de toute façon, je ne compte pas te laisser faire. Je veux un test ADN sinon je l'exigerai moi-même à ton bien-aimé. Il sera certainement content de ne pas avoir une mauvaise surprise dans dix ans lorsqu'en regardant sa fille elle lui rappellera son ancien professeur de français.

En plus de la colère, la panique se dessine maintenant sur son visage. Je n'aime pas agir ainsi, mais on dirait que seul le chantage fonctionne avec elle. Elle essaye tant bien que mal de garder son calme et reprend avec une intonation plus basse, mais inquiétante :

— Matthias, ne t'avise pas de faire quoi que ce soit sans mon accord. Tu vas détruire ma vie, probablement celle de mon fils et peut-être celle de ma fille. Je n'aurai plus rien à perdre et donc tout à gagner si je décide de te détruire à mon tour.

La détermination dans sa voix lorsqu'elle prononce ces menaces réveille une nouvelle fois mes ardeurs. Je me penche vers elle pour que nos nez et nos bouches se touchent presque et lui murmure :

— La balle est dans ton camp. Amène-moi ce test la semaine prochaine et je sortirai de ta vie.

Puis je me lève et lui lance avec un sourire, avant de partir :

— Enfin, si je ne suis pas le père.

CHAPITRE 4
Emma

Une vague de stress se propage dans mes entrailles alors qu'il se lève et que je le vois partir d'un pas assuré. L'envie de lui sauter dessus, soit pour lui arracher ses vêtements soit pour l'étrangler, est de plus en plus forte. Mais nous sommes en public et je ne veux pas finir en prison. La tension entre lui et moi est palpable comme si l'on s'était quittés hier. Sa bouche est un appel au péché et il m'a fallu toute la volonté du monde pour ne pas le toucher. Et encore plus lorsqu'il a attrapé ma main. Mais je ne pouvais pas le laisser s'en tirer comme ça, si ? Il croit vraiment pouvoir faire le mort pendant toutes ces semaines et espérer que je lui tombe dans les bras au premier contact ?

Ses fesses à croquer s'éloignent dans son jean moulant et je ne peux m'empêcher de me mordre les lèvres face à cette vue. Je me maudis de ne pas être capable de résister à l'attraction qu'il exerce sur moi. Merde ! Il va détruire ma famille après tout, je ne peux pas continuer à le laisser me tourner la tête. Vite, je dois prendre une décision. Il ne peut pas s'immiscer dans ma vie une fois de plus. Mon cerveau s'active. Pour l'instant ma seule arme est d'être à proximité de lui. Je décide donc de le suivre. Tant pis si je passe pour une folle. Après tout, il a mes données de géolocalisation dans son téléphone, il ne peut rien me reprocher à ce niveau-là. Rapidement je me lève et marche à sa suite. Il se dirige vers la sortie principale du parc où la foule est dense, ce qui rend cette filature plus facile. Il traverse ensuite la route puis avance jusqu'au métro, pour prendre la ligne en direction du nord. Heureusement qu'il n'a pas hélé un taxi. Je ne pense pas que j'aurais eu le courage de monter dans l'un d'eux et de demander au chauffeur comme dans les films : « Suivez cette voiture ». Je me cache derrière un poteau, même si cette traque ne s'avère pas trop difficile. En effet, Matthias est tellement obnubilé par lui-même qu'il ne regarde pas du tout le monde qui l'entoure, ce qui me fait lever les yeux au ciel.

La rame s'arrête sur le quai et Matthias monte dans le wagon qui lui fait face. Tout en l'observant, camouflée par les fauteuils tous plus sales les uns que les autres, je prends ce temps pour faire le bilan de ma situation. À quel point une révélation de la part de Matthias pourrait impacter ma vie ? J'ai pris un très grand plaisir à appeler Valentin mon fiancé devant lui. Mais, en réalité, depuis mon accouchement, Valentin n'a pas mentionné le mariage une seule fois. Lorsque je le fais, il change de sujet, prétextant qu'on a le temps et que ce n'est pas la priorité pour le moment. Et c'est la même rengaine pour la plupart des sujets que j'aborde. Nous qui avions des discussions sur tout et rien, tellement faciles, une barrière invisible semble s'être élevée entre nous deux depuis quelques semaines. Même l'approche physique n'a pas fonctionné. Je reconnais qu'après l'arrivée d'Ethan, il m'a fallu beaucoup de temps pour retrouver une vie sexuelle. Mais là, mon corps s'est remis beaucoup plus vite et j'en ai parlé plusieurs fois à Valentin. Je lui ai dit que j'étais prête, je lui ai montré, mais chaque fois, mes tentatives se sont soldées par un refus.

Matthias reste assis, toujours au même endroit, et ne semble pas sur le point de se lever. Je retourne donc à mes pensées. En plus de son éloignement avec moi, Valentin a une attitude assez étrange vis-à-vis de Mia. Il est très – trop – protecteur avec elle. Je ne peux pas franchir la porte d'entrée avec la poussette sans qu'il s'interpose pour m'accompagner ou prendre le relais. Au départ, je trouvais cette attitude agréable, mais au fur et à mesure, cette situation est devenue pesante. Il ne veut aller nulle part sans notre fille. Je repense à la conversation avec son collègue Samuel, ou Marc, peu importe. Il a refusé d'aller boire un verre avec les gars de son cabinet alors que j'ai insisté plusieurs fois pour qu'il sorte un peu de la maison sans nous. Lorsqu'on a eu Ethan, il était également méfiant et montrait cet instinct de protection. Mais là, il agit comme si le danger n'était plus seulement extérieur, mais venait aussi de moi.

Matthias se lève subitement et me tire de mes réflexions. Je me relève rapidement pour ne pas perdre sa trace. Nous sortons des galeries souterraines pour retrouver le soleil, puis atterrissons dans un quartier résidentiel dans Manhattan. Matthias tourne plusieurs fois avant de s'arrêter devant un immeuble. La façade est agréable et moderne. Quelques arbustes entourent l'entrée pour apporter un peu de verdure à l'ensemble bétonné.

De ma planque au coin de la rue, je note le nom et le numéro de son adresse pour le retrouver la prochaine fois. Soudain, mon attention est attirée par une femme au physique spectaculaire. Elle avait l'air de l'attendre et lui parle maintenant. Elle semble immense, perchée sur des jambes infinies, qui se terminent par les talons les plus hauts que je n'ai jamais vus. Ses cheveux blonds lumineux descendent le long de sa courbure de rêve et encerclent sa taille de guêpe. Elle correspond en tous points au stéréotype même de la mannequin.

Mais qu'est-ce qu'elle fabrique ? Pourquoi sa main se balade-t-elle dans les cheveux de Matthias ? Et maintenant ils s'enlacent. Mon cœur rate un battement lorsque j'observe Matthias sortir ses clés pour ouvrir la porte de l'immeuble. Pitié qu'elle ne rentre pas avec lui. Mais après lui avoir décoché un sourire digne d'une publicité pour dentifrice, elle le quitte et il entre dans le bâtiment seul. La jalousie qui s'est emparée de moi m'ordonne d'agir pour découvrir qui elle est. Oui, mais comment ?

Elle s'avance dans la direction où je me cache. Sa démarche est assurée. Elle a certainement déjà défilé sur des podiums. Mince, dois-je l'ignorer ? Trop de questions trottent dans ma tête. La panique m'envahit alors que je la vois se rapprocher. Mais ma curiosité se fait plus forte que mon envie de discrétion. Brusquement, et sans vraiment y réfléchir, je sors de ma cachette et la bouscule « par inadvertance ». Les mots sortent de ma bouche en anglais :

— Je suis vraiment désolée, je ne vous avais pas vue.

La femme me toise. Elle mesure une bonne tête de plus que moi. Ses yeux bleus, immenses, éclairent son teint de porcelaine. Évidemment, elle a une peau sans défaut et un discret petit nez parfait. Un sourire sarcastique se dessine sur son magnifique visage lorsqu'elle me répond dans un français impeccable, ponctué d'un léger accent américain :

— Pas besoin de t'embêter avec l'anglais, ma chérie. Je parle très bien ta langue.

Elle marque une pause en me détaillant.

— Nous sommes-nous déjà rencontrées ? me demande-t-elle toujours en me scrutant, j'ai l'impression de t'avoir vue quelque part.

Je suis certaine que non. Elle est le genre de femmes dont on se rappelle lorsqu'on la croise. En revanche, elle m'observe comme si elle me connaissait, ce qui renforce l'état d'anxiété dans lequel je me trouve déjà.

— Je ne crois pas non, réponds-je en essayant de trouver un moyen d'aborder le sujet Matthias, mais je connais quelqu'un qui habite dans cet immeuble, tenté-je.

Elle semble avoir compris qui j'étais. Un nouveau sourire, mi-satisfait mi-condescendant, prend forme sur ses lèvres rouges en forme de cœur. Elle m'examine de la tête aux pieds pendant encore quelques secondes puis m'annonce :

— Mais bien sûr. Tu dois être Emma. Je ne t'imaginais pas du tout avec une allure pareille. Je te pensais plus... classe. C'est certainement pour cela que j'ai eu du mal à te reconnaître.

Me reconnaître ? Je suis de plus en plus confuse. De mon côté, je suis persuadée que je ne l'ai jamais rencontrée. Elle arbore un air tellement satisfait après sa remarque acide que j'ai envie de lui sauter à la gorge. En même temps, c'est vrai que ce n'était pas le meilleur jour pour aborder un modèle qui drague Matthias. J'ai juste mis un peu de poudre ce matin, cette robe négligée et des chaussures plates. N'ayant aucunement la prétention de renouer avec lui, je préférais la jouer sobre. Je le regrette un peu maintenant. Comment peut-elle savoir qui je suis ? Matthias ne doit certainement pas parler de moi à toutes ses conquêtes. Et nous n'avons jamais pris de photos ensemble. Comment sait-elle à quoi je ressemble ? À moins qu'il y ait réellement des femmes qui le harcèlent, qu'elle en fait partie et qu'elle nous espionne lorsque nous sommes tous les deux. Le stress se transforme en panique totale. C'est une psychopathe et elle va me tuer pour garder Matthias pour elle toute seule. Alors que je suis à deux doigts de prendre mes jambes à mon cou, elle reprend:

— Il en a eu des groupies dans ses cours. Mais toi tu décroches la palme.

Pardon ? Une groupie ? Mais pour qui se prend-elle celle-là ? Et comment peut-elle savoir que j'étais son élève ? Trop abasourdie pour répondre, elle continue son monologue assassin.

— Je dois quand même te reconnaître une chose : tu es la seule qui a réussi à le mettre dans son lit. Ça doit bien être l'unique sujet pour lequel il a un peu d'éthique : ne jamais coucher avec des étudiantes. Une histoire de supériorité hiérarchique. Cependant, je ne comprends pas comment de toutes les minettes qui lui ont couru après, il a pu te choisir… toi.

Nouveau regard de mes ballerines au sommet de mon crâne. Mais qu'est-ce qui m'a pris de me vêtir de la sorte ? En plus mes cheveux sont attachés en une vieille queue de cheval. La honte. Puisque je reste toujours muette, elle en rajoute une couche, comme pour semer des indices sur son identité :

— Je pensais que ton style vestimentaire aurait évolué depuis ta photo de classe du lycée. Tu étais plutôt mignonne à l'époque, même si je n'ai jamais compris ce qu'il te trouvait. Onze ans après, cet accoutrement est franchement pathétique.

Oh mon dieu. Ma photo de classe. Celle de première, j'imagine, puisque c'est l'année pendant laquelle Matthias était mon professeur. Mais tout de même, insinuer que je m'habille de la même manière que lorsque j'avais dix-sept ans, elle abuse. Elle cherche apparemment à déclencher une réaction de ma part. Un peu comme Matthias le fait avec moi.

— Vous êtes l'ex-femme de Matthias c'est bien cela ? réalisé-je soudain.

— Femme, ex-femme, c'est un peu la même chose n'est-ce pas ? Surtout que je suis également la mère de sa fille *unique*.

A-t-elle volontairement appuyé sur ce dernier mot ou mon imagination me joue des tours ? Matthias lui aurait-il vraiment tout confié ?

— Vous avez divorcé donc non, ce n'est pas pareil, rétorqué-je en reprenant de l'assurance, et moi il ne m'a jamais parlé de vous.

Elle s'assombrit. Bien, je ne vais pas la laisser m'écraser sous ses talons de trente centimètres, cette pimbêche.

— Probablement parce que c'est encore trop douloureux pour lui, m'assène-t-elle.

Décidément, ils se sont bien trouvés. Elle a réponse à tout, exactement comme Matthias. Les disputes ne devaient pas être ennuyeuses lorsqu'ils étaient encore mariés. J'essaye de reprendre le contrôle de la conversation en la titillant sur la raison de sa présence. Vu son attitude, elle essaye désespérément d'attirer de nouveau Matthias.

— Je n'ai pas vu d'enfant dans les parages donc pourquoi êtes-vous là ? Pour pleurer afin qu'il vous reprenne ? Ça doit être difficile de ne pas avoir su garder un si beau parti.

Elle explose d'un rire sonore et me gratifie d'un nouveau sourire empli de dédain.

— C'est ce qu'il t'a raconté ? Lui qui a le mensonge en horreur cela m'étonnerait fortement. Matty m'a prévenue que tu étais une petite Miss je-sais-tout. Tu es tellement pleine de certitudes. C'est moi qui l'ai quitté pour ton information.

Matty ? Sérieusement ? Qu'est-ce que c'est que ce surnom d'enfant ? Et de quel droit parle-t-il de moi avec elle ? Avant que je puisse réagir, son insupportable voix me vient une dernière fois aux oreilles.

— Et crois-moi ma petite, ajoute-t-elle très fière de son effet, il ne s'en est toujours pas remis.

Après un clin d'œil, elle me bouscule légèrement puis continue son chemin, me laissant fulminer sur le trottoir désert.

CHAPITRE 5
Matthias - Il y a six ans

— Papa, tu me racontes encore une histoire ?

Louise est semi-allongée dans son lit à l'effigie du dernier Disney. Ses boucles brunes tombent sur ses grands yeux bleus. Ça m'agace et j'aimerais les lui couper, mais Kiara affirme que ce serait un sacrilège.

— On en a déjà lu trois, ma puce. Il est temps de voyager au pays des rêves maintenant, expliqué-je à ma fille tout en remontant sa couette au niveau de ses épaules.

Louise ressort ses bras et insiste :

— Allez papa, s'il te plaît. Dis-moi comment vous vous êtes rencontrés avec maman !

— Tu connais cette histoire, on te l'a racontée des dizaines de fois déjà.

La petite coquine affiche une moue triste, elle ressemble à un chaton abandonné lorsqu'elle prend cet air et sait que je ne peux pas y résister.

— Bon, très bien, mais après tu dors, concédé-je.

— Merci Papa ! hurle-t-elle en me prenant dans ses bras, promis, c'est la dernière.

Comment puis-je lutter ?

— Il était une fois, un charmant prince qui adorait les livres.

Louise s'est maintenant complètement redressée. Elle boit mes paroles, les yeux brillants et un sourire immense aux lèvres.

— C'est toi le prince papa, note-t-elle, tout heureuse.

— Oui, le prince dans l'histoire c'est moi, ris-je, donc le prince passait tout son temps le nez dans les livres. Il avait quitté son pays pour venir ici, en Amérique, et découvrir une nouvelle culture. Il étudiait pour ensuite transmettre ses connaissances aux ignorants assoiffés de savoir dans le monde entier. Et pour accomplir sa mission, le meilleur endroit restait encore la bibliothèque. Alors qu'il se concentrait sur un livre d'un grand auteur français, une princesse est arrivée.

— Maman ! s'exclame ma fille.

— Oui maman, réponds-je amusé par son enthousiasme, elle s'est penchée par-dessus mon épaule et a commenté ma lecture sans y être invitée : « cette œuvre d'Hugo est un peu lente à mon goût, si tu veux lire des auteurs français, je te conseille Émile Zola, même époque et plus d'action ». Donc évidemment elle m'a immédiatement énervé.

— Le prince n'aime pas quand on dit du mal des écrivains.

— Effectivement ma puce, je déteste ça. Et surtout quand il s'agit du grand Victor Hugo. Mais j'étais également surpris parce que ta maman avait parlé dans ma langue, ce qui n'arrive jamais ici. Et surtout, surtout quand j'ai relevé la tête…

— Tu as vu que c'était la plus belle princesse que tu n'avais jamais rencontrée, me coupe Louise.

— Oui, la plus belle princesse du monde entier et elle tenait dans ses mains trois livres français. Ce qui, pour moi, est le comble du charme.

— Alors tu lui as dit : « Et qui êtes-vous pour parler ainsi de cette œuvre magistarle ? ».

L'air dédaigneux de Louise lorsqu'elle m'imite est à mourir de rire.

— Magistrale pas magistarle. Mais oui, exactement. Ce à quoi ta mère a répondu : « Faut-il être quelqu'un en particulier pour avoir une opinion littéraire ? ». Et nous avons eu notre premier débat. Le premier d'une longue série, comme tu le sais. J'ai appris que maman était Américaine et passionnée par la culture française, d'où sa connaissance de la langue. Nous avons parlé pendant des heures.

— Jusqu'à ce que le monsieur de la bibliothèque vous mette dehors ! Et après ?

— Nous nous sommes revus quelques jours plus tard et nous sommes tombés amoureux. Nous nous sommes ensuite installés en France. Ta maman en rêvait depuis longtemps et moi, mon pays me manquait. Nous nous sommes mariés comme dans les films, et puis la vie nous a offert le plus beau cadeau du monde : la petite fille la plus intelligente qui existe.

Louise est aux anges. Je la borde, clôturant ainsi la session histoire du soir. Mais avant que je ne quitte sa chambre, elle m'interpelle :

— Papa, pourquoi on n'est pas resté en France ? Ça a l'air tellement bien quand vous en parlez avec maman.

Je me racle la gorge avant de répondre, gêné :

— C'est une histoire pour un autre soir, ma chérie. Tu m'as promis que tu dormirais après celle-ci.

— D'accord, c'est vrai. Bonne nuit papa, concède-t-elle résignée.

Pendant encore combien de temps vais-je pouvoir esquiver cette discussion ? Puisque je me suis promis de ne jamais mentir à ma fille, je vais bien devoir l'affronter un jour.

— La petite est couchée ? demande Kiara, alors que je descends l'escalier.

— Oui, elle atterrit en ce moment même dans les bras de Morphée.

Ma femme s'étire puis dépose un baiser sur ma bouche avant d'ajouter :

— Cool, profitons de notre soirée alors.

Elle s'installe ensuite à la table de la cuisine, après avoir récupéré une bière dans le frigo. Je m'assois en face d'elle, le même breuvage à la main.

— Tu sais que Louise m'a bassinée pour avoir un petit frère tout à l'heure ? Sa copine Stacy vient d'en avoir un, me lance Kiara entre deux gorgées.

— On dirait qu'elles en discutent comme d'un nouveau jouet à la mode, répliqué-je.

— Exactement ce que je lui ai répondu. Un bébé n'est pas une poupée. Donc je lui ai réexpliqué, comme à chaque fois qu'elle demande, que nous sommes très heureux avec elle et que nous ne souhaitons pas d'autres enfants. Ce à quoi elle a rétorqué : je verrai avec papa. Donc ne t'étonne pas si elle vient t'en parler.

Je soupire en imaginant la conversation qui m'attend. J'adore ma fille, mais je ne veux pas d'autres enfants. Les couches, les biberons, le manque de sommeil, j'ai fait ma part et ne veux pas repasser par ces étapes.

— Et sinon, comment s'est déroulée ta journée ? lui demandé-je pour changer de sujet.

— Tout s'est bien passé, me répond-elle l'air distrait, mis à part que le photographe veut finalement faire des essais en groupe, avec d'autres filles, pour voir si le shooting rendrait mieux. Et tu sais comme je déteste partager la vedette.

En effet, je le sais. Kiara est mannequin. On peut la retrouver dans certains magazines féminins, parfois sur les podiums et plus rarement sur des affiches dans la rue. Elle a commencé pour payer ses études de littérature, mais a préféré continuer lorsqu'elle a eu le choix, à mon grand désarroi. Je ne suis pas macho, mais je n'apprécie que moyennement que son corps soit exposé aux yeux du monde.

— Peut-être que c'est le bon moment pour envisager une redirection de carrière, essayé-je sachant que je risque de m'attirer ses foudres.

Elle a un sourire légèrement ironique qui ne laisse rien présager de bon.

— Tu es aussi têtu que ta fille, dis-moi. Combien de fois vas-tu remettre le sujet sur le tapis ? Si je veux arrêter le mannequinat je le ferai, pas besoin que tu t'en mêles. Ce métier me plaît énormément et de nouvelles opportunités se présentent chaque jour. Encore hier, un agent m'a abordée pour me proposer une campagne pour une marque de luxe.

Ne pas se laisser gagner par la jalousie.

— Dans quel contexte ?

Elle fait semblant de ne pas comprendre.

— Précise ta pensée s'il te plaît.

— Qu'étais-tu en train de faire et où étais-tu lorsque cet agent t'a abordée ?

Ma charmante femme se mord l'intérieur de la bouche, indication qui prouve qu'elle n'a pas envie de répondre.

— Je posais pour un shooting, murmure-t-elle presque.

Je ris, car je connais déjà la réponse à ma prochaine question.

— Quelle tenue portais-tu ?

Kiara lève les yeux au ciel et finit par lâcher :

— Je promouvais une marque de sous-vêtements.

— Donc l'agent ne souhaitait peut-être pas te proposer une nouvelle campagne, mais juste t'attirer dans son lit, asséné-je sentant la jalousie poindre le bout de son nez.

— Ce n'est arrivé qu'une seule fois qu'un des gars me contacte sous un faux prétexte. Et je suis partie dès que j'ai compris ce qui se tramait. Est-ce que tu peux t'en remettre une fois pour toutes ? Surtout que tu es très mal placé pour me faire des leçons sur le sujet.

— Dans mes souvenirs, je ne me suis jamais pointé chez une fille dans le but de m'y déshabiller, pour qu'elle prenne des photos de mon corps, la contredis-je feignant d'ignorer de quoi elle parle.

Avant qu'elle ne puisse reformuler son propos pour se donner raison, j'ajoute :

— Tout ce que j'essaye de te dire c'est que tu pourrais utiliser ta cervelle au lieu de t'exhiber pour gagner de l'argent. Tu avais tellement d'ambitions lorsqu'on s'est rencontrés. Maintenant, à part vendre ton corps, je ne vois pas bien ce que tu fais.

L'assiette qui s'écrase contre le mur à côté de moi résonne à mes oreilles. Aïe, j'aurais mieux fait de mordre ma langue. La comparaison avec une prostituée se révèle un peu trop extrême, j'en conviens.

— Mais de quel droit affirmes-tu que ton métier est mieux que le mien ? me lance-t-elle, crois-tu vraiment qu'une seule de tes étudiantes apprend réellement au lieu de te mater pendant tout le cours ? Tu me l'as dit toi-même la dernière fois : tu pourrais être assis sur le bureau sans rien dire pendant une heure que ça ne changerait pas grand-chose.

— Il y en a au moins une qui écoutait, chuchoté-je presque, en regrettant immédiatement mes mots.

Le regard déçu et empli de fureur de Kiara m'informe qu'elle a très bien entendu. Voilà mon plus gros problème : je ne sais pas m'arrêter, ce qui me conduit à remettre les pieds précisément sur le terrain épineux que je souhaitais éviter.

— Ah, nous voici donc dans le nœud du sujet : l'intelligente Emma et ses capacités d'analyse surprenantes, la merveilleuse Emma et son incroyable ingéniosité artistique, l'assidue Emma et sa disposition exceptionnelle au travail acharné.

Elle a très bien mémorisé les mots exacts que j'utilisais pour décrire Emma lors de ma première et unique année d'enseignement en France. Alors que je pensais simplement expliquer à ma femme ma journée de travail, elle prenait soigneusement des notes qu'elle adore maintenant me ressortir.

— Ton inaptitude à te détacher de cette histoire est désolante. Surtout qu'avec un minimum d'efforts, tu arriverais au même résultat qu'elle.

Je suis tout à fait conscient que je la pousse dans ses retranchements. Voir son visage déformé par la colère déclenche en moi un sentiment de satisfaction inexplicable.

— Je suis une œuvre d'art Matthias, je ne vais pas me réduire à en analyser d'autres, réplique Kiara en essayant tant bien que mal de se contenir.

Elle s'approche doucement sans me lâcher du regard.

— Lorsque je défile ou que l'on me photographie, je deviens une œuvre et ce talent n'est pas donné à tout le monde. L'étude des chefs-d'œuvre est réservée à ceux qui n'en sont pas, comme elle et sa tête de petite souris, me décoche-t-elle, assassine.

Un instinct de défense à l'égard d'Emma surgit subitement sans que je ne le contrôle.

— Ne parle pas d'elle de façon condescendante ma chérie, tu vaux mieux que ça. Si tu es si confiante, pourquoi m'as-tu obligé à déménager lorsque je t'ai rapporté qu'elle m'avait embrassé ?

Ma magnifique femme se rapproche encore pour ne se tenir qu'à quelques centimètres de moi et me crache presque au visage :

— Parce que personne ne touche à ce qui m'appartient. Et tu m'appartiens, Matthias. À moi et à personne d'autre. Et s'il faut que je traverse un autre océan avec notre fille pour que tu le comprennes, je le ferai.

La haine qu'elle ressent pour moi à cet instant se lit clairement sur son visage d'ange. Elle est en plein dilemme. Le même dans lequel je suis systématiquement lorsque ses attitudes et ses mots tendent tous les nerfs de mon corps.

Chaque parcelle de mon être me crie de lui sauter dessus pour la déshabiller, comme à chaque fois dans ces situations, mais je m'oblige à résister pour ne pas lui donner ce pouvoir. Nous restons les yeux dans les yeux, comme suspendus dans le temps. Puis elle finit par craquer et m'attrape les cheveux pour m'attirer jusqu'à ses lèvres. Je m'empare de sa bouche comme un affamé et la projette contre le mur où, quelques instants plus tôt, l'assiette s'est écrasée. Nous enlevons nos vêtements, qui tombent au sol, à la vitesse de l'éclair. Mes doigts s'enfoncent dans sa chair et les siens dans mes cheveux. Mes dents se baladent dangereusement sur sa clavicule, mais je me retiens, car elle serait trop contente que je lui laisse une marque. À la place, mes mains agrippent ses fesses brutalement pour l'installer dans la position qui me convient. Tout ce qui se trouvait sur la table de la cuisine s'écrase à terre lorsque je couche Kiara dessus à plat ventre pour m'enfoncer en elle et libérer toute l'énergie négative générée par notre dispute.

Le sexe avec Kiara s'avère toujours très animal. Mais il n'est jamais meilleur qu'après une dispute. Et plus la dispute est importante, plus le sexe est bon. Cette fois-là ne fait pas exception et nous nous retrouvons satisfaits et épuisés sur le canapé, nus dans les bras l'un de l'autre.

— Papa ?

Nous sursautons au son de la petite voix provenant des escaliers derrière nous. Merde ! Depuis combien de temps se tient-elle ici ? Kiara se saisit d'un bout de tissu qui traîne pour se couvrir et accourt vers notre fille.

— Retourne dans ta chambre ma chérie, j'arrive pour te recoucher.

Elle s'habille en vitesse avec ce qu'elle trouve de ses vêtements, puis monte à la suite de notre fille. Une demi-heure plus tard, j'ai eu le temps de remettre mon t-shirt et mon pantalon et Kiara redescend.

— Elle n'a rien vu, mais elle a eu très peur, m'annonce-t-elle en soufflant de soulagement, nos cris l'ont réveillée puis elle a entendu des bruits de vaisselle cassée et a cru que des intrus nous agressaient.

Kiara a les yeux remplis de larmes. Les deux seules fois où je l'ai vue pleurer ont été à la naissance de Louise et lorsque je lui ai confessé le baiser échangé avec Emma.

— On doit arrêter Matty, reprend-elle, complètement secouée par la situation.

Incertain de comprendre, j'accepte ce qu'elle a l'air de proposer avec une intonation plutôt calme.

— Ok, on fera attention à faire moins de bruit la prochaine fois qu'on baise.

Kiara baisse la tête lorsqu'elle me corrige :

— Je ne parle pas de ça, mais de nous, notre mariage. Ce n'est pas la première fois qu'une de nos disputes devient violente et ce n'était qu'une question de temps avant que ça impacte Louise. Notre relation n'est pas saine et ne représente pas le modèle de couple que je souhaite donner à notre fille.

Interdit, il me faut un certain temps pour intégrer ses propos et leur signification. À la fois surpris et vexé, je me rends compte que je n'ai jamais envisagé qu'elle puisse me quitter un jour.

— Tu n'es pas sérieuse ? Tu veux divorcer parce que notre fille nous a entendus nous disputer et peut-être un peu copuler ?

Kiara détourne le regard en se mordant la lèvre inférieure. Elle reste toujours diablement sexy.

— Ce n'est pas la première fois qu'on s'engueule et qu'elle nous entend. Et il ne s'agit pas seulement de cet incident. Tu ne respectes pas mes choix de vie.

— Donc c'est à cause de ce que j'ai dit sur le mannequinat ? Parce que je suis déçu que tu ne reconsidères pas de mener une carrière plus intellectuelle ?

Elle est mal à l'aise. Je le sens. Elle me cache la véritable raison qui la pousse à prendre cette décision radicale.

— K, explique-moi ce qu'il se passe, lui ordonné-je tout en m'avançant vers elle.

J'attrape son visage entre mes mains pour l'obliger à me regarder.

— On s'est toujours tout dit, reprends-je insistant, ne coupe pas la communication maintenant.

De nouvelles larmes apparaissent au coin de ses yeux.

— Elle a tout changé, Matthias.

Mes bras retombent et je recule. Nous avons eu cette conversation des dizaines de fois.

— Combien de fois va-t-il falloir qu'on en reparle ? m'offusqué-je, cette histoire date d'il y a cinq ans Kiara. Cinq ans ! Et elle se résume à une adolescente qui s'est un peu enflammée parce qu'elle était contente.

Kiara me lance un regard me signifiant qu'elle n'est pas dupe.

— S'il te plaît. Toi qui demandes aux autres une franchise en toute circonstance, ne commence pas à te mentir à toi-même. Tu sais très bien que votre relation a évolué bien au-delà de ce simple rapport. Tu me l'as même très bien expliqué, en toute honnêteté à l'époque. Nous ne serions jamais partis si je pensais un seul instant qu'il ne s'agissait que d'une élève éprise de son professeur. Les sentiments étaient réciproques.

Je veux objecter, mais n'y parviens pas. Kiara lève la main et continue :

— Tu n'as rien besoin d'ajouter. C'est vrai ce que tu as dit tout à l'heure. Elle m'a fait douter. De nous, de moi. Avant elle, je croyais aveuglément en notre couple. Je le pensais indestructible, plus fort que tout, hermétique à tous les déluges. Mais elle a fissuré notre relation si solide. Non pas parce qu'elle t'a embrassé. Ni même parce que tu lui as rendu son baiser. Mais à cause de cette espèce de connexion que vous avez construite, volontairement ou non, au cours de vos sessions. Peut-être même qu'elle existait dès le premier jour, un peu comme la nôtre.

— Nous devrions essayer de nous réparer au lieu d'abandonner, rétorqué-je sans vraiment y croire.

— Comme tu l'as si bien dit, ça fait cinq ans. Et tu penses encore à elle. Quand tu corriges tes copies, je t'entends marmonner. Je ne comprends pas ce que tu dis, mais, au fond de moi, je sais que tu trouves tes étudiants, en cursus universitaire ici, moins brillants qu'elle, à l'âge de dix-sept ans. Et… tu la mentionnes lors de nos disputes.

— Comment va-t-on s'arranger avec Louise ? abdiqué-je sans conviction.

— Nous trouverons bien une solution satisfaisante pour tous les trois.

Quelques semaines plus tard, je reçois les papiers du divorce, que je signe le plus rapidement possible et les rapporte à Kiara en personne. Sous son sourire de façade, je discerne une déception. Probablement qu'elle s'imaginait que j'essayerais de la retenir. Mais je ne cours après personne.

50

CHAPITRE 6
Matthias - retour au présent

Après avoir accroché mes clés à leur support mural, je me dirige vers ma chambre pour me débarrasser de mon t-shirt et enfiler un short. Mes rencontres successives avec Emma et Kiara m'ont embué l'esprit et un peu de sport m'aidera à calmer les humeurs négatives qui m'habitent.

Ce jeu du chat et de la souris, qui amuse beaucoup mon ex-femme, ne me distrait plus autant. On l'a joué pendant des années avant qu'elle ne décide d'y mettre fin parce qu'elle se sentait lasse. Malgré mon état déplorable après la rupture, j'ai préféré me montrer indifférent. Probablement qu'elle croyait que je la supplierais. Elle a sous-estimé mon ego.

J'ai toujours pensé que si un jour elle revenait, après l'avoir fait languir un peu pour la forme, je l'accueillerais les bras grands ouverts. Mais c'était sans compter Emma, que je ne pensais jamais revoir. Emma et ses iris, dont la flamme a immédiatement transpercé mon pantalon avant de remonter vers mon cœur malgré moi. Emma, dont la sensibilité exacerbée me touche, alors que ce trait de caractère m'exaspère tant habituellement chez les autres femmes. Emma, que je n'ai pas réussi à oublier même après sa trahison. Le temps n'a pas apaisé la béance qu'elle a laissée à l'intérieur de ma poitrine, malgré mes efforts pour l'effacer de ma mémoire, en couchant avec toutes les femmes qui se trouvaient sur mon chemin.

Alors que j'en suis à ma troisième série de pompes, quelqu'un frappe à la porte. Probablement Kiara qui insiste. Comme moi, elle est plus habituée aux oui qu'aux non et, ces derniers temps, je lui réponds trop souvent par la négative, ce qui a le don de l'exaspérer. Elle essaye sûrement de s'inviter chez moi pour jouer de ses charmes. Mais elle tombe le mauvais jour. Il y a quelques minutes, devant l'immeuble, je l'ai laissée me toucher quand elle a passé ses mains dans mes cheveux, ce qu'elle sait que j'adore, mais là je suis trop remonté. Mon altercation avec Emma m'a laissé un goût amer, et je ne suis pas d'humeur à rentrer dans le jeu de mon ex-femme. Je me relève, prêt à ne pas la laisser entrer, m'éponge un peu le visage et le torse, puis ouvre la porte pour lui dire que ce n'est pas le bon moment. Je me fige. Emma se tient sur le palier, avec son petit rictus adorable qu'elle adopte lorsqu'elle est en colère.

Après avoir reluqué discrètement mon torse nu, elle reprend ses esprits et, sans même en recevoir l'invitation, fait irruption dans mon salon en criant :

— Alors comme ça, monsieur je déteste le mensonge, ta femme t'a quitté ? Tu m'avais pourtant affirmé que tu avais mis fin à cette relation.

Les mots qu'elle prononce ne font pas leur chemin vers mon cerveau instantanément. De quoi parle-t-elle ? Elle a sûrement croisé Kiara, qui a dû jubiler à l'idée de lui annoncer qu'elle m'avait jeté. Tout en gardant le ton le plus calme possible, je lui rétorque :

— Je n'ai jamais rien soutenu de tel. Si mes souvenirs sont bons, je t'ai simplement informée que nous ne formions plus un couple.

Emma se raidit et semble fouiller dans sa mémoire.

— Ah oui c'est possible, finit-elle par admettre, mais tu ne me l'as quand même pas dit.

Un soupir d'exaspération m'échappe.

— Rien ne m'y obligeait. Et je ne comprends pas ce que ça change.

— Cela m'aurait permis d'avoir l'air moins bête face à elle, c'est tout.

Emma croise les bras sur sa poitrine et arbore toujours une moue énervée. Je me retiens de rire pour ne pas la provoquer, bien que j'adore ça. Cette petite robe lui va très bien. Même si je la préfère toujours lorsqu'elle est nue.

— Pourquoi lui as-tu parlé ? lui demandé-je en imaginant le scénario dans ma tête, et d'ailleurs, comment as-tu atterri chez moi ?

Elle fait mine d'observer la pièce pour éviter de croiser mon regard.

— Parce que… je t'ai suivi, répond-elle avec un ton plus bas et légèrement honteux, puis je vous ai vus ensemble et...

Elle n'ose toujours pas me regarder dans les yeux. Sans pouvoir retenir un sourire, je complète sa phrase :

— Et tu es jalouse.

Ses joues rosissent ce qui me fait craquer. Chaque parcelle de mon corps me crie de l'enlacer, mais je ne supporterai pas un nouveau rejet. Elle reprend avec un ton sec, légèrement surjoué :

— Non, je ne suis pas jalouse. Surtout pas pour quelqu'un qui me fait du chantage chaque fois qu'une de mes réponses ne lui convient pas.

Elle se dirige vers la porte et me frôle en me dépassant. Un frisson me parcourt l'échine et je me retiens de l'attraper par le bras pour l'embrasser. Un besoin urgent de la faire rester s'empare de moi, alors que je vois sa main appuyer sur la poignée.

— Je suis vraiment désolé, concédé-je, je fonctionne au chantage quand je n'arrive pas à mes fins, c'est vrai. À trop avoir l'habitude d'obtenir ce que l'on veut, on devient con.

Mes aveux semblent l'avoir touchée, car elle s'immobilise. Je ne peux malheureusement pas voir son visage, sur lequel je peux lire si facilement toutes ses émotions, car elle me tourne le dos. Je ne bouge pas, transi à l'idée de la voir s'enfuir. Nous restons ainsi, en silence, quelques secondes en apnée, pendant lesquelles l'atmosphère se charge en électricité.

Puis sa main se relève et passe de la poignée au verrou de la porte, qu'elle tourne pour nous enfermer dans l'appartement. Je prends cet acte comme un signal suffisant et me précipite sur elle. Mes mains attrapent son visage pendant que ma bouche s'empare de ses lèvres enflées, lui arrachant un gémissement. Son goût est toujours aussi divin. Elle appuie ses paumes sur mon torse et y enfonce ses ongles. Puis elle resserre sa prise sur mes abdominaux pour laisser sa marque enflammée sur ma peau, tout en jouant avec ma langue. Mon pantalon va éclater.

— Putain, tu m'as trop manqué.

La phrase m'a échappé. Mais elle est tellement vraie. Son corps et son parfum enivrant habitent mes nuits depuis des mois. Je ne sais même pas comment j'ai tenu autant de temps sans lui sauter dessus.

Emma se fige, retire ses mains et s'éloigne de moi tout en me foudroyant du regard. Ses yeux verts capturent les miens et me renvoient toute l'animosité qu'elle ressent actuellement à mon égard. Malgré tout, derrière cette hostilité, je décèle son désir toujours aussi brûlant.

— Tais-toi, me lance-t-elle, avant de s'atteler à retirer mon short.

Alors qu'elle se démène avec l'élastique, elle me fait pivoter pour me plaquer contre la porte d'entrée. Elle maintient le contrôle de la situation et veut le garder, mais je ne sais pas combien de temps je peux attendre avant de reprendre le dessus. Ses doigts glissent maintenant sous mon boxer et un courant électrique me parcourt le dos. Elle descend le morceau de tissu le long de mes jambes et en profite pour caresser ma verge. Ses mains sont douces et ses gestes lents. Puis elle se baisse et ajoute sa langue qui vient embrasser mon gland. La voir avaler mon membre me procure une satisfaction inédite. Le mélange des sensations me donne le tournis et mes yeux se ferment involontairement. Je profite de ses caresses expertes en réalisant qu'il s'agit de la première fois qu'elle s'agenouille devant moi. Si j'avais su qu'elle était si douée, j'aurais essayé d'obtenir ses faveurs plus tôt. À cet instant, le pouvoir lui appartient entièrement, ce qui ne me convient pas. Je me rends compte que je suis nu comme un ver devant elle, alors qu'elle est encore complètement habillée.

J'attrape son menton pour la relever. Ses yeux s'emparent des miens ce qui me donne envie de la manger. Je saisis ses hanches pour les coller contre moi. Mais elle attrape mes mains pour les retirer et les maintenir contre le mur, tout en conservant son corps là où je l'ai emmené. Avec un si petit gabarit, je n'aurais jamais imaginé sa force. Elle doit être sacrément remontée pour arriver à me tenir dans cette position. Sa bouche dévore mon torse alors que ses ongles griffent mon dos. Bon sang, je me délecte de la douleur exquise qu'elle m'inflige. Elle remonte ensuite vers mon cou, où elle s'attarde bien trop longtemps. Elle aspire ma chair tel un vampire luttant pour sa vie. Cherche-t-elle à laisser des traces de son passage sur différents endroits de mon corps ? Je tente de la toucher de nouveau, mais une nouvelle fois, elle enserre mes poignets violemment pour les plaquer sur le mur. Je ressens toute la rage qu'elle a contenue dans ses gestes. Mais c'est la fois de trop. Je me libère de sa prise pour saisir son visage d'une main et ramener sa bouche à moi. Je la sens frissonner sous ma paume ce qui me confère un plaisir indescriptible.

Tout en savourant ses lèvres, je remonte sa robe pour glisser mes mains dessous. Je la caresse au-dessus de sa culotte et me réjouis du délicieux son qui s'échappe de sa bouche, cette douce musique dont l'absence a été dure à supporter. Je me faufile ensuite jusqu'à l'entrée de son intimité et reste un moment à l'effleurer.

— Vas-y, qu'est-ce que tu attends ? murmure-t-elle dans un gémissement.

Tout en savourant ce retour du pouvoir, le souvenir de Kiara après l'accouchement de Louise me revient. Je ne me rappelle plus exactement pendant combien de temps nous n'avons pas eu de rapports, mais cela m'avait semblé une éternité.

— Tu es sûre ? demandé-je.

Elle s'immobilise, appuie sa main contre la mienne pour renforcer ma prise sur elle, puis m'ordonne :

— Oui, dépêche-toi.

J'enfonce lentement mes doigts en elle. Elle est brûlante et très mouillée, ce qui n'arrange rien à mon propre état d'excitation. Ses gémissements redoublent et je dois me contenir pour ne pas la prendre sur le champ.

— Ça va ? osé-je, toujours anxieux à l'idée de lui faire mal.

— Mais oui putain oui, je ne suis pas en porcelaine, s'agace-t-elle.

Sa vulgarité accroît l'agitation qui m'habite. Ses mots me signalent qu'il est temps que je reprenne l'ascendant sur elle. La domination doit s'inverser. J'attrape ses fesses avec détermination pour la soulever et échanger nos places. Elle est maintenant coincée entre la porte et moi, les jambes enroulées autour de ma taille. Tout en la maintenant en l'air, je passe sa robe par-dessus sa tête. Ses sous-vêtements en dentelle rouge sont magnifiques. Je suis persuadé qu'elle ne les a pas choisis au hasard. Elle savait que notre rendez-vous se terminerait ainsi. Ma main se fraie un chemin jusqu'à la pointe de son sein. Je me délecte de la sensation de son téton durcissant sous mes doigts et les sons qu'elle émet m'indiquent qu'elle apprécie également.

Un préservatif. Mon cerveau me signale que c'est le moment d'en mettre un. Je repose Emma au sol puis me penche pour attraper mon short dont les poches en contiennent. En me voyant sortir l'emballage, elle s'offusque :

— Est-ce que tu as toujours des capotes sur toi ?

— Bien entendu, la vie est pleine de surprises, j'aime être préparé. Et puis, j'ai appris à ne plus croire les filles qui me disent prendre une contraception.

Merde, je n'ai pas réussi à empêcher cette pique de sortir de ma bouche. Elle lève les yeux au ciel, mais semble déterminée à finir ce que nous avons commencé. Cette attitude renforce encore l'attraction qu'elle exerce sur mon corps. Je la soulève de nouveau contre la porte puis ma bouche part à la rencontre de sa poitrine. Délicatement, je sors son sein gauche de son soutien-gorge. Sa tête tombe sur son épaule alors que sa respiration s'accélère. J'ai récupéré entièrement le contrôle et ne peux m'abstenir de sourire pendant que je mordille la pointe de son téton. J'agrippe ensuite le dernier morceau de lingerie qui me sépare d'elle et l'arrache d'un coup sec.

— Eh ! se scandalise-t-elle.

— Juste retour des choses pour mes chemises l'année dernière, lui murmuré-je à l'oreille alors que je m'enfonce doucement en elle.

Je la sens enfin autour de moi. La chaleur à l'intérieur de ma bite remonte le long de mon dos. Cette sensation me donne envie de la mordre, mais je me retiens pour ne pas abîmer son visage exquis. Ses mains s'agrippent à mes cheveux, pendant que nos langues s'emmêlent de nouveau. Putain, qu'elle est délicieuse.

Mes hanches cognent contre les siennes, d'abord lentement pour être sûr que mon énorme sexe lui fait plus de bien que de mal. Sa tête part en arrière et la lascivité avec laquelle elle se mord les lèvres, ainsi que les onomatopées qui sortent de sa bouche, m'indiquent que je peux accélérer la cadence. Je sens son ventre se contracter sous l'effet de mes assauts et ses cris se font de plus en plus intenses. Nos deux corps tambourinent contre la porte d'entrée et si des voisins passent dans le couloir, il est certain qu'ils nous entendent. Surtout qu'Emma hurle presque maintenant. Mais cela m'est complètement égal. J'adore sa façon de me communiquer tout le bien que je lui procure. Je veux que le monde entende l'euphorie de nos retrouvailles.

Mes mains descendent sur sa chute de reins puis empoignent ses fesses, pour accompagner mes mouvements. Le plaisir est trop fort, je vais bientôt jouir. Heureusement, je sens ses ongles transpercer mon dos, alors qu'un cri de satisfaction sort de sa bouche. Il ne m'en faut pas plus. L'orgasme se répand en moi en une vague de plaisir indescriptible et je m'écroule la tête dans son cou.

La pièce se retrouve calme soudainement. Seul l'écho de nos respirations haletantes brise le silence. Je ramasse mes vêtements pour me rhabiller et ne peux m'empêcher de remarquer son petit sourire.

— Apparemment tes grands principes ne sont pas si immuables que ça. Il ne te faut pas grand-chose pour les transgresser, déclare-t-elle pendant qu'elle passe sa robe.

— Nous ne sommes donc pas si différents, répliqué-je, plein de sarcasmes.

Son sourire s'efface alors que le mien s'agrandit. Elle peut toujours essayer, elle ne gagne jamais à ce jeu. Elle récupère au sol sa dentelle déchirée, puis se dirige vers la poubelle pour la jeter. Je l'aurais bien gardée, mais je ne veux pas qu'elle ait la satisfaction de me l'entendre dire. Elle se dirige ensuite dans la cuisine et observe. Mon appartement n'est pas très grand. Les murs blancs ne montrent aucune décoration et la liste de mes objets personnels est assez restreinte. Il n'y a pas de sas d'entrée. La première pièce se constitue du salon salle à manger à gauche, avec une table en bois quatre personnes collée au mur, puis un canapé gris et une table basse transparente, donnant sur une télé allumée seulement lorsque ma fille me rend visite. Et à droite, une petite cuisine ouverte dont Emma est en train de faire l'inspection. Ses doigts se baladent sur le marbre bleu nuit du comptoir sur lequel je prends tous mes repas quand je suis seul. Puis elle se tourne pour observer les placards blancs et mon frigo qu'elle ouvre sans me demander la permission. Elle ne se gêne pas apparemment.

Elle quitte finalement la cuisine puis traverse le salon, toujours sans un mot. Elle se dirige vers la pièce au fond à gauche : la chambre de Louise, qui fait également office de chambre d'ami. Ma fille dort très peu chez moi puisque son école se situe dans le Queens, non loin de chez Kiara. Si je la récupère de temps en temps en semaine, je préfère qu'elle dorme chez sa mère, pour que le trajet ne soit pas trop long le lendemain matin. Généralement, elle passe les nuits du vendredi et samedi ici, un week-end sur deux. C'est pourquoi sa chambre ne comprend qu'un lit et un placard intégré au mur, sans plus de fioritures.

Sans grande surprise, Emma ressort de la chambre au bout de deux minutes. Elle traverse de nouveau le salon dans l'autre sens, se faufilant entre la table basse et le meuble de télévision, puis ouvre la porte à droite de celui-ci : la salle de bain. Elle en ressort tout aussi rapidement : la douche à l'italienne est très classique et rien d'exceptionnel n'est à noter. Elle passe ensuite à la dernière pièce, au fond à droite de l'appartement, derrière la cuisine : ma chambre.

Cette fois, je la rejoins. Je ne veux pas qu'elle s'amuse à fouiller dans mes affaires.

— Trouves-tu la visite divertissante ? lui demandé-je.

— Assez, répond-elle ironiquement tout en observant ce qui l'entoure.

Ma chambre est plutôt grande avec un lit très large et un bureau sur lequel je prépare mes cours et corrige mes copies. Elle comporte également un dressing et la porte-fenêtre face au lit s'ouvre sur un petit balcon offrant une vue sur la ville magnifique, surtout la nuit.

Elle se rapproche de mon bureau et y trouve une photo de Louise, unique objet intime de mon lieu de vie.

— C'est ta fille ? m'interroge-t-elle en connaissant la réponse d'avance.

— Oui.

— Quel âge a-t-elle ?

— 13 ans.

— Elle est très jolie. Elle te ressemble beaucoup.

Je ne cherche pas à répondre. La beauté de Louise ne fait en effet aucun doute, mais ça ne me plaît pas forcément.

— Tu es très méticuleux et organisé. Je ne pensais pas que l'appartement d'un homme célibataire pouvait être aussi propre et rangé.

— Que de clichés, réponds-je, le désordre m'irrite. J'ai besoin d'avoir un espace de vie épuré pour réfléchir convenablement. Et puis, cet environnement impressionne généralement mes conquêtes féminines ce qui ne me déplaît pas.

— Je croyais que tu n'amenais pas les filles chez toi pour éviter qu'elles te harcèlent, grogne Emma.

— Ah non, celles qui me paraissent saines d'esprit sont les bienvenues.

Si ses yeux pouvaient tuer, je serais mort sur le coup. Elle se dirige ensuite vers mon lit et s'assoit au bout de celui-ci. Elle regarde par la baie vitrée.

— Ta vue est à couper le souffle, dit-elle fascinée, et ton lit pourrait facilement loger Blanche-Neige et ses sept nains.

Fait-elle exprès de me tendre des perches pour la taquiner ? En tout cas je ne peux m'empêcher de les saisir et lui réponds :

— Oui, la taille de ce lit se révèle très pratique lorsqu'on dort à trois, quatre ou cinq. Généralement les femmes qui y sont invitées apprécient particulièrement ce grand espace.

Un cri d'exaspération sort de sa bouche. Elle se relève et retourne dans la pièce principale. Apparemment, ma blague l'a bien énervée, car elle se dirige ensuite vers la porte, prête à partir. Malgré mon état d'amusement, je me force à reprendre mon sérieux et l'interpelle avant qu'elle n'ouvre le loquet.

— Attends, Emma. Même sans chantage impliqué, tu dois procéder à ce test ADN. Tu ne peux pas laisser ta fille grandir sans savoir qui est son vrai père, rien que pour des raisons médicales, cela pourrait s'avérer important.

Elle s'arrête, mais ne répond rien. Sa main repose immobile sur la poignée de porte. Comme elle ne réagit pas après quelques minutes, je reprends :

— Il n'y a pas d'ultimatum, mais fais-le s'il te plaît. Tu sais aussi bien que moi que ce n'est juste pour personne si tu ne le fais pas.

— Je sais, murmure-t-elle avant d'appuyer sur la poignée.

Mais au lieu de franchir le seuil, elle se retourne.

— Tu couches encore avec elle ?

— Qui ? interrogé-je feignant l'ignorance.

— Ton ex.

— J'ai beaucoup d'ex.

— Ton ex-femme, tu n'en as qu'une il me semble, reprend-elle irritée.

— Pourquoi ? Ce sujet ne te concerne pas.

Elle soupire, lasse, comme si elle s'attendait à ne pas obtenir de réponse.

— Valentin ne m'a pas touchée depuis la naissance de Mia.

Cette confidence m'émeut légèrement. Je ne saurais dire si c'est parce que cela me rend heureux qu'elle ne couche plus avec lui ou parce qu'elle arbore un air triste qui me donne envie de la consoler.

— Les relations sexuelles après un bébé s'avèrent parfois compliquées. Peut-être qu'il est fatigué ou qu'il n'ose pas pour ne pas te brusquer, réponds-je sans trop savoir pourquoi je ressens ce besoin de la rassurer.

Je marque une pause pendant laquelle ses yeux me supplient de continuer.

— Je n'ai pas couché avec Kiara depuis notre divorce, ajouté-je à contrecœur, nous entretenons une relation uniquement amicale pour le bien-être de notre fille.

Un léger sourire se dessine sur son visage. Elle devrait parfaire son jeu d'actrice si elle souhaite réellement me faire croire qu'elle n'est pas jalouse.

CHAPITRE 7
Emma

Merde, merde, merde ! Mais pourquoi l'ai-je suivi à son appartement ? J'ai promis à Sonia que je ne recoucherais pas avec lui. Et ce fichu sourire qui ne s'enlève pas de mon visage. Malgré toute la bonne volonté du monde, les coins de ma bouche remontent invariablement. Je me sens régénérée, comme si toute la joie qui avait quitté mon corps ces derniers mois m'était revenue d'un coup en pleine figure.

Assise dans le métro qui me ramène chez moi, les souvenirs de ces dernières heures me reviennent. Sa bouche contre la mienne, nos langues emmêlées, ses mains sur mon corps, mes doigts sur sa peau parfaite et son parfum… je prends une profonde inspiration comme si je pouvais le sentir de nouveau au lieu de cette odeur nauséabonde dans la rame. Pas de doute possible : j'ai replongé en beauté. Je réalise soudain que je me mords la lèvre et que le gars en face de moi m'observe de façon étrange. Déjà que je n'ai pas de culotte, il ne manquerait plus que je gémisse. Heureusement, je descends au prochain arrêt.

En revanche, la rencontre avec son ex-femme me laisse un goût amer. Quelle garce ! J'espère que sa fille n'a pas le même caractère.

La maison est vide à mon retour. Après une douche rapide pour enlever toutes traces de mes activités extraconjugales, je m'installe sur le canapé pour faire le point sur ma situation : fiancée, avec deux enfants et accro à un homme qui n'est pas celui avec lequel je vais me marier. Et je ne sais pas qui est le père de mon second enfant. Moi qui avais un plan bien précis et simple sur le déroulé de mon existence. Complètement raté. Ma vie est devenue une grosse masse compliquée.

Le bruit de la porte d'entrée qui s'ouvre me sort de mes réflexions. Valentin est de retour avec Mia dans sa poussette. Il pose un index sur sa bouche pour m'indiquer de ne pas faire de bruit, la petite roupille probablement, et s'approche du canapé.

— Regarde comme elle est mignonne quand elle dort, chuchote Valentin à mon attention.

Je me relève pour observer ma fille. Allongée sur le dos, les bras étendus au-dessus de sa tête, elle ressemble à un ange. Mais au lieu de la tranquillité que cette vision devrait m'apporter, une boule se forme dans mon estomac. La discussion avec Matthias me revient à l'esprit. Je dois absolument trouver le moyen d'effectuer ce test de paternité. Je détaille les petits cheveux de ma fille. Je ne peux décemment pas lui en arracher un, pauvre bébé. Ses ongles ! Ils poussent à la vitesse de l'éclair. La prochaine fois que je les lui coupe, je m'en garde un ou deux pour les amener au laboratoire. Mais j'imagine qu'il me faut de l'ADN de Matthias et Valentin également ? C'est bien la première fois que je ne me trouve pas chanceuse d'avoir un homme qui ne laisse pas traîner ses poils dans le lavabo.

— Qu'est-ce qu'il t'arrive ? me questionne Valentin, tu dévisages Mia comme un projet de science.

Je reviens à la réalité un peu brutalement et me rends compte que la manière dont je contemple notre fille peut, en effet, paraître un peu incongrue.

— Non non rien, tout va bien, réponds-je en essayant d'avoir l'air le plus naturel possible, je suis simplement un peu fatiguée.

Je me rassois sur le canapé et Valentin m'imite. Il me scrute alors puis m'envoie, sur un ton froid, mais calme :

— Ton attitude avec Mia est décidément étrange. Tu ne passes que très peu de temps avec elle. Je t'ai rarement vue jouer avec. Et tu la détailles toujours bizarrement. Je ne me rappelle pas que tu agissais de cette manière avec Ethan.

Oui Valentin, je n'arrive pas à me comporter normalement avec notre fille parce que je ne sais pas si elle est réellement la tienne ou celle de mon amant. Donc je la dévisage régulièrement pour évaluer si elle ressemble plus à lui ou à toi. Et surtout, je ne peux m'empêcher de ressentir de la culpabilité lorsque je m'occupe d'elle, donc j'évite de le faire pour ne pas me sentir encore plus mal. Les mots défilent dans mon cerveau, mais n'atteignent heureusement pas ma bouche.

— Je suis simplement fatiguée, Valentin, répété-je, désabusée.

— Tu éveilles ma curiosité. Ce ne sont pourtant pas les tâches parentales qui t'ont étouffée aujourd'hui.

Son regard est dur, tout comme son attitude. Je ne me laisse pas démonter.

— Nous avons un bébé qui se réveille toutes les nuits, ainsi qu'un autre enfant de cinq ans dont je m'occupe également. Je ne comprends pas pourquoi je dois me justifier. Surtout que tu ne me laisses jamais seule avec Mia non plus. Ce n'est pas faute d'avoir essayé, tu es complètement collé à ta fille.

Cette conversation m'exaspère. Je me lève avec l'intention d'aller m'enfermer à l'étage pour ne plus subir d'inquisition, mais Valentin m'attrape la main. Mes bras se parent de chair de poule à son contact. Je ne me rappelle plus la dernière fois qu'il m'a touchée.

— Assieds-toi s'il te plaît, me somme-t-il, nous devons discuter d'un autre sujet.

Je m'exécute à contrecœur, le ventre serré par la peur. Il sait. Ce manège n'était qu'un préambule à l'annonce qui va suivre. Je retiens mon souffle en attendant que le couperet tombe.

— Ton frère retourne en France jeudi. Donc Emily et lui viennent dîner à la maison demain soir.

Je ne réagis pas instantanément, choquée par la double surprise. Valentin ne me parle pas de Matthias, mais de mon frère. Et Emily, évidemment. Subitement, la colère prend le pas sur l'anxiété.

— Pourquoi tu ne me mets au courant que maintenant ? Et est-ce bien nécessaire qu'Emily soit là ? La dernière fois qu'ils sont venus tous les deux, ils ont failli s'écharper sous nos yeux et après ils ont copulé sur notre canapé, alors qu'Ethan aurait pu descendre à tout moment et les surprendre. Et, bien entendu, tu as dit oui sans me consulter.

— Effectivement, soupire Valentin, j'ai quand même le droit d'inviter qui je veux chez moi.

— Chez nous, reprends-je, irritée.

— Techniquement cette maison m'appartient, me corrige-t-il froidement, l'apport vient entièrement de ma famille et le crédit a été souscrit à mon nom, puisqu'à l'époque tu n'avais pas de travail.

Sa remarque me glace. Je me fige la gorge nouée. Valentin remarque mon trouble et se reprend :

— Désolé, je ne sais pas pourquoi je t'ai dit ça. J'aimerais juste que tu ne remettes pas en question les décisions que je prends sans te consulter.

— J'aurais bien aimé que tu m'avertisses, c'est tout. Et pourquoi n'as-tu pas convié Sonia ?

— Tom et Emily se sont invités il y a deux jours et je n'ai pas eu l'occasion de t'en parler avant. Quant à Sonia, elle m'évite royalement. Tiens, encore quelque chose de bizarre. Lorsqu'Ethan est né, elle débarquait à la maison presque tous les jours et là, je crois que je ne l'ai pas revue depuis la naissance de Mia. Soi-disant elle croule sous le travail… je lui ai quand même envoyé un message, mais elle a refusé poliment.

Si j'espère survivre au repas, il me faut une alliée.

— Je vais l'appeler, elle acceptera si j'insiste.

— Si tu le dis. On ne peut rien te refuser à toi de toute façon, ironise Valentin.

Mais qu'est-ce qu'il lui prend aujourd'hui ? Puisqu'il est de mauvaise humeur, j'en profite pour aborder un autre sujet qui fâche.

— Je voudrais également te parler de quelque chose.

— Je suis tout ouïe, répond Valentin dont le visage se voile.

— J'ai décidé de retourner à la galerie dans deux semaines. Le travail me manque et je me sentirai plus utile là-bas qu'ici.

— Comme tu veux, me rétorque-t-il impassible, on se débrouillera très bien tous les deux avec Mia.

Il sort ensuite son téléphone de sa poche et pianote frénétiquement dessus. Je décide donc de quitter la pièce pour appeler Sonia et la supplier de venir au repas.

Je monte m'installer dans notre chambre. Un sentiment de nostalgie se loge au fond de mon cœur. Les souvenirs de notre emménagement, il y a quelques années, refont surface. Nous étions alors jeunes parents et, même si nous étions éreintés par l'arrivée de notre bébé, nous respirions le bonheur. Nous nous endormions dans les bras l'un de l'autre tous les soirs. Lorsqu'Ethan se réveillait, Valentin se levait et déposait systématiquement un baiser sur mon front en me disant de me rendormir.

Je m'assois sur la couverture de notre lit et un souvenir plus intense que les autres se rappelle à ma mémoire. Nous venions tout juste d'emménager et les cartons traînaient encore de partout.

Ethan était en pleine période de terreur nocturne. Il se réveillait plusieurs fois par nuit et hurlait pendant des heures, sans que l'on puisse le calmer. Et, pour couronner le tout, j'étais en plein examen pour valider mon master.

Lorsque j'ai reçu mes résultats, la lettre a traîné plusieurs jours dans la cuisine, je n'osais pas l'ouvrir. Valentin passait à côté, feignant de ne pas la remarquer. Un soir, alors que mon amoureux travaillait tard, je me suis décidée. J'ai récupéré l'enveloppe sur le comptoir, bien déterminée à l'ouvrir. Je me suis assise exactement à l'endroit où je me trouve maintenant pendant de longues minutes, peut-être même une heure, sans bouger. Cela m'a semblé durer une éternité. La porte d'entrée s'est ouverte. J'ai décrypté les sons que Valentin faisait au rez-de-chaussée pour ne plus avoir à penser à la lettre. Il est ensuite monté se doucher. Lorsqu'il est sorti de la salle de bain pour me rejoindre dans notre chambre, je demeurais toujours immobile au bout de la couverture.

— Tu as décidé qu'il était temps de l'ouvrir ? m'a-t-il demandé avec un sourire se voulant rassurant.

Immédiatement, des larmes me sont montées aux yeux. La perspective d'un échec me tétanisait.

— J'ai tellement peur, me suis-je mise à sangloter, si j'ai échoué, comment va-t-on se débrouiller ? Mon visa est directement lié à mes études, je ne serai jamais autorisée à rester aux États-Unis.

Valentin s'est assis à mes côtés et m'a prise dans ses bras.

— C'est donc pour ça que tu mets tant de temps à découvrir le résultat ?

J'ai acquiescé entre deux hoquets.

— Penses-tu réellement que je vais te laisser repartir en France ? Emma, si tu n'obtiens pas ton diplôme, ce dont je doute très fortement, il y a d'autres solutions.

Un rire étrange est sorti de ma bouche mêlé à mes pleurs. À travers mes sanglots, j'ai réussi à articuler :

— Comme quoi ?

— Tu peux t'inscrire dans une autre université, demander un nouveau visa étudiant. Et, au pire, on pourrait se marier, a répondu Valentin dans l'espoir de me rassurer.

— « Au pire, on pourrait se marier », j'espère que ce n'est pas ta conception d'une demande en mariage réussie, ai-je ri au milieu de mes larmes.

Valentin m'a souri puis m'a caressé le dos, comme il le fait toujours pour me rassurer.

— Je préférerais qu'on ne se marie pas par obligation et que je te fasse une vraie demande, le jour où ce sera le bon moment. Mais si la seule solution pour que tu restes, c'est que l'on signe ce bout de papier, on le signera.

Mon moral était légèrement remonté, mais la boule au fond de mon ventre n'était pas encore complètement dissipée.

— Mais même avec un visa, si je suis recalée, qu'est-ce que je vais devenir ? Je n'ai aucune autre perspective. Sans diplôme, sans emploi, mon cerveau va devenir tout petit. Tu ne voudras jamais d'une femme avec un tout petit cerveau.

Mon discours était incohérent et dicté par l'épuisement de mon corps et de mon esprit. Valentin m'a pris la main, m'a regardée avec le plus tendre des regards et m'a murmuré doucement à l'oreille :

— Notre famille est le plus beau cadeau que la vie m'ait donné. Je t'aime et je t'aimerai toujours. Que ton cerveau ait la taille d'une noix ou que tu deviennes bleue avec des verrues vertes, mon amour pour toi ne changera pas.

Un sourire s'est formé doucement sur mon visage.

— Alors, on l'ouvre ou pas ? a repris mon homme confiant.

Délicatement, j'ai décacheté l'enveloppe et sorti la lettre. Un immense sourire s'est dessiné sur le visage de Valentin avant même que je puisse déchiffrer un mot.

— J'ai réussi, ai-je annoncé tout en parcourant les lignes, encore tremblotante.

— Félicitations, même si sans la lire je l'avais deviné, m'a congratulée Valentin.

Il a ensuite passé son bras autour de moi pour m'attirer à lui et m'embrasser. Le fameux bout de papier s'est retrouvé enseveli sous la montagne de vêtements que nous avons fini par lui jeter dessus.

J'essuie la larme qui coule sur ma joue et cherche Sonia dans mon répertoire.

— Allô ?

— Salut Sonia, Tom et Emily sont invités à manger à la maison demain soir. Peux-tu nous faire l'honneur de ta présence également ?

— Non Emma, je suis désolée. Toute cette situation me met bien trop mal à l'aise. Je n'arriverai jamais à regarder Valentin dans les yeux. Je lui ai déjà répondu d'ailleurs. Il trouvera ça bizarre que je change d'avis.

— Tu sais ce qu'il trouve bizarre ? Que tu ne sois plus là. Que tu ne viennes jamais à la maison alors qu'on vient d'avoir un bébé. Tu le rends soupçonneux, accusé-je.

— Tu abuses un peu là, Em. N'inverse pas les rôles, me corrige Sonia calmement, tu es celle qui l'a trompé, pas moi, donc s'il suspecte quelque chose tu en es responsable.

Je dois la jouer profil bas sur ce coup-là et ne pas me mettre sur la défensive si je veux qu'elle vienne.

— Oui, tu as raison, excuse-moi. Mais viens, s'il te plaît. Emily et Tom ne parlent que d'eux tout le temps de toute façon. Il n'y aura aucune place pour que Valentin te mette mal à l'aise. Et puis, tu es une avocate non ? Tu dois bien garder des informations pour toi dans ton métier ? Et tu dois bluffer de temps en temps aussi ? Imagine que je suis une de tes clientes et que Valentin est l'avocat de la partie adverse.

Sonia souffle à l'autre bout de la ligne. Elle va abdiquer.

— D'accord, je viens, lâche-t-elle au bout de quelques secondes, j'en profiterai pour vous donner enfin tous les cadeaux que j'ai achetés pour les enfants. Mais puis-je te demander une petite chose également : pourras-tu fournir un effort avec ton frère et Em ? Je sais bien que leur situation ne te plaît pas, mais tu n'es jamais agréable avec eux.

— Promis ! lancé-je soulagée de sa reconsidération, on se voit demain alors. Merci mille fois.

Je suis sur le point de raccrocher, mais Sonia reprend la parole :

— Attends Em… tu as eu l'occasion de lui parler ?

Mince, j'espérais vraiment pouvoir éviter le sujet.

— Oui, réponds-je en murmurant alors que Valentin ne peut pas entendre d'en bas, on a discuté.

— Seulement discuté ? interroge Sonia d'un ton suspicieux.

Je ne peux décemment pas lui avouer qu'on a couché ensemble. Elle le prendrait très mal et je pourrai dire adieu à sa discrétion.

— Qu'est-ce que tu crois ? On s'est retrouvés à Washington Square, esquivé-je sans réellement mentir.

— Bon alors, que voulait-il ? questionne mon amie qui ne se résout pas à me laisser tranquille.

Un nœud se noue dans ma gorge lorsque je réponds :

— Savoir si Mia est sa fille, évidemment.

— Et quand as-tu prévu de t'occuper de cet insignifiant détail ? demande Sonia en essayant de paraître légère.

— Dès que Valentin laissera Mia souffler deux secondes. Il est collé à elle en permanence. Et puis, je n'ai aucune idée de comment prélever un échantillon ADN sur un bébé. Je ne vais quand même pas arracher un cheveu à ma fille. Tu sais comment faire toi ? Peut-être que tu pourrais m'aider ?

— Emma, je n'en ai aucune idée. Mais crois-tu que Valentin soupçonne quelque chose ?

Il a un comportement inhabituel ces derniers temps, je ne peux pas le nier. Mais ce changement est peut-être lié à l'épuisement de notre nouvelle vie à quatre.

— Je n'en sais rien, admis-je, au retour de la maternité on a discuté de Matthias et il a eu l'air d'avaler ce que je lui ai dit.

Sonia soupire, mais je l'ignore et continue :

— Cependant, il reste distant ces derniers temps. Probablement à cause des nuits blanches que la petite nous fait passer.

Est-ce que je me voile la face ?

— Et tu n'envisages pas de lui avouer la vérité ?

Non. Je crois que je préfère encore faire l'autruche que de le regarder dans les yeux et de me mettre à table sur ma relation extraconjugale.

— Hors de question, lâché-je à Sonia sans réfléchir, il me mettra dehors sans même me laisser m'expliquer.

— Tu crois vraiment ? Si tu ne lui laisses pas l'occasion de connaître la vérité, tu ne sauras jamais. Sur ces belles paroles, je dois partir, j'ai encore des dossiers à travailler. Bonne soirée.

Sonia raccroche, me laissant seule avec un tourbillon de pensées.

CHAPITRE 8
Emma

En attendant le débarquement de Tom et Emily, je joue avec Mia, installée sur son transat, dans la cuisine. Depuis quelques jours, elle nous offre de vrais sourires. Donc mon nouveau passe-temps favori consiste à créer des situations qui lui éclaireront le visage et qui ensoleilleront mon humeur, par la même occasion. Je cache mon visage et le découvre successivement en lançant des « coucou », mais pour l'instant, cela semble plus l'effrayer que l'enchanter. Alors que je tente une autre approche, la sonnette retentit. J'inspire profondément, récupère ma fille pour la prendre dans mes bras, jette un dernier coup d'œil à ma robe grise droite pour m'assurer qu'elle est propre et me dirige vers la porte comme si j'allais à la guerre.

Même si la soirée s'apparente à une épreuve, la présence de Sonia me rassure. Elle sait mieux que quiconque apaiser les tensions. D'habitude, Valentin permet également de calmer Tom et Emily, mais quelque chose me dit que, ce soir, ce ne sera pas le cas.

— Bonsoir Emma, me salue Sonia d'une petite voix, et coucou mini puce, reprend-elle en s'adressant à Mia d'un ton bien plus chaleureux.

— Ah ce n'est que toi, soufflé-je, soulagée.

— Eh bien merci de l'accueil, reprend mon amie tout en s'engouffrant dans la maison pour y déposer deux gros sacs.

— Non non, je suis très contente que ce soit toi. Je redoute un peu l'arrivée d'Em et Tom pour tout te dire. Pourquoi ne t'accompagnent-ils pas ? questionné-je en refermant la porte d'entrée.

— J'arrive directement du cabinet.

Ah, cela explique son tailleur bleu marine, son élégant châle noir et ses cheveux remontés en chignon sur le haut de sa tête.

— Pourquoi leur venue te rend-elle aussi nerveuse ? me questionne Sonia, déjà hier au téléphone, tu en as fait une montagne.

— Un repas avec ces deux-là promet toujours des étincelles, et je n'ai pas assez de place dans ma tête pour gérer leurs comportements déplacés.

Sonia se racle la gorge avant de jeter un œil vers la cuisine.

— Valentin est là ? demande-t-elle.

Elle paraît anxieuse.

— Il se trouve au salon avec Ethan, réponds-je, ça va aller quand même ?

Elle acquiesce sans beaucoup de conviction.

— Tu sais, tu n'as pas besoin de mentir. Seulement de ne rien dire.

Sonia hausse les épaules puis récupère ses deux sacs. Elle dépose un baiser sur le front de ma fille, puis se dirige au salon pour amener ses cadeaux à Ethan. Je préfère rester dans l'entrée, trop effrayée à l'idée que ma présence crée un malaise entre Valentin et Sonia, que cette dernière craque et lâche toute la vérité sur Matthias et moi.

Nouveau coup de sonnette. Cette fois, ce sont eux. Courage Emma, ce n'est qu'une soirée.

— Saluuuuuuuuuuuut, hurle Emily en me montrant les bouteilles d'alcool qu'elle tient dans ses deux mains lorsque j'ouvre la porte.

Elle porte une robe à paillettes si courte que ses fesses en sortent presque lorsqu'elle lève les bras pour nous octroyer, à Mia et moi, une longue et intense accolade, avant de nous relâcher pour laisser l'occasion à Tom de nous dire bonjour.

— Hello sœurette et petite nièce, comment allez-vous ?

Mon frère, qui a sorti une veste noire sur une chemise blanche, me claque une bise sur les deux joues puis caresse affectueusement celles de Mia, avant de s'avancer au salon pour embrasser son neveu, les bras chargés de cadeaux.

— Qui c'est le meilleur tonton du monde ? l'entends-je crier à l'intention de mon fils tandis qu'il lui tend ses paquets.

— Tonton Tomtom ! crie mon petit garçon en guise de réponse.

Mon frère réagit par une danse de la victoire, comme s'il avait de la concurrence, alors qu'il est l'unique oncle d'Ethan. Je me retiens de le charrier, la soirée commencerait sous de mauvais augures et j'ai promis à Sonia de faire un effort.

Valentin fait pâle figure avec son jean et son t-shirt taché, à côté des tenues élégantes que chacun de nos invités a revêtues. Nous faisons manger les enfants puis les couchons pour profiter de la soirée entre adultes.

— Donc, Emily, Tom, vous formez de nouveau un couple ? interroge Valentin après être redescendu.

— On ne se définit pas vraiment, répond Emily timidement tout en caressant la main de mon frère, on vit au jour le jour, en appréciant la compagnie de l'un et l'autre. S'établir en tant qu'entité avec une étiquette nous met beaucoup trop de pression et notre relation ne fonctionne pas de cette manière.

— On kiffe sans se prendre la tête quoi, résume Tom jamais à court d'expressions.

— Tant que vous êtes sur la même longueur d'onde, c'est le principal, reprend mon conjoint en sirotant le vin dans son verre, qui souhaite reprendre du gratin ? demande-t-il soudain en se levant pour récupérer le plat.

— Moi j'en veux bien un peu s'il te plaît, répond Sonia.

— Tiens, tu m'adresses la parole toi maintenant, note Valentin d'un ton narquois.

Tout le monde autour de la table s'arrête net. Valentin ne s'adresse jamais aux autres de cette manière. Il est le modèle même du respect et de la politesse. Surtout avec Sonia qui lui ressemble trait pour trait sur ce point précis.

— Bien entendu, bégaie presque Sonia abasourdie par la façon dont lui a parlé Valentin, je suis simplement sous l'eau au travail. Désolée que tu le prennes si mal.

Félicitations à moi-même d'avoir réussi à créer l'impossible : un conflit Sonia-Valentin. Mais je ne suis pas certaine que je devrais en être fière.

— Bon qui veut du champagne ? lance Tom, probablement pour changer de sujet.

— Volontiers, lui signifie Emily.

Mon frère lui sert une coupe puis elle se tourne vers moi :

— Emma, toi qui es la seule ici à avoir donné la vie…

Agréablement surprise par la jolie tournure de son début de phrase, je m'autorise à porter un verre à mes lèvres le temps de la laisser terminer sa pensée.

— Peux-tu m'éclairer sur un point qui me taraude : est-ce que les relations sexuelles post accouchement sont douloureuses ?

Je manque de m'étouffer et de recracher le breuvage que je venais d'absorber.

— J'aimerais éviter ce sujet avec mon frère assis à la même table que moi, s'il te plaît.

— Oh ça va Em, nous sommes des adultes. Tu ne vas pas faire ta sainte nitouche maintenant alors qu'à dix-sept ans, tu roulais des pelles à n'importe qui sur la plage devant moi, tacle Tom, légèrement en état d'ébriété.

Mes paupières se soulèvent de stupéfaction à la mention de ce souvenir. Je peux clairement distinguer Emily, Sonia et Valentin se retenir de rire, même s'ils essayent de le cacher.

— Puisque tout le monde s'intéresse à l'état de santé de mon vagin…

Emily me fixe en hochant la tête comme si ce sujet la passionnait. J'espère qu'elle ne compte pas avoir des enfants avec Tom. Bonjour la catastrophe.

— Donc, hum hum… reprends-je en m'éclaircissant la gorge, alors déjà je pense que ça dépend beaucoup des accouchements. Toutes les femmes sont différentes, donc je ne peux parler que pour mon cas à moi. Après la naissance d'Ethan, la reprise des rapports a été plutôt douloureuse et s'est avérée possible seulement après quelques mois. Probablement parce que c'était mon premier.

— Ah parce qu'après Mia ça se passe mieux ? m'interroge de nouveau Emily.

— Bien mieux, aucune douleur, réponds-je trop pressée d'en finir avec cette conversation pour prêter attention à mes propos.

Dans ma vision périphérique, je remarque que Valentin m'observe et me rends compte trop tard des mots qui viennent de sortir de ma bouche. Eh merde. Quelle conne. Je ne peux pas réfléchir avant de parler.

— Je me demande bien avec qui tu t'es accouplée depuis l'accouchement, parce que ce n'était pas avec moi, révèle mon conjoint, toujours avec ce ton ironique qui ne lui va pas du tout.

C'est au tour de Sonia d'ouvrir de grands yeux surpris. Je n'ose pas la regarder de peur qu'une flèche sorte directement de son œil pour m'atteindre. Vite, trouve une explication plausible, ordonné-je à mon cerveau.

— Oui, en effet, nous n'avons pas eu de relations sexuelles à proprement parler, mais j'ai à ma disposition d'autres moyens de me satisfaire et de savoir que, si quelque chose rentre là-dessous ce n'est pas douloureux, affirmé-je avec une assurance retrouvée, encore une fois, merci de créer ces conversations devant mon frère, nous vivons actuellement les moments les moins gênants de ma vie.

Malgré ma justification, l'air se charge d'une tension ambiante.

— Le travail m'attend, je vais rentrer, annonce Sonia, vous pouvez utiliser le jeu de clés que je vous ai prêté, dit-elle à Emily et Tom, bonne soirée.

Je retiens mon souffle. Sonia se lève et passe le seuil rapidement. Mon regard se pose sur le porte-manteau où elle a oublié son châle.

— Sonia, attends ! crié-je tout en me précipitant à l'extérieur, le bout de tissu à la main.

Celle-ci a déjà atteint le bout de notre rue. En m'entendant, elle se retourne.

— Tu t'es bien foutue de ma gueule ! me lance-t-elle, les yeux écarquillés et les dents serrées par la colère, tu m'as encore menti, tu as recouché avec lui depuis notre accord.

L'air déçu sur le visage de mon amie me donne envie de me cacher dans un trou de souris.

— Sonia, je te jure, ce n'était qu'une fois. Ça n'arrivera plus, je te le promets, m'engagé-je le souffle court.

— On a largement dépassé le stade où je te fais confiance, Em. Tu prends ta décision ce soir. Demain, soit tu as rompu définitivement avec Matthias, soit tu avoues tout à Valentin. Autrement, je me chargerai de le faire pour toi.

— Mais tu m'as donné quelques semaines, la supplié-je.

— Avec la condition que tu ne couches plus avec lui. C'est trop tard, Emma. Je ne veux plus vivre ce mensonge un jour de plus.

Son ton ferme et déterminé m'indique qu'elle ne flanchera pas, malgré son attachement pour moi. Sonia se détourne et reprend son chemin vers le métro, me plantant sur le trottoir.

À mon retour dans la maison, le salon ainsi que la cuisine sont déserts. Des voix étouffées provenant de l'extérieur résonnent à mes oreilles. Un rapide coup d'œil vers la baie vitrée m'indique que nos invités, accompagnés de Valentin, dégustent le dessert et le champagne sur la terrasse. Leurs rires me parviennent. Valentin semble bien moins affecté que Sonia par la conversation du dîner. Je préfère monter dans notre chambre pour ne pas interrompre la joie ambiante. L'ultimatum de Sonia m'arrange finalement. Je commets bourde sur bourde, donc la vérité finira par éclater si je continue à voir Matthias secrètement.

Mon esprit nage dans un flou absolu : suis-je vraiment capable de tout quitter pour Matthias ? Sachant qu'il existe une forte probabilité pour qu'une relation entre nous explose dans quelques mois ? Je réfléchis à l'alternative qui s'offre à moi : la famille parfaite. En apparence, en tout cas. Je me rappelle l'apathie dans laquelle j'ai passé les mois écoulés, à la suite de la disparition de mon amant. Puis l'attitude désagréable de Valentin ces derniers jours. Est-ce que j'aspire réellement à cette situation ? J'ai besoin de plus de temps. Ma vie se joue sur cette décision. Je tente une dernière fois d'en appeler à l'empathie de ma copine.

La tonalité à l'autre bout de la ligne présuppose que Sonia ne prendra pas l'appel. Au bout de trois tentatives, elle décroche finalement :

— Emma, laisse-moi tranquille s'il te plaît.

— Sonia je t'en prie, donne-moi quelques jours de plus. Je ne peux pas prendre une décision si précipitée, il y a trop en jeu.

— Tu as eu un an pour te décider. Si tu ne souhaites pas choisir, je le ferai pour toi. Bonne nuit.

La conversation se coupe. Elle a raccroché. Cette fois, je n'ai plus d'échappatoire.

Mon cœur tambourine dans ma poitrine, alors que je réfléchis encore et encore au dilemme qui me tourmente. Ma raison s'incline bien évidemment du côté de Valentin. Mais mes sentiments chancellent dangereusement vers Matthias. Si encore Valentin me démontrait un minimum d'attention… mais dans la situation actuelle, il semble avoir mis notre relation aux oubliettes. Nous formions un couple tellement solide. Nous avons survécu au lycée, aux études sur deux continents différents et à un bébé surprise. Toujours plus forts. Pourrons-nous survivre à mes écarts de conduite ?

Des rires me parviennent de l'extérieur. Je me penche pour observer l'animation dans le jardin. Valentin a un sourire jusqu'aux oreilles. Emily est avachie sur les genoux de Tom, un verre à la main. Et ce dernier a l'air de raconter une blague. La scène qui se déroule sous mes yeux me paraît si légère, si facile, qu'elle contraste complètement avec le poids dans mon estomac qui m'immobilise. Une douche me fera peut-être du bien et m'aidera à éclaircir mes pensées. Le jet d'eau chaude me brûle la peau sans débroussailler davantage mon esprit.

J'éteins le robinet, empoigne deux serviettes, puis enroule mes cheveux dans l'une et mon corps dans l'autre. Après m'être démaquillée méticuleusement, je brosse mes dents. Lorsque je relève la tête après avoir rincé le dentifrice dans ma bouche, je sursaute à la vue de Valentin dans le miroir.

— Tu m'as fait peur, l'informé-je en enlevant la serviette enroulée dans mes cheveux.

Valentin a un regard que je ne lui connais pas. À la fois impassible et dur. Comme il ne bouge pas ni ne parle, je reprends la parole tout en l'observant dans la glace :

— Veux-tu quelque chose ? J'en ai encore pour une minute et je te laisse la place.

Il me fixe toujours sans dire un mot. Je me dépêche, afin de sortir de cette situation inconfortable et aller me coucher avant la journée de demain qui va être, très probablement, éprouvante.

— Tu n'as rien à me dire de plus ? finit-il par demander.

Est-ce que je fais semblant de ne pas comprendre ou est-ce que je prends le taureau par les cornes en sautant à pieds joints dans le sujet qu'il veut aborder ? Je considère la deuxième solution comme la moins risquée.

— Veux-tu parler de ma réponse à la question d'Emily sur les relations sexuelles post accouchement ? Parce que si c'est le cas, il me semble avoir déjà évoqué cette problématique avec toi.

Valentin rit jaune.

— Ah bon ? Je n'en ai pas le souvenir, me mentionne-t-il.

Je ne me démonte pas et renchéris :

— Plusieurs fois. La semaine dernière encore tu bouquinais sur le canapé tard le soir. Je t'ai embrassé et tu m'as repoussée. Je t'ai expliqué que je me sentais très bien et capable de reprendre une activité sexuelle et tu ne m'as pas répondu. Et cette situation s'est produite plusieurs fois au cours des dernières semaines, donc ne fais pas celui qui n'était pas au courant.

— Donc tu n'as pas couché avec quelqu'un d'autre ?

La vérité est au bord de mes lèvres. Prête à sortir. Probablement me sentirais-je mieux lorsque tout sera avoué. Peut-être que le boulet qui m'oppresse la poitrine disparaîtra enfin. Mais le visage de

Valentin, à la fois suppliant et déterminé, m'en empêche. Je n'ai jamais supporté y lire la déception et cette perspective bloque les mots dans ma gorge. Je me laisse la nuit, s'il reste complètement fermé ce soir, demain je lui avoue tout.

— Bien sûr que non, mens-je, je me suis juste satisfaite toute seule de temps en temps.

Je me retourne pour lui faire face et caresse son bras. Il ne réagit pas instantanément. Lorsqu'il bouge, je crains que ce ne soit encore pour me rejeter. Mon cœur est accroché à son prochain geste. S'il me repousse de nouveau, je lui déballe tout. Mais il attrape ma main pour m'attirer à lui. Mon corps se colle au sien. Ses lèvres cherchent les miennes alors qu'il détache la serviette qui me servait d'unique vêtement. Celle-ci atterrit à mes pieds et je me retrouve nue, vulnérable. Quelques gouttes tombent de mes cheveux encore humides et ruissellent le long de mon dos, accentuant les frissons que le toucher de Valentin a fait naître. Sa langue s'enroule autour de la mienne avec une familiarité telle que mes mains passent automatiquement dans ses cheveux. Comme si je répétais des gestes appris mille fois. Des gestes si faciles et spontanés, qu'ils m'apportent un réconfort immédiat. Je me dresse sur la pointe des pieds pour pouvoir passer mes deux bras derrière sa nuque et le rapprocher encore plus de moi. Sa main descend de mon cou jusqu'à ma poitrine, accompagnant l'eau qui continue de couler sur mon corps. Elle s'y arrête quelques instants, assez pour que la pointe de mon téton se dresse, puis continue son chemin jusqu'à mon sexe. Un gémissement m'échappe lorsqu'il insère un doigt en moi. Sa bouche dévore la mienne, tous mes sens sont en éveil.

J'essaye de déboutonner son pantalon, mais il me saisit le bras avec une brutalité que je ne lui connais pas. Il me retourne alors et mon ventre heurte le lavabo, puis s'y retrouve collé. Je l'entends se débarrasser de ses affaires et, sans plus de préliminaires, il me pénètre. D'une main, il accroche ma hanche et de l'autre, il agrippe mes cheveux, me faisant presque mal en tirant dessus. Alors que ses va-et-vient s'accélèrent, je suis perturbée par l'expression qu'il affiche dans le miroir. Ses yeux ne se détachent pas des miens et semblent me défier. Si cette configuration m'excite d'un certain côté, elle m'effraie également. Je préfère couper cette connexion visuelle pour me concentrer sur le plaisir qu'il me procure. Tout mon corps vibre au rythme du sien et, même si les sensations sont agréables, je ne parviens pas à me focaliser assez sur notre acte, trop perturbée par le comportement de mon fiancé. Je sens l'orgasme s'éloigner. Le souffle saccadé de Valentin m'indique que le sien se rapproche. Je ferme les yeux, puis appuie sur mon clitoris pour accélérer la fin de l'acte. J'abandonne tout espoir de septième ciel lorsqu'un spasme de plaisir secoue Valentin et qu'il jouit en moi.

Il relève rapidement la tête, une expression indéchiffrable sur le visage, ramasse ses affaires et me lance :

— Bonne nuit.

Il quitte ensuite la salle de bain comme si ce moment d'intimité n'avait pas existé. Ma confusion s'amplifie ainsi que mon indécision.

Évidemment, impossible de m'endormir cette nuit-là. L'insomnie me tourmente, envoyant des bribes de mes deux relations à mon cerveau fatigué. La première fois que j'ai rencontré les deux objets de mon affection, à quelques semaines d'intervalles. Puis les cours particuliers avec Matthias. Intenses par la stimulation intellectuelle qu'ils me provoquaient, mais également par l'état émotionnel de plus en plus fort dans lequel je me trouvais lorsque j'étais en présence de mon professeur. Et qui a atteint son point culminant lorsque j'ai été reçue au programme d'art. Son départ, que j'ai complètement occulté pour me protéger. Le début de ma relation avec Valentin, le soir même où j'ai appris que je ne reverrai plus Matthias. Et enfin cette facilité. Cette facilité avec laquelle nous avons traversé les diverses étapes de la vie. Comme si Valentin et sa nature si conciliante avaient tout simplifié. Le film de mes onze dernières années défile en boucle dans ma tête. Jusqu'à aujourd'hui, où Valentin ne semble plus lui-même. Au minimum, il a des soupçons. Et cet état suspicieux modifie complètement son comportement habituel. Sonia a raison, la situation ne peut plus durer. Soit je libère Valentin en lui avouant mon infidélité, soit je stoppe tout contact avec Matthias et redouble d'efforts pour rassurer mon, peut-être, futur époux et retrouver notre couple d'avant.

Le lendemain, lorsque le soleil éclaire enfin notre chambre de ses rayons lumineux, ma décision est prise.

CHAPITRE 9
Matthias

— N'oublie pas tes livres, rappelé-je à ma fille.

Exceptionnellement, celle-ci a dormi chez moi hier soir, un mercredi, pour que Kiara puisse se rendre à une soirée avec ses collègues de l'agence. Mais aujourd'hui, une tonne de copies à corriger m'attend, et j'ai grandement besoin de retrouver mon espace.

— Oui oui je sais, marmonne-t-elle.

La période de la petite enfance me manque tant dans ces moments-là. L'enthousiasme qu'elle démontrait pour tout. Son sourire omniprésent, il y a encore quelques années. Maintenant, c'est un événement qui se prépare des jours à l'avance si je veux qu'elle daigne lever les yeux de son téléphone. Heureusement qu'elle lit encore, sinon ma vie n'aurait plus de sens.

— Louise, ta mère t'attend. Va récupérer tes affaires et descends s'il te plaît, lui répété-je encore une fois.

— Oui, deux minutes, souffle-t-elle, si je ne réponds pas dans la seconde les filles prennent des décisions sans moi et, ensuite, je me retrouve exclue de leur groupe. Tu ne voudrais quand même pas que je devienne une sans amie ?

Cette question n'appelle pas de réponse. Ma progéniture, les yeux rivés sur son portable, est affalée sur le canapé. Sa crinière brune, ornée d'une pince papillon en argent, s'étend sur le dossier derrière elle et ses pieds parés de sandalettes dorées trônent sur ma table basse, malgré mes rappels à l'ordre constants. Son short blanc trop court dévoile ses jambes qui s'allongent de jour en jour, à mon grand regret, et son débardeur turquoise nécessiterait le double de tissu pour convenir à mes exigences. Elle est devenue une bien trop jolie jeune fille à mon goût et je redoute le jour où elle ramènera un garçon à la maison.

Des coups à la porte se font entendre. J'avance à contrecœur dans l'entrée pour ouvrir, ma fille n'a pas besoin d'une distraction supplémentaire. À peine la porte ouverte, Kiara fait irruption dans la pièce sans y avoir été invitée.

— J'ai téléphoné il y a déjà quinze minutes pour vous informer que je stationnais en bas et que Louise devait descendre, s'insurge mon ex-femme, qu'est-ce qui prend autant de temps ?

— Ta fille est atteinte d'une flemmardise aiguë et ses jambes ne la portent apparemment plus, expliqué-je.

Kiara observe Louise immobile sur le divan. Seuls ses doigts pianotant sur le petit rectangle électronique bougent.

— Se serait-elle changée en pierre après avoir croisé le regard de ta dulcinée ? plaisante-t-elle.

— Heureusement que tu as préféré la voie du mannequinat à celle de la comédie, car tu n'aurais pas eu autant de succès, lui asséné-je passablement irrité qu'elle s'attaque à Emma.

Kiara me renvoie un sourire forcé puis pose son sac de luxe sur la chaise à côté d'elle, me signifiant qu'elle ne compte pas repartir immédiatement. Un long soupir s'échappe de ma bouche en réalisant ses intentions.

— Réponds tout de même à ma question, s'impatiente-t-elle les bras croisés sur sa poitrine débordant de sa petite robe verte printanière, est-ce que le fruit de notre amour a rencontré la briseuse de ménage ?

Son attitude me donne envie de la faire languir.

— Tu me sembles bien aigrie ma chérie, quelqu'un aurait-il oublié de te donner ton sucre ce matin ? me moqué-je.

Kiara a toujours détesté les surnoms affectueux. Même lorsque nous étions mariés. Elle n'apprécie pas vraiment non plus lorsque je me paye sa tête.

— Tu as un sens de l'humour aussi aiguisé que le mien on dirait, réplique mon ex-femme qui ne se laisse pas abattre.

Elle marque une pause pour savourer l'impact de sa remarque puis reprend :

— Décidément, tu es devenu un professionnel de l'évitement. Est-ce que tu as recouché avec elle ?

— Vous parlez de qui ? s'enquiert Louise qui se réveille pile au bon moment.

— Personne, m'empressé-je de répondre.

Mes plans pour le reste de la journée n'incluent pas cette conversation qui s'avérerait bien trop longue et pénible.

— Ouh, mentirais-tu à ta fille ? me taquine Kiara qui semble s'amuser comme une gamine.

Je lui saisis le bras et l'emmène dans un coin de la cuisine où Louise ne nous entendra pas.

— Qu'est-ce que tu veux Kiara ? chuchoté-je, pourquoi démontres-tu une obsession soudaine pour Emma ?

Mon ex-femme est la seule personne au courant de mon aventure avec mon ancienne élève. Elle comprend la déception provoquée par le mensonge d'Emma, ainsi que le fort sentiment de trahison qui l'a accompagnée. Elle sait également combien je suis intransigeant sur ce sujet. D'où sa surprise actuelle si elle a découvert que je l'ai revue.

— Elle faisait le pied de grue devant chez toi la dernière fois. Puis elle a feint de me rentrer dedans accidentellement pour m'adresser la parole et recueillir des informations. Elle nous a probablement observés pendant que l'on discutait devant ton hall d'immeuble et a voulu découvrir qui osait adresser la parole à son professeur préféré !

Des fragments de la conversation précoïtale avec Emma me reviennent. Elle a mentionné, en effet, que Kiara et elle s'étaient croisées.

— Alors, pourquoi est-elle venue te voir ? insiste Kiara.

— Je n'ai aucune obligation de répondre à ton interrogatoire, réponds-je bien décidé à ne pas lui fournir les informations qu'elle espère récolter, mais sache que non, elle n'a pas rencontré Louise, si c'est cela qui t'inquiète.

— J'aimerais tout de même être tenue au courant si ma fille a une sœur, ronchonne-t-elle.

Sur ce point-ci, j'aurais mieux fait de me taire. Après mon entrevue avec Emma ce jour-là, j'étais tellement remonté que j'ai appelé Kiara et lui ai déballé tout ce que mon ancienne élève m'avait avoué. À l'époque, mon esprit était clair et limpide : jamais je ne la reverrai, cette histoire se trouvait derrière moi et expliquer la situation à mon ex-femme me permettait d'avancer en oubliant les mois écoulés. Malheureusement, je n'avais pas réalisé deux points importants : premièrement, il s'avère compliqué d'oublier qu'un enfant à naître est peut-être le sien. Deuxièmement, Emma m'obsède beaucoup plus que ce que je veux bien admettre. Malgré mes tentatives pour me débarrasser d'elle, elle me colle à la peau depuis onze ans.

— Ne t'inquiète pas, si c'est le cas, l'information ne sera pas tenue secrète très longtemps. Maintenant, embarque ton adolescente et laissez-moi respirer toutes les deux.

Kiara se dirige vers le canapé afin d'y déloger Louise tout en marmonnant :

— Tu n'aurais pas dû m'impliquer dans tes affaires si tu ne voulais pas que je m'en mêle. Allez, Louise lève-toi, ton père ne veut plus de nous ici, il est temps de partir.

Je ne la contredis pas, car c'est la vérité. J'attends d'être seul avec impatience, surtout que l'arrivée de Kiara m'a bien tapé sur les nerfs. Le ton méprisant qu'elle emploie chaque fois qu'elle mentionne Emma me contrarie. Non, honnêtement, cela m'enrage carrément. Mais je connais trop bien Kiara pour savoir qu'elle cherche à me provoquer. Parfois par pur plaisir, d'autres fois elle utilise ce comportement pour obtenir quelque chose.

— Ok, c'est bon j'arrive, maugrée Louise tout en se levant du canapé comme si c'était la chose la plus compliquée qu'elle ait accomplie dans sa vie.

En passant à côté de moi, Louise me prend dans ses bras et m'embrasse sur la joue tout en marmonnant un « au revoir papa ». Malgré les côtés négatifs de cette période adolescente, je ne peux que fondre dans ces moments-là. Kiara ouvre la porte et ma fille franchit le seuil, me laissant tout de même avec un petit pincement au cœur. Avant de partir à sa suite, mon ex-femme se rapproche de moi et dépose un baiser sur ma joue.

— Au revoir, Matty, murmure-t-elle à mon oreille.

Elle ne cesse jamais de jouer. Au début de notre séparation, Kiara soufflait constamment le chaud et le froid afin de déclencher une réaction de ma part. Au fil des années, elle s'est assagie et nous sommes devenus amis. Mais depuis que je lui ai mentionné ma relation avec Emma, son attitude séductrice a refait surface.

La porte se referme enfin, je peux commencer ma journée. Un footing me permettra de me défouler avant de corriger la cinquantaine de copies, probablement toutes plus désespérantes les unes que les autres, qui m'attend sur mon bureau. Alors que je me dirige vers ma chambre afin de revêtir un survêtement, quelqu'un toque à la porte. Je croise les doigts pour que ce ne soit pas de nouveau Kiara qui revient et effectue un demi-tour pour ouvrir. Emma se tient sur mon paillasson, avec un air si abattu sur le visage qu'il me donne envie de la prendre dans mes bras. Comme nous ne sommes pas coutumiers de ce genre de marques d'affection, je me retiens.

— Est-ce que je peux entrer ? me demande-t-elle avec une voix fluette.

— Bien entendu, réponds-je tout en agrandissant l'entrebâillement pour la laisser entrer.

Elle passe devant moi, me permettant de humer l'odeur de son shampoing, puis s'arrête deux pas plus loin, à côté de la cuisine, tout en conservant ses deux mains accrochées à la lanière de son sac, qui repose sur ses épaules, comme si j'allais le lui voler.

— C'est la deuxième fois en moins de trois jours que tu débarques chez moi à l'improviste, blagué-je pour détendre l'atmosphère pesante, voilà pourquoi je ne souhaitais pas te donner mon adresse. Depuis que tu la connais, tu ne peux plus t'empêcher de me rendre visite.

Elle esquisse un demi-sourire triste qui ne me dit rien qui vaille.

— Comment se passe ta journée ? me demande-t-elle le regard dans le vide.

Son attitude fuyante me rappelle le jour où elle m'a annoncé qu'elle était enceinte.

— Pour l'instant pas exactement comme je l'avais planifiée, réponds-je troublé par son comportement.

— As-tu des cours aujourd'hui ? continue-t-elle de me questionner.

Elle évite le sujet qui l'a amenée ici en premier lieu et je déteste ça.

— Arrête de tourner autour du pot s'il te plaît. Je sais bien que tu n'es pas venue ici pour m'interroger sur le bon déroulement de mon planning donc, vas-y, crache le morceau.

Ses yeux sont rivés au sol. Ma main vient caresser sa joue et lui remonter le menton pour qu'elle croise enfin mon regard. Elle frissonne à mon contact, provoquant chez moi une envie de la croquer sur le champ. Ses deux pupilles se logent enfin dans les miennes, ce qui n'arrange pas l'état d'excitation qui s'est déclenché en la touchant. Ses prunelles vertes exercent un pouvoir hypnotisant sur moi depuis très longtemps maintenant. Elle pose sa paume sur la mienne, comme si elle souhaitait s'en imprégner. Nous restons quelques instants dans cette position, puis je l'observe rassembler son courage et se blinder d'une certaine résistance avant de me lâcher :

— Sonia sait pour notre relation. Elle a tout compris le jour de la naissance de Mia, en te voyant. Elle m'a imposé de choisir entre Valentin et toi.

Immédiatement ma main se détache de son visage et je m'éloigne d'elle, comprenant où elle souhaite en venir.

— Et tu as choisi le prince charmant, complété-je dans un sourire résigné.

— Charmant je ne sais plus, reprend-elle, son attitude a complètement changé depuis qu'il t'a vu. Mais je dois nous redonner une chance. Outre le fait que ma famille compte énormément pour moi, notre histoire est probablement vouée à l'échec. Il y a encore quelques semaines, tu avais complètement disparu de ma vie sans laisser de trace. Je... je pense qu'il vaut mieux que ça se termine maintenant.

Son regard me supplie de répondre, peut-être même de la convaincre de changer d'avis. Mais je n'y arrive pas. Mes lèvres restent scellées et mon cerveau s'emplit d'un épais brouillard. Je ne peux pas croire qu'elle rompe. Alors que j'étais prêt à lui pardonner, à aller de l'avant.

— Je suis sincèrement désolée, continue-t-elle presque timide, je n'aurais jamais dû venir chez toi avant-hier.

Elle s'interrompt de nouveau, mais je ne trouve toujours rien à répondre. Après tout, il y a deux jours notre aventure n'existait plus. J'ai commis une erreur en la faisant revenir dans ma vie. Et maintenant, je paye le prix de ma bêtise.

— Je ne sais pas quoi dire d'autre, reprend-elle mal à l'aise dans l'attente d'une réaction de ma part.

Je me mets un coup de fouet mental pour répondre.

— C'est parce qu'il n'y a rien à ajouter. Tu as pris ta décision, je la respecte. Et tu as raison, notre histoire n'avait pas d'avenir de toute façon. Cette aventure était condamnée à se terminer.

Ma réaction la blesse. Ses yeux se brouillent de larmes malgré les efforts qu'elle déploie pour ne pas se laisser envahir par ses émotions.

— Donc c'est bien fini cette fois, réitère-t-elle presque pour elle-même, la voix tremblotante.

— Soyons honnêtes, notre liaison n'existait plus depuis plusieurs mois. Nous pouvons considérer avant-hier comme un au revoir, confirmé-je d'un ton glacial.

Ses mains tripotent la lanière de son sac, mais ses pieds ne bougent pas. Je n'arrive pas à comprendre ce qu'elle attend pour s'en aller. Chaque seconde de plus en sa présence se révèle être une torture. J'ai besoin qu'elle quitte cette pièce.

— Souhaites-tu me faire part d'une autre nouvelle ? lui demandé-je sans mentionner ouvertement le test de paternité.

Elle secoue la tête en signe de négation puis se dirige vers la porte. Alors qu'elle se tient dans l'entrebâillement, elle se tourne vers moi avec une expression attristée.

— En réalité, dès le début, je ne représentais qu'un défi, n'est-ce pas ? La petite élève sans importance qui a grandi et que tu as finalement réussi à mettre dans ton lit.

Je ne la contredis pas, bien trop concentré à ignorer la blessure qu'elle vient de m'infliger, et ferme la porte derrière elle.

CHAPITRE 10
Matthias - Il y a onze ans

Mon cours initial avec la classe de première commence dans cinq minutes. Déjà que les terminales m'exaspèrent par leurs enfantillages, je n'imagine pas des adolescents un an plus jeunes. En plus, je les ai la première heure du lundi matin. Quelle horreur ! De quoi bien commencer la semaine. Attablé au bureau bancal dans la salle des professeurs, je jette un dernier coup d'œil au programme pour aujourd'hui. L'heure va être courte. Avec les diverses présentations, on aura à peine le temps d'aborder un vrai sujet d'étude. Comme j'effectue ma première année d'enseignement, on ne m'a pas donné le choix du lieu. Je me retrouve donc dans ce patelin paumé, alors que je m'épanouis dans les grandes villes. Au moins Kiara semble apprécier. Elle adore mentionner que ce cadre bucolique est idéal pour élever un enfant.

La cloche sonne. Je me dirige vers la salle de classe, pose ma sacoche sur le bureau puis me présente. Le silence se fait et les élèves me fixent avec de grands yeux incrédules. Apparemment mon prédécesseur affichait la soixantaine dépassée, ce qui correspond plus ou moins à l'âge de la majorité des professeurs croisés jusque-là. D'où probablement l'air choqué qu'affiche la trentaine d'adolescents assise face à moi.

À la fin du cours, je distingue deux types de comportements qui se retrouvent également chez mes terminales : les individus masculins ont tendance à me toiser, comme si j'allais leur chercher des problèmes ou piquer leur copine. Quant aux adolescentes, la plupart ont passé l'heure à glousser ou à chuchoter en me glissant des œillades suggestives. Un petit contrôle surprise au prochain cours les incitera tous à mieux se concentrer. Alors que je rédige quelques notes pendant que les élèves quittent la classe, je sens une présence à mes côtés qui me fait relever la tête. La jeune fille qui m'a lancé pas loin de trois clins d'œil pendant l'heure écoulée s'appuie d'une main sur mon bureau, pendant que l'autre entortille une mèche de ses cheveux, et que sa bouche mâchouille un chewing-gum. Comme elle n'a pas l'air décidée à parler ni à bouger, je lance la conversation.

— Avez-vous une question mademoiselle….

Mince, je ne me rappelle plus son nom.

— Appelez-moi Emily, m'indique mon interlocutrice avec un sourire jusqu'aux oreilles, vous êtes sûrs que vous êtes prof et pas mannequin ? On devrait interdire aux mecs comme vous d'enseigner. Après, on nous reproche de ne pas être concentrés.

Je ne crois pas que sa question appelle une réponse. Et voilà qu'elle se mord la lèvre, on atteint des sommets d'inélégance.

— Avez-vous une question en rapport avec le cours de français ? reprends-je d'un ton que j'espère assez sec pour qu'elle cesse son attitude inappropriée.

Emily émet un son s'apparentant à un couinement avant de conclure ce semblant de conversation :

— Pas aujourd'hui, mais je vous promets d'en chercher une pour demain.

J'ai hâte.

******

— Alors que penses-tu de ta nouvelle classe ? me demande Kiara le soir venu, alors que je suis assis à la table de notre cuisine style années 1980.

Ma femme se tient derrière moi et passe ses bras autour de mon cou, réchauffant ma nuque.

— L'année s'annonce très longue, me réjouis-je, heureusement que mon adorable femme m'accueillera avec de bons petits plats lorsque je rentrerai exténué de mes journées difficiles.

— Alors là, tu peux toujours rêver, s'esclaffe Kiara qui n'a jamais touché à une casserole de sa vie, as-tu autant d'admiratrices que dans tes autres classes ?

— Il semblerait que oui, soupiré-je, mais aucune ne t'arrive à la cheville, tu le sais bien.

Je me retourne pour l'embrasser. À peine ai-je le temps de goûter sa délicieuse langue, qu'elle m'arrête pour me prévenir :

— Fais attention tout de même de ne pas tomber dans le piège de l'une d'elles. Les jeunettes sont très malignes.

— L'hôpital se fout un peu de la charité, à ce que je vois. Tu poses en sous-vêtements dans les magazines, devant la caméra de photographes plus ou moins professionnels, et je devrais me méfier de gamines ?

Mes lèvres se posent de nouveau sur les siennes.

— Et puis, tu sais pertinemment qu'une ado de dix-sept ans ne m'attirera jamais, renchéris-je.

Je me lève, l'attire contre moi et réfléchis à tout ce que je m'apprête à lui faire pour qu'elle oublie ses doutes.

******

La correction de ce premier devoir sur table de la classe de première C me déprime. Chaque copie entasse un ramassis de clichés sans réflexion approfondie. Pour me distraire, quelques feuilles s'agrémentent de cœurs dans la marge. Je ne sais plus si je dois rire ou pleurer. Un café me fera le plus grand bien. Une copie de plus et je m'en prépare un. *Allez courage Matthias, encore une et tu auras mérité ta dose de caféine, puis tu seras de nouveau d'aplomb pour les dix dernières.*

J'aborde le début des huit feuilles qui m'attendent avec autant d'entrain qu'un veau qui se rend à l'abattoir. La première page de la dissertation m'offre une agréable lecture. La perspicacité d'analyse me surprend. Je dévore le reste du devoir. En plus d'un exposé minutieux, l'écriture est fluide et le style très travaillé. Cet élève rendrait Baudelaire presque sexy. Je retourne sur la page d'introduction pour vérifier le nom : Emma Gatinel. Gatinel... Gatinel... ça me revient. C'est la copine réservée de la fille exubérante qui vient me draguer à toutes les fins de cours. Elle passe son heure à essayer de suivre et prendre des notes, pendant que sa voisine de classe tente à tout prix de la distraire en bavardant. Cette lecture m'a requinqué. Je n'ai presque plus besoin d'un café. Enfin si, j'en prendrai un quand même.

Plus les semaines passent, plus mon admiration pour mademoiselle Gatinel s'accroît. J'ai cru à un coup de chance, ou à un intérêt particulier pour Baudelaire après le premier devoir, mais non, cette fille possède définitivement un talent et une passion pour l'analyse de texte, mais également pour l'art en général. Une idée me travaille depuis quelques jours, mais je dois en discuter avec Kiara avant.

— K, te rappelles-tu de la petite dont je t'ai parlé, celle qui s'intéresse un tant soit peu au français ? commencé-je pour évoquer le sujet en douceur, pendant que je remue la soupe.

— Bien sûr, il n'y en a qu'une de toute façon, répond-elle sarcastique tout en ramassant les bouts de pain que Louise jette, perchée sur sa chaise haute.

— Au début de l'année, mon collègue qui s'occupe des secondes m'a mentionné un programme élitiste, spécialisé pour les jeunes qui démontrent un intérêt particulier pour une discipline artistique. À l'époque, je n'y ai pas prêté plus d'attention puisque je suis professeur de français et non pas de sport ou d'art. Mais j'ai réalisé que l'étude artistique s'inclut dans les matières proposées.

— Hum hum… se manifeste Kiara toujours en train de récupérer les miettes au sol, où veux-tu en venir ?

— J'aimerais mentorer Emma pour qu'elle intègre le programme l'année prochaine, l'informé-je.

Kiara se détourne de sa tâche pour me regarder avec un air légèrement interloqué.

— Oui, tu fais bien ce que tu veux, c'est ton métier après tout, pas le mien, répond-elle.

— Je sais bien ma chère femme, laisse-moi donc continuer et tu sauras pourquoi j'aborde le sujet avec toi, lancé-je, perdant patience à force d'interruptions.

Ma dulcinée me gratifie d'un faux sourire.

— Donc, continué-je, si je m'engage dans ce tutorat, je devrai m'y consacrer pleinement. C'est-à-dire effectuer minimum deux cours supplémentaires avec elle le soir et ajouter les corrections des devoirs additionnels. Je passerai beaucoup plus de temps au travail. Qu'en penses-tu ?

Kiara semble en pleine réflexion.

— Ta Emma, elle est plutôt timide non ? Elle ne vient jamais te voir à ton bureau ? demande-t-elle.

— Non, mais ce n'est pas le sujet, soupiré-je exaspéré qu'elle ramène tout aux attentions que les élèves me portent.

— Tant que tu ne couches pas avec elle ça ne me dérange pas, rigole-t-elle, mentore-la, tutore-la, mais reste éloigné physiquement et tout ira bien.

******

Emma finit de rédiger le dernier jet de son essai. Son air concentré lorsqu'elle écrit me plaît beaucoup. Je devine ce qu'elle étale sur le papier rien qu'à l'expression qu'elle affiche. J'ai hâte de le lire.

— Terminé ! s'exclame-t-elle heureuse, j'ai suivi votre conseil concernant les critères sociétaux qui peuvent impacter l'œuvre. Effectivement, je n'aurais pas dû omettre de mentionner l'importance de l'époque.

Ses joues rosissent légèrement, comme chaque fois qu'elle s'adresse à moi. Beaucoup moins que les premières semaines, mais toujours un peu. Ce côté réservé de sa personnalité m'attendrit bien plus que je ne veux me l'avouer. En règle générale, je n'apprécie guère la timidité, ce trait de caractère peut même m'insupporter.

J'entreprends de lire ses changements sans me précipiter. L'énergie qu'elle déploie pour dépasser mes exigences et me rendre des écrits d'excellence m'épate de plus en plus. Elle se surpasse toujours davantage à chaque session.

Son sourire crispé m'indique qu'elle attend impatiemment mon retour sur sa dissertation. Je ménage un peu le suspens, pour éviter qu'elle s'emballe.

— Vous avez très bien retranscrit la façon dont la pression sociale a finalement influencé l'artiste, et par conséquent l'œuvre. Et, comme d'habitude, vous rédigez impeccablement.

Les recoins de la bouche d'Emma remontent jusqu'à ses oreilles. Elle se préoccupe tellement de ma satisfaction qu'elle boit chacun de mes compliments comme une assoiffée. Au départ, cet espoir constant d'approbation de ma part m'effrayait un peu. Maintenant, j'affectionne le sentiment de contrôle et de pouvoir que cette attitude fait naître chez moi. Son regard m'indique qu'elle redoute la suite.

Elle sait que je ne termine jamais sans un point à améliorer. Ses yeux me fixent sans un mouvement, suspendus à mes paroles.

— Seul bémol : votre devoir manque un tout petit peu d'originalité sur la fin. La conclusion pourrait paraître un peu banale, sans réelle prise de risques.

Elle continue de sourire, mais de manière plus forcée maintenant.

— Je peux la retravailler si vous voulez, m'indique-t-elle en ressortant les affaires qu'elle avait rangées dans son sac.

J'hésite. Ma montre indique 19 h 00. Ses parents doivent l'attendre. Comme Kiara et Louise guettent mon retour chaque soir.

— Si vous voulez retravailler la conclusion, je vous propose de le faire chez vous ce week-end. Il se fait déjà tard et je préfère ne pas vous retenir plus longtemps. Vous me ramènerez votre nouvelle version lundi ?

Elle acquiesce, l'air légèrement déçu, puis remet sa trousse dans son sac avant de quitter la salle.

Le soir, alors que j'exprime à Kiara ma fascination face à la volonté de perfectionnement d'Emma, celle-ci me coupe :

— Honnêtement tu me soûles avec elle. Emma ci, Emma ça. Dis-moi la vérité : est-ce que tu veux te la taper ?

Comme d'habitude, ma femme ne s'encombre pas de subterfuges et va à l'essentiel. Ses yeux bleus me fusillent. À la réflexion, je mentionne effectivement beaucoup mon élève ces derniers temps. Mais elle est quasiment la seule avec des idées un peu intéressantes dans ce lycée. Kiara exagère d'insinuer que j'éprouve plus que de la prévenance envers elle.

— Bien sûr que non, répliqué-je sûr de moi, arrête de te mettre des idées en tête. Tu sais pertinemment que, même célibataire, jamais je ne construirai ce genre de relation avec une de mes élèves, et encore moins mineure.

Je n'aime pas la tournure que prend cette soirée. Dans ma tête, elle se déroulait autrement. Kiara, qui domine dans l'art de me sauter à la gorge lorsque je m'y attends le moins, gâche mes plans, ce qui a le don de m'horripiler.

— J'étais mineure lorsqu'on a couché ensemble la première fois, remarque-t-elle, acide.

Le ridicule de sa réflexion m'arrache un rictus.

— Et je venais de fêter mes dix-huit ans. Tu ne peux pas comparer les deux situations. En plus, jamais je ne te tromperai, tu le sais très bien. K, pourquoi plombes-tu notre début de week-end par des spéculations absurdes ? Si un étudiant homme me rendait ce type d'écrits, je partagerais les mêmes pensées. Bon, tu ne veux pas regarder un film au lieu qu'on s'engueule ? Je n'énoncerai plus son nom en ta présence, c'est noté.

Mais Kiara n'en démord pas.

— Jouons avec notre imagination. Demain tu te réveilles célibataire, ton Emma a fêté sa majorité et tu n'es plus son professeur. As-tu envie de la sauter ?

Je ne cherche même pas à considérer son scénario. Ses suppositions m'agacent. D'habitude ces échanges verbaux m'animent, voire m'excitent, mais ce soir je ne rêvais que d'un moment calme et tranquille. Ses perpétuelles provocations me tapent sur les nerfs.

— Pourquoi as-tu accepté que je la mentore si tu te sens tellement menacée ? demandé-je pour changer de sujet.

Le visage de Kiara prend une couleur cerise donnant l'impression qu'elle s'apprête à exploser.

— Menacée ? Menacée moi ? En plus de mon intelligence hors norme, je m'observe assez dans le miroir pour n'avoir aucune raison de me sentir menacée par une binoclarde qui cherche à t'impressionner. Merci dame nature.

Je garde pour moi mon envie de la corriger sur le fait qu'Emma ne porte pas de lunettes.

— Pourquoi me fais-tu ce cinéma alors ? la questionné-je plutôt.

Fait rarissime : Kiara ne trouve rien à répondre. La voilà prise au piège dans ses propres contradictions.

— Parce que ton programme de mentorat prend trop de temps, finit-elle par lâcher en redressant le menton, je veux que tu arrêtes. Louise te réclame lorsque tu t'absentes le soir et j'en ai marre que cette demoiselle occupe autant ton esprit.

Elle se fout de moi.

— Non, réponds-je simplement en marchant en direction du hall d'entrée pour mettre fin à cette dispute absurde.

— Comment ça, non ? crie-t-elle en me courant après pour me bloquer le passage, je te préviens Matthias...

Je l'interromps avant qu'elle ne finisse :

— Je ne vais pas briser les espoirs d'une jeune fille qui a sacrifié presque une année de sa courte adolescence pour tes caprices de princesse ! Maintenant, laisse-moi passer.

Mon bras la repousse, me permettant d'accéder à la porte et de sortir pour respirer. Qu'elle n'essaye pas de me sauter dessus à mon retour, car elle se prendra un sacré vent.

Après un tour du pâté de maisons, mes nerfs sont moins tendus. Je prends quelques notes pour moi-même : ne plus mentionner Emma et surtout ne pas merder. Quelle que soit la menace que Kiara n'a pas eu le temps d'énoncer, elle l'a en tête et la mettra à exécution au moindre doute.

******

Je reçois les résultats du concours au programme en fin de matinée. Emma recevra sa copie ce week-end par la poste, mais je veux lui annoncer en personne pour assister à sa réaction. Nul besoin d'ouvrir l'enveloppe pour savoir qu'elle a obtenu sa place. Elle a probablement travaillé trois fois plus que ses concurrents et, en ajoutant ses capacités innées, a assurément emporté la première place du classement.

J'ouvre tout de même la lettre : reçue. J'ai hâte d'accompagner sa progression l'année prochaine. Ce cursus promet d'être passionnant. Au fil des dernières semaines, elle a révélé un caractère plus affirmé. Et même si son attitude insolente m'irrite parfois au plus haut point, le tempérament débridé qu'elle m'a laissé entrevoir promet des sessions animées.

Pendant toute l'heure de cours avec les premières C, je constate qu'Emma fixe la pendule et évite mon regard. Lorsque la cloche sonne, j'ai à peine le temps de me retourner pour poser le livre que l'on étudie, qu'Emma passe à toute vitesse devant moi pour s'en aller. Je l'interpelle de justesse alors qu'elle s'apprête à franchir la porte :

— Emma, voulez-vous bien attendre que tous les élèves soient sortis ? Il faut que je vous parle.

Elle s'immobilise, avec un air inquiet. Les autres élèves mettent un temps fou à rejoindre la porte. Quelle bande d'escargots. Lorsqu'ils sont tous enfin dehors, je lui ordonne :

— Emma, veuillez fermer la porte s'il vous plaît.

Elle semble si fébrile qu'on pourrait croire qu'elle va s'évanouir. Son dos se colle à la porte comme si elle gardait sous le coude un moyen de s'enfuir à tout instant. Croit-elle réellement qu'elle puisse ne pas intégrer le programme ? Je la laisse mariner quelques secondes puis m'exclame enthousiaste :

— Vous êtes acceptée.

La joie qui inonde son visage m'emplit de bonheur. Jamais je n'aurais cru ressentir autant d'allégresse pour le succès d'un élève. Soudain, elle s'approche de moi pour m'enlacer et ses lèvres atterrissent sur les miennes. Les frissons dans mon dos remontent la vague de désir que j'avais enfoui en moi et, pendant quelques secondes, je ne contrôle plus mes gestes. Ma bouche déguste la sienne et mes mains se plaquent sur ses joues pour la rapprocher encore plus. J'entrouvre mes lèvres pour me délecter de sa langue sucrée par les bonbons qu'elle trimballe dans son sac. Alors que l'envie de lui enlever son t-shirt se fait plus pressante, je réalise ce que je suis en train de faire et la repousse immédiatement.

— Emma, je suis vraiment désolé, cette situation est hautement inappropriée, affirmé-je du ton le plus rigide possible, vous êtes mineure, je suis votre professeur et cela ne peut pas se produire. En outre, et même si cela ne vous regarde pas, je suis marié et j'ai un enfant. Je m'excuse profondément si j'ai pu vous envoyer des signaux laissant supposer que je pourrais établir ce genre de relation avec vous.

Elle me fixe quelques instants, interdite, avant de prendre ses jambes à son cou. Je me sens tellement con. Je l'ai laissée développer des sentiments pour moi en faisant fi de la déontologie, ainsi que de mes principes. J'ai cru naïvement que ses réactions envers moi ne reflétaient ni plus ni moins qu'une espèce d'amourette adolescente que les autres filles manifestent lorsqu'un prof un peu mignon se présente. Après avoir avoué ce qu'il vient de se passer à Kiara, il est certain que jamais je ne reverrai Emma.

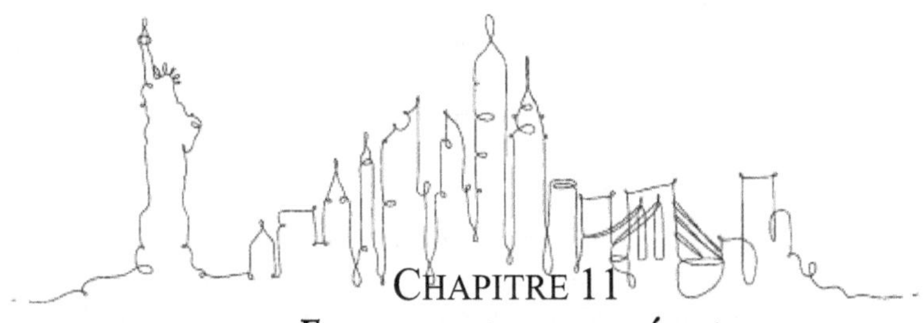

Chapitre 11
Emma — retour au présent

Le souffle court, je me précipite hors de l'immeuble de Matthias, comme si je m'étais maintenue en apnée face à lui. L'air s'infiltre dans mes poumons, mais ma respiration ne décélère pas pour autant. Des larmes incontrôlées ruissellent sur mes joues. Je n'essaye même pas de les contenir. Vite, je dois quitter cet endroit pour ne surtout pas risquer de croiser une nouvelle fois la sorcière qui lui servait de femme.

J'erre dans les rues sans savoir où me rendre. Sonia a exigé que je la retrouve chez elle à l'heure de sa pause déjeuner et son logement se trouve sur mon chemin jusqu'à Brooklyn. De toute façon, je ne peux décemment pas prendre le risque de retrouver Valentin à la maison avec ma tête complètement déconfite. En passant devant une vitrine, j'observe mon visage : mes yeux et mon nez affichent une couleur rouge que je dois absolument estomper avant de rentrer.

J'aperçois des bancs ainsi qu'un brin de verdure sur ma droite. Mes jambes ne me portent plus, je m'installe donc sur l'assise en bois pour reprendre mes esprits. Jamais je n'aurais dû le revoir. Mon processus de guérison avait commencé. Si seulement il ne s'était pas rendu à la maternité. Ou simplement si je ne l'avais pas suivi chez lui. Mais non, il a fallu que j'aille me reprendre un fix de Matthias dès que cela s'est avéré possible. Et maintenant la désintoxication reprend à zéro. Encore aujourd'hui, j'ai déployé un effort surhumain pour rompre avec lui au lieu de lui sauter dessus.

Un peu plus loin, dans une allée d'arbres, je remarque une famille qui se balade dans le parc. Les parents se tiennent la main en se jetant des regards langoureux par moments, pendant que leurs deux enfants se courent après tout en leur tournant autour. Ils respirent le bonheur tel qu'on nous le vend dans les publicités. Cette vision confirme ma décision, malgré la petite voix au fond de mon cœur qui me crie de revenir en arrière. Je calme mes sanglots et sèche mes larmes. Je n'ai pas droit à cette tristesse. Je me suis mise dans cette situation toute seule alors que tout allait bien dans ma vie. Si je veux retourner à mon existence paisible, mon couple parfait et ma carrière montante, il ne tient qu'à moi de redoubler d'efforts pour reconquérir Valentin et laisser ma relation extraconjugale aux oubliettes. *Allez Emma, tu peux le faire, l'année écoulée ne représente qu'une déviation sur l'autoroute de ta destinée*, me chuchote ma raison. Je me relève pour affronter Sonia une dernière fois, puis cette histoire demeurera définitivement derrière moi.

Les secondes me paraissent des heures alors que j'attends Sonia devant son gratte-ciel.

— Tu as l'air vraiment mal en point, constate-t-elle lorsqu'elle apparaît enfin, montons afin d'en discuter, nous serons plus tranquilles.

Je suis mon amie sans broncher. Arrivée dans son appartement, je m'écroule sur son canapé. Sonia se dirige dans la cuisine pour préparer du café, toujours sans me poser de questions. Je suis partagée entre l'envie de faire bonne figure, et le besoin de m'épandre sur la tristesse que je ressens.

— Où se trouve Emily ? m'enquiers-je avant de déverser l'accablement qui m'enserre le cœur.

— Elle m'a prévenue qu'elle irait faire du shopping aujourd'hui après avoir déposé Tom à l'aéroport, m'informe mon amie avant de s'installer à côté de moi, en déposant deux tasses devant nous.

Sonia attend. Elle m'invite ainsi à m'expliquer sans poser de questions. Mais je ne sais pas vraiment par où commencer.

— Je ne reverrai plus Matthias, finis-je par lâcher, je l'ai retrouvé à son appartement plus tôt pour le lui annoncer.

Une nouvelle goutte d'eau salée coule de mon œil que j'essuie immédiatement. Sonia prend un air grave.

— Donc tu as pris la décision de quitter ton amant, reformule-t-elle plus pour elle-même que pour moi.

— N'était-ce pas ce que tu m'as demandé ?

— Non. Idéalement, si j'avais dû formuler une demande, ça aurait été de ne pas tromper ton fiancé en premier lieu. Ensuite, je t'ai effectivement imposé de prendre une décision, quelle qu'elle soit.

Elle marque une pause puis reprend :

— Es-tu certaine que tu ne le recontacteras pas ?

Alors là, elle me casse vraiment les pieds. L'état émotionnel dans lequel je me trouve m'empêche de contenir ma colère.

— Oui, crié-je presque, de toute façon sa fierté d'acier ne l'autoriserait jamais à me reprendre si je venais à changer d'avis, ne t'inquiète pas.

— Comment vas-tu te débrouiller pour Mia ?

Mince Mia. Il n'a pas abordé le sujet et j'étais trop concentrée sur l'idée de couper court à notre relation pour penser à autre chose. Je balaye la question d'un revers de main :

— Je n'y ai pas réfléchi et nous n'en avons pas discuté. Une chose à la fois.

Elle me prend la main et je ressens enfin qu'elle se décide à me donner son soutien.

— Tu as l'air dévastée, note-t-elle.

— Je ne pensais pas que ce serait si dur de regarder Matthias dans les yeux pour lui dire que je mettais fin à notre relation.

— Pourquoi as-tu décidé de le faire alors ? me questionne Sonia, l'air sincèrement concerné, si c'est pour une question logistique, tu aurais trouvé une solution. Mais tu devais choisir Emma, tu ne pouvais pas continuer à mener une double vie.

— Parce que choisir Matthias comportait trop d'incertitudes. Avec Valentin, je sais que nous avons été heureux pendant dix ans. En tout cas, lui l'a été c'est certain. Moi aussi…je crois.

Je ne suis plus sûre de rien.

— J'ai annoncé à Matthias que je lui avais menti une fois et il a disparu sans laisser de traces pendant des mois, continué-je, et puis il est autoritaire, borné, condescendant, autocentré, égocentrique et manipulateur, comment puis-je espérer construire une relation avec un homme comme lui ?

Sonia tient toujours ma main, ce qui me rassure un peu. Je me sens moins seule et regrette presque de ne pas m'être confessée à elle, plus tôt, lorsque j'étais très déprimée pendant la grossesse.

— Est-ce qu'énumérer la liste de ses défauts te conforte dans ton choix ? me questionne-t-elle.

— Oui… non… peut-être, je ne sais pas. Écoute, mon aventure avec Matthias ne pouvait être que ça : une aventure. J'ai construit toute une vie avec Valentin. Nous avons un passé, un socle solide, des enfants, une maison. Si j'arrive à apaiser ses doutes, à le faire redevenir qui il était avant que Matthias ne refasse surface à la maternité, notre relation continuera de s'épanouir, j'en suis certaine.

Je ne sais plus si j'essaye de convaincre Sonia ou moi-même.

— Et ne penses-tu pas que tout lui avouer te permettrait de repartir sur des bases saines avec lui ? S'il a des doutes Emma, et que tu laisses ses doutes s'envenimer, votre relation sera peut-être entachée à vie. Si tu lui avoues, vous pourrez vous relever plus fort.

J'ouvre de grands yeux, complètement tétanisée à l'idée de parler à Valentin.

— Non So, je ne peux pas. En tout cas, pas maintenant. Dans un futur lointain, qui sait ?

Sonia s'approche pour me serrer dans ses bras et une vague de soulagement se propage dans mon corps. Juste avant qu'une voix résonne dans mon dos :

— Qui est Matthias ?

Mon cœur est sur le point de lâcher. Emily se tient derrière moi, dans l'embrasure de la chambre d'ami de Sonia.

— Que fais-tu ici ? lui demande Sonia, aussi consternée que moi.

— Je suis revenue dormir après avoir déposé Tom à l'aéroport ce matin. Mais répondez à ma question au lieu de changer de sujet. Votre discussion semblait très intéressante.

Emily ressemble à un taureau prêt à foncer sur un toréador. Le toréador étant moi, le cas échéant.

— Emily, depuis combien de temps écoutes-tu ? la questionné-je complètement paniquée par la situation.

— Pourquoi ma chère Emma ? Comptes-tu modifier ta version en fonction de ce que j'ai pu entendre ? grince-t-elle entre ses dents.

Je ne trouve rien à répondre parce qu'elle a raison. Je cherche un moyen de savoir si je peux encore éviter de lui révéler la vérité.

— Alors vous allez me répondre, réitère Emily virulente, QUI EST MATTHIAS ?

Je ne peux pas, mes émotions se mélangent et m'empêchent d'articuler un seul son. Tout en me lançant un coup d'œil défaitiste, Sonia se charge de répondre :

— Matthias Simeo, notre ancien professeur de français.

Les yeux d'Emily sortent littéralement de leur orbite. Elle a dû couper sa respiration parce qu'elle devient aussi rouge qu'une tomate. Je crois qu'elle va me tuer. Je peux très bien l'imaginer aller dans la cuisine à cet instant, attraper un couteau et me poignarder.

— Tu te tapes l'ancien prof de français ? s'insurge Emily les yeux si ronds que je pourrais les utiliser en balles de golf, c'est pour cette raison qu'il est venu te voir à l'hôpital ?

Elle se tourne ensuite vers Sonia et lui assène, d'une voix toujours très aiguë :

— Et toi, tu étais au courant et tu l'as laissée faire ? Mais qui êtes-vous ?

Elle revient à moi pour continuer ses questions sans réponses :

— Qui es-tu ? Plus celle qui m'expliquait en long et en large combien c'est mal de tromper son mec, qu'une relation repose sur des bases saines telles que la communication et la fidélité en tout cas. Où est passée cette fille ?

Emily ouvre ses bras et fait mine de chercher. Sonia et moi attendons qu'elle finisse sa litanie, tétanisées par son attitude agitée.

— Je t'admirais tellement, reprend-elle d'un ton transpirant la déception, tu représentais mon modèle, tu réussis tout ce que tu entreprends et pour moi, tu incarnais l'honnêteté, la droiture, jamais un faux pas… je ne peux pas croire ce que j'entends… Je dois appeler Valentin.

Elle sort alors son téléphone de sa poche et, avant que je ne puisse bouger, Sonia se relève pour l'arrêter :

— Laisse-lui une chance de lui révéler la vérité elle-même, quémande mon amie, ses mains sur celles d'Emily.

Je retiens mon souffle. Tout s'écroule autour de moi. Je réalise que quoi qu'Emily décide, la conversation que je redoute et esquive depuis des semaines devra avoir lieu. Et, au milieu de tout ce tumulte, je me rappelle de vouer à Sonia une reconnaissance éternelle.

— Pourquoi ? se révolte Emily, d'après votre discussion elle n'a pas du tout l'intention de lui avouer.

— S'il te plaît, Emily, même sans penser au bien d'Emma, qui reste notre amie, si tu appelles Valentin pour lui annoncer toi, cela le blessera encore plus.

— Quand je pense que je lui ai laissé… murmure presque Emily.

Pardon ? Malgré ma volonté de me faire toute petite, un sursaut de fierté se manifeste :

— Que viens-tu de dire ? réagis-je piquée au vif.

Les yeux perçants d'Emily me foudroient. Et ceux de Sonia semblent la supplier de se taire.

— Ne me dis pas que tu n'as jamais rien soupçonné, réplique Emily assassine, oui ma si fragile Emma, Valentin a un faible pour moi depuis le lycée.

Effectivement, je m'en étais rendu compte. Même Matthias me l'a fait remarquer l'année dernière.

— Emily, ce n'est ni le moment ni l'endroit, intervient alors Sonia.

— Oh c'est le moment parfait pourtant, répète Emily semblant décider si elle va me faire sa grande révélation.

Je suis suspendue à ses lèvres. Son sourire machiavélique ne me laisse rien présager de bon.

— Si ta mémoire ne chancelle pas autant que ton intégrité, tu te rappelles que Valentin et moi formions un couple pendant un court laps de temps au lycée, continue-t-elle.

Oui je m'en rappelle, réponds-je pour moi-même, jamais très enthousiaste de me remémorer ce souvenir. Emily semble se délecter par avance de l'aveu qu'elle s'apprête à me confier.

— À l'époque, nous nous sommes séparés parce que je pensais ne pas être à la hauteur d'un gars comme lui. J'ai embrassé quelqu'un d'autre à une soirée, et, immédiatement, je lui ai confessé suggérant que notre histoire n'irait nulle part. Puis vient notre fameuse fête de début de terminale, pendant laquelle tu m'as demandé mon accord pour sortir avec Valentin. Mais tu n'étais pas la seule à te soucier de savoir si cette situation me poserait un problème.

Sonia guette ma réaction comme de l'huile sur le feu.

— Valentin s'intéressait également à mon opinion. Nous avons fait l'amour plusieurs fois cette nuit-là. Puis, au petit matin, je l'ai laissé s'envoler vers toi. Plus tard, nous nous sommes juré de ne jamais t'en parler.

Sa révélation me fait l'effet d'une bombe entraînant dans son explosion le socle de la relation entre Valentin et moi. Ce jour-là, lorsqu'il s'est présenté chez moi pour me consoler, il arrivait directement de chez Emily avec qui il avait passé la nuit.

Je ne sais pour quelle raison je m'en prends à Sonia. Probablement parce que je sais qu'Emily serait bien trop contente d'engager une confrontation avec moi.

— Et évidemment tu savais, accusé-je mon amie.

Sonia prend un air stupéfait.

— Vous m'impliquez dans toutes vos histoires, se défend-elle, ma discrétion te dérange moins lorsqu'elle abrite tes secrets.

Ma tête tourne, l'air devient irrespirable. Je me rue sur la porte alors qu'Emily m'assène le coup de grâce :

— Demain à la première heure, j'appelle Valentin. Ce soir est ta dernière chance pour qu'il apprenne la vérité de ta bouche.

Je claque la porte en partant.

Incapable de marcher, je hèle un taxi et lui énonce mon adresse avec difficulté. Le trajet se révèle trop rapide à mon goût. Il y a deux jours, avant les appels consécutifs de Sonia et Matthias, ma vie semblait pouvoir reprendre normalement. Aujourd'hui, cette vie-là me semble tellement lointaine, comme si des mois s'étaient écoulés.

Je me tiens devant la porte de notre maison, redoutant d'y entrer. Mais je n'ai plus le choix. Voici le moment que j'ai craint depuis des mois et je dois l'affronter. Mon discours, mûrement préparé et ressassé dans la voiture, n'a qu'un seul objectif : que Valentin envisage de me pardonner un jour.

J'appuie sur la poignée et entre. Je sursaute en levant les yeux. Valentin se trouve à deux mètres de moi, au pied de l'escalier. La maison, d'habitude si animée, me paraît très calme.

— Où sont les enfants ? demandé-je pour m'assurer qu'ils n'assisteront pas à cette conversation.

— Mia dort à l'étage, je viens tout juste de la coucher, me répond Valentin du ton froid qu'il adopte ces derniers temps, et la mère de Sébastien ramènera Ethan de l'école dans une vingtaine de minutes. Elle m'a proposé de le récupérer puisqu'elle habite au coin de la rue.

Je ne peux plus me dérober, je dois lui dire maintenant.

— Il faut qu'on parle, lui lancé-je en introduction.

Alors que je me prépare, à l'aide d'une grande inspiration, Valentin m'interrompt, un sourire cynique sur le visage :

— On y est alors ? Au moment où tu m'avoues que tu me prends pour un con depuis des mois ?

CHAPITRE 12
Emma

— Me crois-tu réellement stupide à ce point ? me demande Valentin, le visage déformé par la colère.

Le ciel me tombe sur la tête. Prise de court, je me retrouve incapable de prononcer un seul mot.

— Une seule question me trotte encore dans la tête : quand as-tu commencé à coucher avec lui ? reprend-il, acerbe.

— Je, heu…, bégayé-je étourdie par la situation sur laquelle je n'ai plus aucun contrôle, je ne sais plus exactement.

— Bien sûr que si tu le sais. Pourrais-tu avoir la décence de répondre à cette simple question, sans mentir ? Ne penses-tu pas que ce serait la moindre des courtoisies que tu pourrais m'accorder ?

Chaque mot qu'il prononce me fait l'effet d'un coup de poing dans le ventre. Ma bouche s'assèche et l'air me manque.

— En mai, l'année dernière, marmonné-je dans ma barbe.

— Pardon ? vocifère-t-il, agacé, quand tu le veux tu arrives à être bruyante, il a dû s'en rendre compte également, donc s'il te plaît, fournis un effort et réponds à ma question avec une voix qui me permet de comprendre tes mots.

Sa remarque cinglante m'arrive en pleine tête. Je me racle la gorge et me redresse légèrement pour conserver une petite contenance.

— En mai, l'année dernière, réitéré-je en veillant à être intelligible.

Valentin se met à rire de façon incontrôlée. Sa tête part en arrière comme si je lui racontais l'histoire la plus drôle au monde.

— Ah ben si, je suis vraiment con alors, lâche-t-il finalement après avoir repris ses esprits, cette comédie dure depuis plus d'un an donc. C'est encore pire que ce que j'imaginais.

Son ton devient soudain grave, presque menaçant. Je suis saisie par la peur. Mon cœur bat à en sortir de ma poitrine. *Emma, ressaisis-toi !* me souffle une petite voix dans ma tête, *Valentin ne te ferait jamais de mal.*

— Ce n'était qu'une passade, finis-je par articuler pour essayer de sauver quelques morceaux de notre couple, j'y ai mis un terme maintenant. Je tiens à nous et à notre vie de famille.

Les yeux de Valentin me fusillent.

— Tu tiens à nous, Emma ? grogne-t-il, non, moi, je tiens à nous. Tellement, que j'ai ignoré les signes en me convainquant que jamais, au grand jamais, tu ne pourrais me faire une chose pareille. Je me doutais depuis mon séminaire en juin dernier que quelque chose de louche se tramait. Mais j'avais une confiance aveugle en toi. Je me suis dit que tu étais stressée par tes responsabilités à la galerie, par la pression que je te mettais pour avoir un second enfant, par le rythme de nos vies de parents. J'ai cru devenir paranoïaque, fou, me blâmant de me laisser tourmenter par des suspicions insensées. Mais non Valentin, jamais Emma ne te tromperait. Comment oses-tu penser qu'elle puisse te trahir ? J'ai vécu pendant des mois avec cette culpabilité. La culpabilité de nourrir des doutes par rapport à toi alors que tu as toujours été irréprochable. Lors de l'accident d'Ethan, je m'en suis voulu de t'avoir écartée et malmenée quand tu n'as pas répondu présente. Mais tu te trouvais avec lui, n'est-ce pas ?

Son regard me supplie de nier. Mais je ne peux pas. Je ne peux plus. Mes mensonges ont tout anéanti sur leur passage, ils n'ont plus droit à la parole. Valentin marque une pause en baissant la tête. Lorsqu'il la relève pour continuer, ses traits sont déformés par la rage. Ma respiration se fait de plus en plus saccadée. Je n'ose pas bouger, trop effrayée à l'idée de le provoquer.

— Et puis il s'est pointé à la maternité, reprend-il, il a eu le culot de montrer sa tête le jour de la naissance de notre fille. Ah oui et j'insiste : NOTRE fille. Parce que même si tu ne te montres pas inquiète outre mesure, j'avais un terrible pressentiment quant à la date de conception. J'ai donc pris la peine d'effectuer un test de paternité quelques semaines après sa venue au monde. Et tu pourras confirmer à ton amant qu'il s'agit de mon bébé, pas du sien.

Il se dirige alors vers le buffet à l'entrée du salon, ouvre le tiroir plein de documents administratifs qui me donnent le tournis et en sort une enveloppe. Puis il revient vers moi et me la jette à la figure. Le mépris avec lequel il me regarde me donne mal au ventre. J'ouvre le pli, en sors une feuille de papier et constate qu'il dit vrai. Mia Hudson partage une concordance suffisante d'ADN avec Valentin Hudson pour confirmer à 99,99% qu'elle est sa fille.

Bizarrement je ne ressens pas le soulagement que j'avais imaginé. En réalité, je ne ressens rien. Je suis comme engourdie, incapable d'assimiler ce qui se déroule devant moi.

— Est-ce pour cette raison que tu ne me laissais pas approcher Mia seule ? réalisé-je soudain.

— Croyais-tu vraiment que je te laisserais amener notre fille à cette ordure ?

— Jamais je n'aurais emmené Mia sans ton accord, affirmé-je.

— Pardonne-moi de ne plus savoir de quoi tu es capable.

Je tente de reprendre mes esprits pour essayer de sauver des miettes de notre relation.

— J'ai commis une erreur, reconnais-je, une terrible, terrible erreur. Mais c'est terminé maintenant. Nous pouvons nous relever, je le sais. Beaucoup de couples affrontent des passades difficiles, cela arrive à tout le monde.

— Non ça n'arrive pas à tout le monde, répond-il méprisant, la plupart des gens ne sautent pas quelqu'un d'autre lorsqu'ils forment un couple. Je ne t'ai jamais manqué de respect, j'attendais, à juste titre je pense que tu en fasses de même.

Au milieu de toute cette culpabilité et, même si mon but reste de faire amende honorable, une once de colère me chatouille lorsqu'il prononce ces mots. Je repense à la révélation d'Emily et rétorque :

— Donc pour toi coucher avec ma meilleure amie le soir où l'on a échangé notre premier baiser ne constitue pas une erreur ? Et tu considères cela respectueux de ne pas m'avoir avoué en dix ans de relation que notre couple n'aurait jamais existé si Emily avait choisi de te reprendre ?

Valentin arbore un air scandalisé. Il se tient la tête avec les mains comme pour se retenir de se jeter sur moi.

— Premièrement, ton court résumé ne reflète absolument pas la réalité. Ce soir-là, nous nous sommes quittés fâchés. Emily était bouleversée à l'idée qu'on puisse se mettre en couple toi et moi. Une chose en amenant une autre, nous avons recouché ensemble. Le lendemain, nous avons convenu d'un commun accord qu'il valait mieux mettre un terme à cette relation qui n'avait mené à rien une première fois... Et elle m'a affirmé que je pouvais foncer avec toi, qu'elle ne connaissait personne de plus loyal.

Il finit son discours secoué par des rires comme si les mots d'Emily se révélaient aujourd'hui être la blague du siècle. Même dans un moment pareil, rien ne lui paraît plus important que de défendre son honneur à ce que je vois.

— Deuxièmement, comment oses-tu comparer un écart de plus d'une décennie alors que nous n'étions même pas en couple à une année de trahison après dix années et un enfant ensemble ? Avec ce type en plus ?

Une nouvelle fois, je ne tiens pas ma langue :

— Donc le problème n'est pas tant de t'avoir trompé, mais avec qui ? Avec quelqu'un d'autre, cela te paraîtrait moins grave ?

Valentin serre les poings et sa mâchoire se crispe. Je peux presque deviner la fumée sortir de ses narines. Je réalise que je suis allée beaucoup trop loin. J'étais censée courber l'échine. Tout encaisser en fermant ma bouche. Arrrrrh! Pourquoi suis-je incapable de me taire et d'acquiescer à tout ce qu'il m'énonce ?

Valentin avance d'un pas vers moi avant d'ajouter :

— Le pire dans tout ça, Emma, c'est que j'étais prêt à te pardonner. Si seulement tu avais montré assez de considération pour moi pour m'avouer ton infidélité lorsque nous sommes rentrés de l'hôpital et que je t'ai posé la question. Mais tu m'as menti, à nouveau, en me regardant bien droit dans les yeux. Même après ce énième mensonge, je crois que j'aurais pu avancer et réapprendre à aimer notre couple pour nos enfants. Jusqu'à il y a quelques jours. Tu as modifié ton comportement, encore. Des cachotteries, des secrets, des sorties en douce. Tu as recommencé à le voir... On aurait pu reconstruire quelque chose, envisager de finalement se marier à un moment donné. J'étais prêt à sacrifier ma dignité, mon amour-propre pour notre famille. Mais tu l'as revu.

Un élan d'espoir renaît en moi.

— Même si rien n'excuse mes actes, admis-je, je veux me racheter. Je ferai n'importe quoi pour retrouver notre vie d'avant et que tu arrives à me pardonner, l'imploré-je d'une voix fluette.

— Ferme-la Emma ! Ferme-la ! explose Valentin les yeux noirs.

Le choc suscité par la fureur de son ton me tétanise. Il avance d'un nouveau pas vers moi déterminé et glacial. Mon corps se rigidifie comme s'il s'attendait à recevoir un coup.

— Pour ton propre bien Emma, je te conseille de quitter cette maison et de te trouver un avocat. Même si ça va se révéler très compliqué pour toi, puisque mon père connaît tous les meilleurs cabinets de la ville et jamais ils ne travailleront avec toi. Tu aurais dû m'écouter lorsque je t'ennuyais à propos de ta nationalité américaine. Cette maison m'appartient et j'obtiendrai sans aucune difficulté la garde exclusive de nos enfants. Maintenant, sors de ma maison avant que j'appelle la police. Si je porte plainte contre toi pour intrusion, je peux t'assurer que tu te retrouveras dans un avion en direction de la France en un rien de temps et que tu ne remettras jamais les pieds sur le territoire américain, je t'en fais la promesse.

Une lueur folle danse dans son regard. La violence de ses mots ainsi que la férocité de son intonation enrayent complètement ma réception cognitive. Mon cerveau n'assimile pas les informations qu'il me transmet. Je vais me réveiller de ce cauchemar. Comme je ne bouge pas, Valentin ouvre la porte et s'avance une nouvelle fois, menaçant. Instinctivement je recule et me retrouve à l'extérieur. Valentin me claque la porte au nez.

CHAPITRE 13
Emma

Je suis sonnée. À terre. Tel un boxeur à qui son adversaire aurait infligé non pas un, mais deux KO. Voire trois. Lorsque je réalise ce qu'il vient de se passer, je me mets à crier en tapant sur le battant pour qu'il me laisse rentrer.

— Valentin, ouvre-moi ! hurlé-je désespérée.

Évidemment, la porte reste close. Quelques passants me regardent étrangement. Merde, quelqu'un finira par appeler la police si je continue. En plus, la mère de Sébastien va ramener Ethan. Je marche là où mes pas me portent pour qu'il ne puisse pas m'apercevoir dans cet état.

Mes enfants sont toute ma vie. Je ne comprends plus comment j'ai accepté de mettre en danger mon équilibre familial pour une amourette. Ma vie si parfaite vient de m'échapper et un gouffre s'ouvre sous mes pieds pour m'aspirer. Ma tête tourne, et me renvoie des flash-backs de la dispute avec Valentin, ainsi que de tous les indices que j'ai semés sur mon chemin, au cours de l'année écoulée. Des images d'Ethan, mon grand garçon plein de vie. Et Mia, mon bébé, ma toute petite. Mon cœur est en mille morceaux. Un élan de rage et de courage émerge au-dessus de la tristesse infinie que je ressens. Je vais me battre. Quoi qu'il m'en coûte, il ne m'enlèvera pas mes enfants.

Je réfrène une envie de vomir pour envoyer un message à Sonia.

Valentin vient de me mettre dehors, j'arrive chez toi.

L'instant suivant je reçois un appel de mon amie. Cela ne présage rien de bon. Un simple oui aurait suffi.

— Emma, tu ne peux pas venir à la maison. Emily est en pleine crise de nerfs et elle a juré de t'arracher les yeux la prochaine fois qu'elle te croisera. Mon appartement ne représente pas une solution véritablement sécuritaire pour toi.

J'entends du bruit derrière elle puis « qu'elle ose pointer sa tête ici la donneuse de leçons, elle ne va pas comprendre ce qui lui tombe dessus ». Bon, Emily semble très remontée. Mais rien qui ne me fasse peur. Si je lui parle, tout peut s'arranger. Si on m'avait dit un jour que je serais plus effrayée par Valentin que par Emily, je ne l'aurais pas cru. Malgré ma respiration erratique, je parviens à articuler :

— Mais je n'ai nulle part d'autre où aller. So, tu ne peux pas me faire ça. Et je crois, en plus, que je vais rapidement avoir besoin de toi pour tes capacités d'avocate. Valentin m'a menacée de me faire renvoyer et d'obtenir la garde exclusive des enfants. On pourrait commencer une stratégie de contre-attaque ce soir.

— Waouh, réplique Sonia, Emma, je ne veux pas être impliquée. Je ne me battrai pas contre Valentin pour la garde de vos enfants ni ne prendrai parti pour qui que ce soit.

Je tombe des nues.

— Mais tu es ma meilleure amie. Comment vais-je me débrouiller ? Tu m'aideras au moins pour rester sur le sol américain ? Tu ne les laisseras pas me renvoyer ? supplié-je.

Je me rends compte que, toutes ces années, j'ai préféré laisser Valentin gérer toutes les formalités administratives liées à notre emménagement et à mon visa américain. Me voilà bien ennuyée maintenant.

— Valentin a probablement réagi sous le choc. Il ne pense sûrement pas la moitié des choses dont il t'a menacée. Pour l'instant, fais profil bas et la situation s'arrangera. Mais nous sommes amis également. Et il n'est pas le fautif dans l'histoire. Je m'excuse Em, mais tu aurais dû réfléchir aux conséquences de tes actes avant. Si tu te trouves vraiment dans un moment difficile, je peux t'avancer de l'argent pour un hôtel, mais pour t'accueillir chez moi, mes mains sont liées.

— Non je ne veux pas de ton fric, mais de ton amitié, rétorqué-je blessée.

— Emma, je ne peux rien t'offrir d'autre pour le moment. Je suis terriblement désolée, soupire Sonia.

Mon amie raccroche. Ne pas paniquer, ne pas paniquer. Ma main tremble. Je dois me ressaisir. Je réalise que j'ai marché jusqu'à la station de métro sans m'en rendre compte, tel un robot.

Une dernière solution s'offre à moi. Tout en m'engouffrant dans les souterrains, j'appelle Tony que je n'ai pas revu depuis mon départ en congé maternité. La tonalité me paraît durer des heures.

— Hello, finit-il par décrocher.

— Salut Tony, c'est Emma, pardonne-moi de ne pas t'avoir donné de nouvelles plus tôt, mais j'ai vraiment besoin de ton aide, déblatéré-je d'une seule traite.

— Oh Emma, oui j'aurais dû t'appeler. Adam m'a informé qu'il te parlerait, j'espère que son discours ne t'a pas trop bouleversée.

Mais de quoi parle-t-il ?

— Tony, qu'est-ce qui pourrait bien me bouleverser ? demandé-je en rajoutant dans mon for intérieur : à part que mon mec m'a mise à la porte en me menaçant de me faire déporter et de m'empêcher de revoir mes enfants.

— Adam et toi n'avez pas discuté ? me demande-t-il, confus.

Combien de battements le cœur peut-il manquer avant de faire un arrêt cardiaque ?

— Non Tony, je ne lui ai pas adressé la parole depuis des mois, explique-moi ce qui se trame !

Ma patience a dépassé sa limite depuis bien longtemps et je ne contrôle plus du tout mes émotions. J'entends Tony soupirer.

— Saori voulait te licencier à la suite du fiasco au gala d'hiver et de ta dépression. Apparemment, ton travail n'a pas du tout été à la hauteur de ses attentes. Adam s'est battu pour toi, mais il voulait t'avertir quand tu reviendrais que tu n'as plus le droit à l'erreur. Je suis désolé ma fille, je pensais que tu savais.

Ma difficulté à respirer reprend. L'air étouffant de la rame de métro ne m'aide pas non plus à récupérer de l'oxygène. Je dois garder mon calme. Si je perds mon boulot, je perds mon visa. Le moment ne pouvait pas être plus mal choisi. *Calme-toi Emma, il ne va pas te licencier, juste te mettre un avertissement.*

— Je ne comprends pas, les événements du gala et ma dépression sont liés à ma grossesse. Il n'y a pas de lois contre ce type de discrimination ?

— Ma chérie, je ne connais pas le système en France, mais ici tu te trouves aux États-Unis. Les droits des femmes enceintes dans le cadre du travail sont plus que restreints. Tu peux t'estimer heureuse d'avoir eu le droit de t'absenter autant de temps déjà, m'informe Tony dépité, mais au fait pourquoi m'appelles-tu si cela ne concerne pas ta situation au boulot ?

Décidément, je dois me renseigner. Je suis totalement paumée. Bon, la législation américaine passera après. *Concentre-toi sur ce que tu devais demander à Tony*, m'ordonné-je.

— J'ai besoin d'un endroit où dormir ce soir, articulé-je avec difficulté.

L'appartement de Tony se trouve à proximité, non seulement de la galerie, mais également pas trop loin du bureau ainsi que de l'immeuble de Sonia. J'espère toujours qu'elle changera d'avis et m'aidera à me dépêtrer de mes futures emmerdes juridiques.

— Oh mince Emma, c'est à cause du bel éphèbe de l'année dernière ?

Malgré, ou à cause je ne sais pas trop, de mon état pitoyable, je ris. Tony m'épatera toujours par sa perspicacité.

— Oui, il n'est pas étranger à la situation, puis-je envahir un petit coin de ton espace alors ?

— Ça ne me pose aucun souci ma belle. Le seul inconvénient, c'est que je reviens de vacances actuellement et je n'arriverai à l'appartement que dans la nuit. Tu peux m'attendre au bar à côté, tu verras, il te distraira parfaitement.

Malgré mes réticences à me « distraire », je suis bien obligée d'accepter. De toute façon, je n'ai pas le choix.

— Merci mille fois, Tony, je te revaudrai ça.

— Je t'en prie Emma, les amis sont là pour se soutenir, non ?

Il devrait faire un cours à Emily et Sonia à ce sujet. Sans vraiment le réaliser, j'ai quitté le métro et me suis remise à marcher. Lorsque je lève les yeux, la porte de l'appartement de Matthias me fait face.

Je prends mon courage à deux mains et frappe sur le battant qui se dresse devant moi. L'idée de retrouver Matthias me stresse autant qu'elle m'attire. La porte s'ouvre et, comme au ralenti, son ex-femme apparaît en sous-vêtements et me lance dans un sourire triomphant :

— Désolée, ici nous ne donnons pas aux œuvres de charité.

Puis elle referme la porte.

Mes jambes ne me portent plus et je m'effondre dans le couloir de l'entrée de l'appartement de Matthias : j'ai tout perdu.

CHAPITRE 14
Matthias

Je sors de la chambre en me passant un t-shirt, après avoir entendu la porte d'entrée se refermer. Kiara me regarde trop innocemment à mon goût.

Malgré ma volonté de ne pas laisser la décision d'Emma m'atteindre, la meilleure solution pour l'oublier était toute trouvée : coucher avec mon ex-femme. Elle a accouru sans trop de surprise, après avoir terminé son shooting photo de la journée. Depuis que je lui ai mentionné ma rencontre avec Emma l'année dernière, elle s'accroche à moi comme une moule à son rocher.

— Quelqu'un a toqué ? lui demandé-je suspicieux.

— Non, non personne, me répond Kiara trop pressée de changer de sujet, on retourne au lit ?

Elle me ment et j'ai horreur de ça.

— Kiara, qui se tient derrière cette porte ? réitéré-je crispé, les dents serrées.

Mon ex-femme arbore une moue boudeuse.

— Ta copine, abdique-t-elle en levant les yeux au ciel.

Je me dirige vers la porte pour l'ouvrir et Kiara s'écarte pour me laisser passer. Personne. Mais en vérifiant le couloir, je l'aperçois, là, assise par terre presque à mes pieds, recroquevillée sur elle-même.

— Emma ? l'interpellé-je, incertain que ce soit bien elle.

Lorsqu'elle relève la tête, elle a l'air hagard, perdu, comme un animal sans défense abandonné sur le bord d'une route. Ses yeux bouffis par les pleurs me renvoient sa profonde détresse et je ne résiste pas à l'envie de la laisser rentrer.

— Ne reste pas ici, lui intimé-je, entre.

Kiara nous attend dans le salon les bras croisés sur son ventre nu.

— K, s'il te plaît retourne dans la chambre et ferme la porte. N'oublie pas de te rhabiller par la même occasion.

Mon ex-femme me lance un regard noir avant de s'éclipser dans la pièce à côté. Emma a l'air dans ses petits souliers. Sa tête rentre dans ses épaules et elle entortille ses mains comme elle le faisait adolescente.

— Pourquoi es-tu ici ? lui demandé-je d'un ton volontairement sec.

Elle déglutit puis marmonne :

— Je croyais que vous n'étiez qu'amis maintenant… elle et toi.

— Tu n'es pas en posture d'exiger des explications, répliqué-je abruptement, en revanche j'aimerais que tu répondes à ma question.

Elle acquiesce difficilement. Je souffre de la voir ainsi, indéniablement, mais je ne peux pas lui permettre de s'immiscer dans ma vie. Elle a choisi. Il est trop tard maintenant.

— Je ne sais pas vraiment. Mes pieds m'ont conduite chez toi.

Je hausse les sourcils. Manifestement, elle souhaite que je lui tire les vers du nez.

— Parce que ? l'invité-je à continuer.

— J'ai tout raconté à Valentin, confesse-t-elle difficilement, non pas par acquit de conscience, mais parce qu'Emily m'a menacée de lui révéler notre aventure si je n'agissais pas avant.

Je croyais que sa copine au courant s'appelait Sonia. Je préfère ne pas l'interrompre pour un détail futile.

— De toute façon, il avait tout compris.

Pas si con que ça finalement, noté-je pour moi-même.

— Et…, poursuit-elle au bord des larmes, il m'a mise à la porte.

Des gouttes salées, qu'elle s'empresse d'essuyer, coulent maintenant sur ses joues rosies. Je crains ses prochaines paroles, car je sais déjà que je ne pourrai pas répondre à sa requête de façon favorable.

— Sonia refuse de m'accueillir chez elle. Emily et elle m'en veulent à mort. Je n'ai plus rien.

Ses yeux me supplient de l'inviter à rester ici. Un instinct, que je tente de repousser, voudrait que je la protège de toute la souffrance qu'elle semble éprouver en ce moment.

— Écoute Emma, tu ne peux pas m'annoncer que tu veux couper tout contact avec moi, puis débarquer quelques heures plus tard en questionnant la manière dont je vis ma vie et en me réclamant de t'héberger.

— Je t'en prie Matthias. Valentin ne veut plus que je voie mes enfants, il va peut-être essayer de me faire expulser. En plus, j'ai appris que ma patronne souhaite me virer et si elle le fait, je peux dire adieu à mon droit à rester sur le territoire. Je ne reverrai jamais ni Ethan ni Mia.

Sa voix tremble, secouée de sanglots, et de nouvelles perles d'eau pleuvent sur son visage. Bon, en fait son mec est bien un abruti. Je déteste la voir ainsi, mais je ne dois pas baisser ma garde. Elle semble rassembler toute la force qu'il lui reste pour tenir debout.

— D'ailleurs, Mia n'est pas ta fille, ajoute-t-elle presque en murmurant, Valentin a fait un test de paternité et leur ADN concorde.

Je pensais que je serais soulagé par la nouvelle, mais ce n'est pas le cas. Un pincement se fait sentir au niveau de mon cœur.

— C'est plutôt une bonne chose. Une complication en moins finalement, déclaré-je platement.

Elle acquiesce timidement.

— J'ai peur de me retrouver seule, me livre-t-elle, je vis la pire journée de ma vie.

Mon rempart va céder, je le sens.

— Tu n'as vraiment nulle part où aller ?

Elle détourne le regard. Elle hésite à me dire la vérité. Je suis devenu plutôt bon pour détecter ce genre de signes.

— Mon collègue Tony a accepté que je dorme chez lui, m'avoue-t-elle, mais il ne revient que tard dans la nuit. Il m'a conseillé de l'attendre dans un bar à côté de son appartement. Je n'ai pas du tout envie de monopoliser un siège de bar pendant une partie de la soirée. J'aimerais juste m'allonger pour reprendre mes esprits et préparer un plan pour remettre mon existence en ordre.

Une partie de moi, attendrie par sa fragilité, me crie d'accepter. L'autre, celle où ma fierté d'homme prend toute la place, refuse catégoriquement.

— Désolé Emma, tu devrais aller chez ton collègue, conclus-je ma bataille interne, tu m'as demandé explicitement de ne plus faire partie de ta vie, je respecte ce choix. Ton Valentin changera d'avis tôt ou tard, et, à ce moment-là, tu te réjouiras de ne pas avoir passé la nuit chez moi. Vous avez deux enfants ensemble, il reviendra une fois ta trahison digérée, ne t'inquiète pas.

Je peux lire la tristesse et la déception dans ses yeux avant qu'elle ne se détourne pour sortir de l'appartement.

À peine a-t-elle refermé la porte que je regrette déjà ma décision.

CHAPITRE 15
Emma

J'erre en larmes dans les rues de Manhattan. Matthias vient de me jeter la pelle pour creuser un peu plus le trou dans lequel je me suis enterrée. Mon esprit est complètement vide, comme engourdi par la tournure des événements. Certes, le château de cartes de ma vie était bancal, mais tout s'est effondré trop vite. Ce matin il tenait encore droit, et ce soir, toutes les personnes de mon existence le piétinent.

Mes pieds me guident vers le sud de la presqu'île, là où se situe l'appartement de Tony. La solitude me gagne alors que j'observe les passants autour de moi. Ils ont un but, une destination, des personnes qui les attendent chez eux. Je marche depuis au moins une heure lorsque la nuit commence à tomber. Les lumières de la ville s'allument et New York revêt son manteau de féerie, comme chaque soir. D'habitude, ces illuminations m'enchantent, mais aujourd'hui, j'ai bien du mal à me réjouir.

Lorsque je fais face à l'immeuble de Tony, mes pieds souffrent le martyre et le puits d'eau dans mes yeux n'a plus de réserve. Mes joues sont asséchées également, mais une douleur lancinante revient dans mon crâne. Suivant les conseils de mon ami, je me dirige vers le bistrot que j'aperçois à quelques pas. Je dois ressembler à un zombie avec mes yeux rouges, mes cheveux en bataille et ma robe bleue toute froissée. Le barman me regarde d'un drôle d'œil lorsque je m'assois sur une chaise haute pour poser mes coudes sur le comptoir. L'établissement ressemble à tout ce qu'il y a de plus classique : au milieu, un bar surmonté de verres et de bouteilles d'alcool en tous genres et entouré de tabourets. Et le long des murs, des tables de quatre à six personnes, bordées de banquettes rouges de chaque côté avec un dossier assez haut pour ne pas pouvoir lorgner sur ses voisins.

— Qu'est-ce que je vous sers ? me surprend le serveur alors qu'il essuie un verre avec un torchon.

Grande question. Je dois me ressaisir et me renseigner sur cette histoire de garde d'enfants. En pensant à Mia et Ethan, mon cœur se serre. Mon petit garçon a dû se demander pourquoi je n'étais pas présente ce soir. Qu'a bien pu lui répondre Valentin ? J'espère qu'il ne m'a pas dénigrée devant lui. Il paraît que les gens font ça. Lorsqu'ils se séparent d'une personne qu'ils ont aimée pendant tellement d'années, ensuite il ne trouve que du négatif à raconter sur cette même personne, ne la présentant plus que par le spectre de ses défauts.

— Un coca s'il vous plaît, finis-je par répondre.

Si je souhaite garder les idées claires pour mes investigations, l'alcool est proscrit. Je pose mon téléphone sur la surface collante devant moi et tape les mots : « lois garde enfant New York » en anglais dans mon moteur de recherche. Les informations m'apparaissent confuses et le jargon juridique ne m'aide pas. Je vais avoir besoin d'un avocat, c'est certain. Mais où en trouver un ?

— Emma ? m'interpelle une voix masculine derrière moi.

Tiens, je réclame un avocat, il m'en tombe un dessus. Marc, et non pas Samuel, le collègue de Valentin, se tient face à moi. Son costume noir, dont la cravate a été desserrée, ainsi que sa chemise blanche, portent les marques de sa journée de travail. Ses cheveux bruns, un peu fous, dessinent des épis sur le sommet de sa tête. Il ressemble exactement au stéréotype du travailleur en col blanc en fin de journée.

— Marc, réponds-je désagréablement surprise, ça alors, quelle coïncidence.

Je souris entre mes dents en réalisant que le cabinet d'avocats de Valentin se trouve dans le quartier, quelques blocs en dessous. J'espère que Marc n'est pas accompagné de tous ses collègues.

— Es-tu seul ? questionné-je pleine d'espoir.

— Non, nous sommes trois. On se détend après une dure journée à défendre les innocents.

Il me lance un sourire arrogant, comme s'il était un super héros, en me désignant l'autre côté du bar où deux hommes, que je reconnais vaguement, boivent un verre. En réalité, je sais très bien que son job consiste à protéger des entreprises multimillionnaires de tout procès amplement mérité.

— Bonne soirée alors, ajouté-je pour l'inciter à retourner où ses amis l'attendent.

— Veux-tu te joindre à nous ? s'enthousiasme-t-il, tu as l'air mal en point si je peux me permettre. Tes yeux et ton nez n'ont pas leur couleur habituelle.

Mais évidemment, permets-toi.

— Allergies printanières, répliqué-je dans un sourire gêné de circonstance, et non merci, j'attends un ami.

Je croise les doigts pour qu'il n'insiste pas. Il me jauge d'un drôle d'air.

— Très bien, mais si tu veux t'amuser un peu avec nous, n'hésite pas à venir, abdique-t-il en s'éloignant pour rejoindre son groupe.

Dès qu'il se trouve de l'autre côté de la pièce, je me replonge dans mon téléphone. Cette fois je cherche « avocats, famille, Manhattan ». Les tarifs sont dissuasifs. J'en trouve quelques-uns qui offrent une première consultation gratuite de quinze minutes, et j'envoie mes coordonnées. Le serveur s'approche et dépose un verre de vin blanc devant moi, en me désignant Marc, pour indiquer que la boisson vient de sa part. Je lui souris, pour le remercier, et retourne à mon téléphone sans boire.

Vingt minutes plus tard, j'ai envoyé plusieurs demandes via les sites trouvés, et je n'arrive plus à me concentrer. Ma tête me semble énorme et douloureuse, probablement dû au flot continu de larmes qui a coulé toute la journée. Je lorgne sur le liquide devant moi. Même si avec une migraine ce n'est pas l'idéal, je trempe mes lèvres dedans. Apparemment, Marc prend cette action comme une invitation, car je le vois revenir vers moi.

— Alors, comment trouves-tu le vin ?

L'envie de l'envoyer paître me démange, mais je ne veux pas me fâcher avec un collègue de Valentin. Ma relation avec lui se trouve déjà assez compromise comme ça. Si je me comporte mal avec un avocat de son cabinet, sa colère redoublera et je ne veux pas lui donner une raison supplémentaire de me détester.

— Très bon. Je les préfère secs d'habitude, mais les notes fruitées apportent plus de fraîcheur que de douceur donc ça me va.

— Tu as l'air d'en connaître un rayon sur le vin, reprend-il en s'installant sur le siège à côté de moi sans y avoir été invité, ton ami met beaucoup de temps à arriver, non ?

Il commence à me mettre mal à l'aise. Je ne veux pas me retrouver coincée à expliquer ce que je fais réellement ici, donc je continue sur le vin :

— Je connais deux trois bases sur le vin, comme tout Français.

— Nous partageons la même nationalité et pourtant mon analyse du vin s'arrête à pouvoir dire si je le trouve bon ou non. Tu en reprendras un verre ?

Sans m'en rendre compte, j'ai vidé mon breuvage alcoolisé.

— Non merci, je vais m'en tenir à un seul, réponds-je fermement.

— Allez juste un deuxième, insiste-t-il, ou sinon on peut passer aux shots de vodka.

Ses yeux brillent d'une toute nouvelle lueur en prononçant ces mots. Il semble très excité à l'idée d'un alcool fort.

— Non merci, vraiment. Je prendrai un soda, confirmé-je.

— Garçon, deux shots de vodka s'il vous plaît, commande-t-il.

Il ne s'embête pas de ma désapprobation apparemment.

— Les deux sont pour toi, n'est-ce pas ? m'obstiné-je.

— Ça dépend. Je peux demander à Valentin de nous rejoindre pour le deuxième si tu ne le bois pas, m'assène-t-il, le regard légèrement menaçant.

Il est moins con qu'il en a l'air. Les hommes ont-ils toujours besoin de recourir au chantage et à la menace pour arriver à leurs fins ?

Mes yeux le défient puis je me rends compte que j'ai perdu d'avance. Pour rien au monde je ne veux risquer de mettre Valentin au courant de ma sortie nocturne.

— Ce ne sera pas nécessaire, répliqué-je en avalant d'un trait le shooter devant moi.

Le liquide me brûle la gorge et me réchauffe les joues.

— Je préfère cet état d'esprit, s'enorgueillit-il en m'imitant.

Je me préviens mentalement d'être prudente. Je ne bois que très peu, et encore moins des alcools forts, car être éméchée ne me réussit pas du tout.

— Donc ce soir, tu n'as pas ton fiancé et tes enfants qui t'attendent à la maison comme tu me l'as si bien fait remarquer la dernière fois ? me demande-t-il mesquin.

Une bille de plomb se loge dans mon cœur à ces mots. Apparemment, il n'apprécie pas que je rejette ses avances et me le fait payer avec ses paroles cassantes. Je donne mon maximum pour conserver une contenance et ne rien laisser transparaître.

— Si, bien sûr, je les rejoindrai une fois ma soirée terminée, assuré-je d'un ton le plus serein possible.

Marc ricane.

— Arrête de te foutre de moi, rétorque-t-il, tu as blanchi quand j'ai mentionné Valentin, tes allergies portent surtout des marques de profonde tristesse, et ton ami imaginaire ne franchira jamais la porte de ce bar.

Ouch, décidément mes capacités de bluffeuse ont diminué.

— Alors, maintenant tu vas m'avouer pourquoi tu es vraiment dans ce bar, seule, un soir de semaine ? continue-t-il, tranchant.

— J'attends réellement un ami, réitéré-je de plus en plus agacée par son comportement autoritaire et intrusif, et, de toute façon, mêle-toi de tes affaires.

Soudain, mon amour-propre reprend le dessus et m'ordonne de cesser de me laisser manipuler.

— Écoute, tu peux garder tes pseudos intimidations et appeler Valentin si ça te chante. Je pense qu'il sera ravi d'apprendre qu'un de ses collègues drague la mère de ses enfants puis tente de la soûler.

Marc perd un peu de sa superbe et renonce :

— Ok, c'est bon, calme-toi ma jolie. Sous tes airs de princesse se cache un tempérament de feu, j'adore ça chez les femmes.

Mais qu'est-ce que je m'en fous. Je prends mon téléphone et envoie un message à Tony :

Tu penses arriver dans combien de temps ?

— Je te paye un dernier verre pour me faire pardonner, me lance Marc, décidément buté.

— Non merci, réponds-je en détachant bien chaque syllabe pour qu'il comprenne.

Mon portable émet le son caractéristique d'un message, et je me jette dessus remplie d'optimisme.

Désolée ma belle nous sommes coincés derrière un accident. Je pense que nous n'arriverons pas avant deux bonnes heures.

La déception me frappe de plein fouet. La perspective de rester seule dans ce bar ne m'enchante pas du tout. Je ne peux décemment pas aller sur un banc dans un parc au milieu de la nuit. Je pourrais prendre un hôtel, mais cette alternative ne me convient pas. Je dois commencer à économiser de l'argent si je veux pouvoir m'offrir les services d'un professionnel du barreau qui s'y connaisse un peu en droit de garde.

— Même pas un soda ? insiste le jeune homme toujours prostré à côté de moi.

Je souffle.

— Tu n'as pas tes amis à rejoindre ?

— Ils sont occupés, répond-il en me désignant ses deux acolytes maintenant bien accompagnés par des demoiselles toutes moins habillées les unes que les autres.

— Elles ne sont pas mon genre de filles, se justifie-t-il l'œil provocateur.

Je secoue la tête en levant les yeux au ciel pour lui montrer combien je le trouve pathétique.

— D'accord, offre-moi un jus de raisin, proposé-je.

Il commande pour moi puis, me voyant me tortiller sur l'inconfortable tabouret, me propose :

— Veux-tu t'installer à une table ? Nous serions probablement mieux assis, avance-t-il en montrant l'objet de sa proposition du doigt.

J'accepte après quelques secondes d'hésitation. Même si je n'ai pas très envie de me retrouver sur une banquette avec lui, mon dos me fait souffrir et je me sentirai mieux avec un dossier.

— D'accord, allons-y, confirmé-je en me levant pour rejoindre la table qu'il m'indique.

Il s'installe en face de moi, puis le serveur dépose des frites devant nous.

— Je ne te forcerai pas à en manger ne t'inquiète pas, se moque-t-il, et tu fais quoi sinon dans la vie ?

— Je gère une galerie d'art, satisfais-je sa curiosité à contrecœur.

— Sympa, commente-t-il la bouche pleine de frites.

Gros blanc. Le malaise devient palpable. Je ne comprends pas pourquoi il s'évertue à vouloir rester avec moi, alors qu'une bande de poulettes beaucoup plus enthousiastes l'attend au bar.

— J'ai une blague, reprend-il.

Oh non.

— Combien faut-il d'avocats pour changer une ampoule ?

Je lève les mains en guise de défaite annoncée.

— Trois. Un qui monte l'échelle, un qui la secoue et un qui poursuit le fabricant, répond-il à sa propre question en se marrant.

Oh mon dieu. La soirée s'annonce très, très longue.

— Excuse-moi, je reviens, l'informé-je pour m'éclipser dehors quelques minutes.

Une fois sur le trottoir, j'essaye d'appeler Valentin. Aucune réponse. Sonia ne décroche pas non plus. J'envoie un message à chacun, puis décide de ne pas me laisser gagner par le désespoir et rentre de nouveau dans le bar pour rejoindre Marc. Je note qu'il a commandé un pichet de bière en mon absence, et qu'un verre vide m'attend.

— Je boirai seul si tu n'en veux pas, me rassure-t-il.

Je m'assois et commande un nouveau soda.

La fatigue me gagne et me permet de trouver drôles ses blagues pourries sur les avocats.

— Et là, l'acquitté répondit : « Maître, après votre plaidoirie, je n'en suis plus certain... », finit de me raconter Marc.

Je rigole sans même savoir pourquoi. L'accablement et la tristesse qui m'ont habitée toute la journée ont transformé mes larmes en rires.

— Tu veux boire autre chose ? Je vais me chercher une planche de shooters, insiste Marc.

— Prends-moi un jus sans alcool, s'il te plaît, réponds-je bien déterminée à ne pas me laisser avoir par ce blaireau.

Toutes ces boissons ont gonflé ma vessie et, pendant que Marc retourne commander au bar, je pars faire un tour aux toilettes. Lorsqu'il revient avec les verres, Marc prend cette fois place à côté de moi. Je ne m'offusque pas, en veillant à garder une distance raisonnable. Je trempe mes lèvres dans ce qui me semble être un jus de pommes. Décidément, je dois être vraiment éreintée, car un vertige me monte à la tête. Puis un rire involontaire s'échappe de ma bouche, alors que les mains de Marc se posent sur mon bras gauche. Je me sens complètement étourdie. Il se penche au-dessus de moi et caresse mon épaule. Je veux le repousser, mais mon corps ankylosé refuse. Je suis coincée entre la masse de muscles du collègue de Valentin et la vitre, l'esprit trop obscurci pour réagir. J'essaye de me lever, mais je vacille et retombe. Je sens la bouche de Marc se déposer dans mon cou et tout devient noir.

CHAPITRE 16
Matthias

Kiara rouvre la porte de ma chambre sitôt qu'Emma a claqué celle de l'entrée. Elle se rapproche et passe ses bras autour de ma taille, tout en collant ses seins, seulement couverts par son soutien-gorge, dans mon dos. Mes yeux restent fixés sur l'entrée, là où se trouvait Emma quelques instants plus tôt.

— Qu'est-ce qu'elle te voulait ? me susurre-t-elle à l'oreille en m'enlaçant, ses mains se joignant sur mon ventre.

Je ne réponds rien et ses griffes se glissent alors sous mon t-shirt, fraîchement remis. Elle le soulève pour que je sente son ventre toujours nu se loger sur mes reins. Instinctivement mes mains saisissent les siennes pour les enlever et je m'écarte.

— Sérieusement Matty ? C'est toi qui m'as appelée, je te rappelle, s'énerve-t-elle, probablement à juste titre.

— Effectivement, je t'ai demandé de venir et maintenant j'aimerais que tu partes, expliqué-je d'un ton calme, contrastant avec la fureur et la déception qui se lisent facilement sur son visage.

— Tu me fais chier avec tes sautes d'humeur. Espèce de lunatique, me lance-t-elle, frustrée.

En moins de trente secondes, elle se rend dans la chambre, récupère ses affaires, et sort de l'appartement en sous-vêtements, sa robe et ses chaussures à la main. Elle claque la porte si fort que les murs en tremblent. Kiara adore m'honorer de ses sorties théâtrales. Bon, au moins, elle arrêtera peut-être sa comédie la prochaine fois que je la verrai. En revanche, je parie qu'elle trouvera un moyen de rendre ma vie impossible concernant le planning parental de Louise. Malheureusement, mon ex-femme utilise régulièrement notre fille pour se venger de moi, lorsque mes actes ne correspondent pas à ses désirs. Tant pis, je me suis habitué.

Je me force à faire abstraction des divers événements de la journée pour me concentrer sur mon cours de demain. Plusieurs étudiants présenteront le résultat de leurs recherches sur la littérature dans le monde à travers les âges, et je dois être prêt à les mettre en difficulté pour pousser leurs analyses un peu plus loin que le bout de leur nez. Je m'installe au bureau dans ma chambre, face à la baie vitrée, je ne me lasse pas de la vue dégagée sur la ville. Alors que je me plonge dans les écrits du moyen-âge, les lumières qui s'allument à l'extérieur attirent inéluctablement mon regard. Quelque part, dans ces rues, Emma attend son collègue dans un bar. Cette perspective fait naître une légère inquiétude au fond de mon estomac. *Elle t'a rayé de sa vie*, me rappelle la petite voix de ma fierté qui ne se trouve jamais loin, *laisse l'homme qu'elle a choisi se faire du souci pour elle*.

Je reprends mes recherches pour mon cours : la notion d'auteur, en lien étroit avec le développement de l'individu, apparaît en même temps que l'émergence de ce que l'on appelle aujourd'hui la littérature. Ce concept ne peut pourtant pas remonter avant le XIXe siècle, période où les traditions et la communauté empêchaient l'épanouissement personnel isolé. Je suis certain qu'Emma aurait eu des idées intéressantes sur le sujet. *Arrête de penser à elle !* me crie la partie rationnelle de mon cerveau. Une lutte sans merci se joue à l'intérieur de ma tête, entre cette part de moi qui ne veut plus entendre parler d'elle depuis qu'elle m'a avoué sa faute et l'autre qui ne peut plus vivre sans elle. Sans le vouloir, des images d'elle m'apparaissent. Je me maudis d'être si faible et réessaye d'avancer dans mon analyse. Et s'il lui arrive quelque chose ? Je l'imagine seule, en plein Manhattan. *Mais non*, me souffle ma raison, *elle rejoint un collègue, tout ira bien*. Bon, je pense que c'est peine perdue. Je ne parviens pas à travailler dans ces conditions. J'attrape donc un short, mes baskets et sors pour courir, le seul moyen que je connaisse, en plus du sexe, pour me vider l'esprit.

La nuit recouvre maintenant complètement le ciel, et le soleil a fait place à la lune. La ville s'agite un peu moins dans les quartiers résidentiels, mais le tumulte des secteurs festifs résonne jusqu'ici, appelant chaque habitant à la fête. Je me concentre sur l'air qui entre et sort par mon nez pour ne pas penser à Emma. J'accélère la cadence dans l'espoir d'oublier la culpabilité qui m'assaille de l'avoir laissée seule. Merde, mais à quoi pensais-je ? *Tu pensais au fait que tu n'es pas sa marionnette*, répond ma voix intérieure décidément agaçante. Mais ma fierté vaut-elle le risque qu'il lui arrive quelque chose ?

Une heure plus tard, je rentre, exténué d'avoir poussé mon corps dans ses retranchements, dans l'espoir vain de ne plus penser à Emma. Et cet effort inutile me rend encore plus remonté que lorsque je suis parti. C'est bien la première fois que le sport ne m'aide pas à me désembuer la tête. La transpiration sort de ma peau par tous les pores, ma respiration est saccadée, mais l'image d'Emma n'a pas bougé. Son expression désespérée lorsqu'elle m'a demandé de rester revient me hanter. Un mauvais pressentiment, dont je ne parviens pas à me défaire, émerge dans mon esprit et je ne peux plus l'ignorer. De toute façon, même si je le voulais, comment la retrouver ? Il y a tellement de bars à New York, autant trouver une aiguille dans une botte de foin.

Un flash apparaît devant mes yeux : ses données de géolocalisation. Sauf si elle a supprimé mon accès après lui avoir avoué que je les avais entrées dans mon téléphone, elles devraient me permettre de la retrouver. J'active mon application et attends impatiemment que son portable se géolocalise. Elle se trouve au sud de Manhattan. Dans le quartier des affaires. Elle ne risque rien là-bas, non ? Il n'y a que des costards cravates qui sortent dans ces bars... *Oui, mais ce sont les pires*, me souffle ma deuxième petite voix qui, manifestement, ne me laissera pas tranquille ce soir. *Ne te cherche pas d'excuse pour ne pas aller la retrouver*, ajoute-t-elle, *tu vas finir par y aller, quoi qu'il arrive, et le plus tôt sera le mieux*. Je suis coincé. Maintenant que le doute est apparu, je ne peux plus m'en défaire et je ne pourrai pas avancer sur mes obligations ni dormir tant que je ne serai pas certain qu'elle va bien.

Le bar dans lequel elle se trouve doit être rapide à atteindre en voiture. Je hèle un taxi et lui indique l'adresse. Les premiers mètres se passent bien, mais ensuite la circulation devient trop dense et la voiture se retrouve à l'arrêt. Je peste contre les automobilistes New-Yorkais, puis sors pour continuer à pied, après avoir payé au chauffeur son dû. Mon portable indique qu'il me reste quatre kilomètres à parcourir avant d'atteindre ma destination. Mes jambes, engourdies par mon footing rapide, mais inefficace, ne courent pas assez vite à mon goût. Maintenant que je suis décidé à la rejoindre, une sensation d'urgence me hante, comme si un événement malheureux pouvait survenir à tout instant.

Mes mollets brûlent, mais pas autant que l'effet de l'oxygène qui sort de mes poumons. J'aurais mieux fait d'aller la retrouver tout de suite au lieu de me casser les jambes. La localisation indiquée sur mon téléphone n'est pas des plus précises. J'ai le choix entre un restaurant et deux bars qui se trouvent dans la section signalée par mon GPS. J'élimine le restaurant et me dirige instinctivement dans le bar sur ma gauche. Le lieu manque de lumière. Je vérifie la partie centrale, où se trouvent les chaises hautes, mais ne la vois pas. Je regarde ensuite les banquettes et toujours rien. Par acquit de conscience, je me dirige vers le bar et la décris au serveur présent. Il réfléchit un instant, puis m'annonce qu'elle se trouvait ici, il y a quelques instants encore. J'insiste pour qu'il se rappelle autre chose. Il m'informe qu'elle était accompagnée d'un homme brun et qu'ensemble ils parlaient français. Il ne s'agit donc pas de son collègue, puisque je sais qu'il est anglophone. Ni de son mec parce que la conversation aurait probablement été plus houleuse que ce que me décrit le barman. Merde, elle n'est pas bête au point d'être partie avec un gars croisé dans un bar ?

Soudain le serveur me désigne une banquette et me dit que le type en question s'y trouve.

Je me retourne et observe en effet un mec assis sur une banquette, dont la veste de costume pendouille, complètement avachi sur la personne à côté de lui. Le couple semble s'embrasser. Non, en réalité, lui il l'embrasse. La fille ne semble pas bouger. Je me rapproche et réalise que la fille est Emma, semi-évanouie. Elle a l'air de vouloir se mouvoir sans y parvenir. Mon sang ne fait qu'un tour. Je saisis l'homme par le col de sa chemise hors de prix pour le mettre face à moi.

— C'est comme ça que tu arrives à te taper des filles ? lui asséné-je encore plus enragé que quelques secondes auparavant.

Je peux lire la terreur dans ses yeux. Bien, j'espère qu'il se rappellera de ce moment pour le reste de ses misérables jours. Je ne lui laisse pas le temps de répondre et l'assomme d'un violent coup de tête. La fureur que je ressens m'indique que ce n'est pas assez. Je le jette donc à terre où je lui flanque un coup de pied dans les côtes, avant de sentir des bras derrière moi me retenir pour m'arrêter.

— La prochaine fois que tu mets tes sales pattes sur une nana inconsciente, pense à moi ! Petit con ! lui craché-je dessus avant de me dégager des mains qui me retiennent.

Je me dirige vers la banquette pour récupérer Emma. Ses yeux sont clos et elle ne réagit pas du tout. Sa tête retombe comme un poids mort sur mon bras. Je sens sa culotte sous sa robe, ce qui me rassure. Cet abruti ne l'a pas touchée. Je la porte à l'extérieur puis appelle un taxi pour nous ramener chez moi, avant que les personnes dans le bar contactent les flics.

CHAPITRE 17
Emma

Mon cerveau flotte dans un épais brouillard. Ma tête me fait l'effet d'avoir été passée dans une essoreuse et ma bouche est extrêmement pâteuse. J'ai besoin d'eau, urgemment. Mes paupières se décollent difficilement. Lorsque je parviens enfin à ouvrir les yeux, un mouvement de panique s'empare de moi. Je ne sais pas où je suis, ni comment je suis venue. J'espère que je ne me trouve pas chez ce connard de Marc. L'appartement de Tony ne ressemble pas à cela en tout cas. Je le connais et la décoration ne colle pas du tout. Je me redresse sur mes coudes, tant bien que mal, et décortique ce qui se trouve sous mes yeux. Bon déjà, mes vêtements n'ont pas quitté mon corps ce qui est plutôt bon signe. Je doute que le collègue de Valentin aurait pris la peine de me rhabiller si nous avions couché ensemble et, vu mon état, je n'en aurais pas été capable.

Une sensation étrange de déjà-vu m'apparaît soudain. Je connais cet endroit. Même si tout me paraît flou, cette pièce impersonnelle me rappelle… la chambre d'ami de Matthias. Comment ai-je atterri ici ?

Sur la table de nuit à côté de moi, j'aperçois mon portefeuille. En revanche, aucune trace de mon téléphone portable. Je me redresse pour m'asseoir au bord du lit puis, dans un effort qui me demande toute ma concentration, me lève. Un vertige me prend et m'oblige à me rasseoir. Je réitère la manœuvre plus doucement et parviens finalement à me mettre debout. Une odeur de sueur se dégage de ma robe et je me suis rarement sentie aussi sale. J'avance lentement vers la porte fermée de la chambre et retiens mon souffle au moment de l'ouvrir. Je crains de revoir Matthias après notre conversation d'hier, et me demande bien comment et dans quel état il m'a trouvée. J'entrouvre le battant et jette un œil. Tout semble calme, la pièce principale est vide, en ordre, comme la dernière fois que je m'y trouvais. Peut-être que Matthias travaille dans sa chambre. Tout en me tenant aux murs pour ne pas tomber, je progresse dans le salon. Arrivée près de la table, je remarque un bout de papier plié en deux avec mon nom inscrit dessus. Je me frotte les yeux, croyant que mon esprit me joue des tours. Mais non. Il y a bien écrit « Emma ». Je récupère la missive qui m'est adressée.

Tu trouveras de quoi te nourrir dans le frigo. Ne cherche pas ton téléphone trop longtemps, je l'ai pris avec moi. Je rentre dans l'après-midi lorsque mes cours seront terminés.

Un élan de rage surpasse mon état léthargique. Comment ose-t-il me confisquer mon téléphone ?

Je me rue sur la porte. Fermée. Quoi ? Il m'a enfermée en plus ? La panique désoriente ma raison. *Calme-toi Emma, tu connais Matthias, c'est un connard, certes, mais pas un serial killer qui s'amuse à torturer ses victimes.* Ou peut-être que si ? Après tout, il a peut-être tout manigancé depuis le début pour m'amener jusqu'ici et me retenir prisonnière alors que personne ne se soucie plus de moi ? Ma fatigue extrême me fait complètement délirer. *Ressaisis-toi Emma. Matthias n'est peut-être pas complètement sain d'esprit, mais ce n'est pas un tortionnaire.*

Malgré tout, je ne parviens pas à décolérer. J'avais prévu de contacter Valentin et Sonia de nouveau et de ne pas les lâcher avant d'avoir obtenu des réponses. Je veux voir mes enfants. De ce que j'ai lu hier, avant de sombrer dans les méandres de l'épuisement, Valentin n'a pas le droit de m'en empêcher. Je comptais même aller le voir aujourd'hui, et lui imposer de me laisser leur parler, mais voilà que je me retrouve enfermée.

J'hésite à fouiller les placards de Matthias, pour lui faire payer son attitude, mais je pressens que je ne sortirai pas gagnante de ce combat. Vu sa méticulosité, il s'en rendra compte et se vengera de nouveau en retour. Je m'affale donc sur le canapé, après avoir bu un immense verre d'eau, et succombe aux sirènes du sommeil pour apaiser mon affreuse migraine.

Je somnole pendant un temps indéterminé. Le son de la porte d'entrée qui se referme me réveille. Je mets de nouveau quelques secondes avant de réaliser où je me trouve. Puis la voix de Matthias me ramène sur terre.

— Ta gueule de bois est passée ? me lance-t-il, irrité, en déposant un sac de toile plein sur le comptoir de la cuisine.

Une colère sourde me prend aux tripes. Il entre et me parle comme si de rien n'était alors qu'il m'a apparemment kidnappée, puis parquée ici sans téléphone. Je me relève d'un bond du canapé pour le confronter.

— Pardon ? Je n'ai pas du tout la gueule de bois, le contredis-je, déstabilisée par son accusation alors que je m'apprêtais à lui sauter à la gorge pour m'avoir emprisonnée dans son appartement.

Bon, effectivement je me sens comme un lendemain de cuite, mais je suis persuadée que je n'ai pas bu beaucoup d'alcool. Matthias se tient debout, les fesses appuyées contre sa table de salle à manger, les pieds ainsi que les bras croisés. Sa position favorite lorsqu'il me challengeait lors de nos cours particuliers. Ses yeux translucides me jugent sévèrement lorsqu'il reprend pour me questionner :

— Ah bon ? Comment expliques-tu que je t'ai retrouvée complètement inconsciente dans les bras d'un gars qui n'était pas ton fiancé ?

— Je… je…, bégayé-je confuse.

J'essaye de me rappeler la soirée. Comment puis-je encore me retrouver à fournir des explications alors qu'il m'a volé mon téléphone et détenue en otage toute la journée ?

— Oui ? insiste Matthias comme si j'étais une enfant devant justifier une bêtise.

— Je n'ai pas la gueule de bois ! m'écrié-je à bout, épuisée par la tournure des événements de ces vingt-quatre dernières heures, j'ai seulement bu un verre de vin et un shooter. Je me sentais très bien physiquement à ce moment-là. Ensuite, j'ai continué avec des softs toute la soirée.

Je retrace le fil de la nuit dans ma tête et l'exprime à voix haute :

— Nous sommes passés du bar à la table, puis je suis allée aux toilettes et, à mon retour, j'ai bu le jus de pommes que Marc ramenait du bar et puis…

Je me concentre, mais ma mémoire s'arrête là. Un trou noir a remplacé mes souvenirs. Mes yeux fixent le vide comme si je pouvais trouver une réponse à mes questions. Je me tourne vers Matthias complètement perdue par ce manque d'informations. Ses traits sont déformés par la colère.

— Je vais tuer ce Marc, grogne-t-il.

Je ne comprends toujours pas. Matthias me regarde comme si j'étais stupide et me lance :

— Il t'a droguée, Emma, pas besoin d'avoir fait des études de médecine pour le comprendre.

Alors là, c'est la réflexion de trop.

— Si tu comptes continuer à me parler de cette manière, tu aurais mieux fait de ne pas voler à mon secours. Tout ça pour me séquestrer et me dérober mon téléphone. Tu ne vaux pas mieux que lui à me priver de ma liberté !

Matthias se retient de rire. Je rêve.

— Séquestrée ? interroge-t-il.

— Oui séquestrée. Tu m'as laissée seule, porte fermée à double tour, chez toi, sans moyen de communication avec l'extérieur.

Il serre ses lèvres comme pour retenir le plus gros fou rire de sa vie. Et moi je me retiens de le frapper.

— Alors oui, j'ai fermé à clé en partant pour que personne ne puisse ouvrir de l'extérieur. Cependant, de l'intérieur, tu vois là, il y a un loquet que tu peux tourner comme ceci.

Il se dirige vers la porte et, exagérément lentement, tourne plusieurs fois l'embout dans un sens puis dans l'autre.

— Je me rappelle que tu as réussi à effectuer cette manœuvre compliquée il y a quelques jours, reprend-il, très ironique, je croyais sincèrement que tu n'avais pas perdu cette capacité, et que donc, si tu souhaitais sortir, tu saurais le faire. Tu étais parfaitement libre de partir. Et pour ton téléphone, je l'ai pris avec moi pour ta propre sécurité. Je ne sais pas du tout qui est ce Marc, mais il n'avait vraisemblablement pas les meilleures intentions du monde envers toi.

Je me retrouve partagée entre un sentiment de soulagement par rapport à Matthias, et de colère envers moi-même.

— À propos de cet homme d'ailleurs, continue mon ex-amant, je préfère te prévenir qu'il risque d'avoir de légers bleus sur le visage et le corps pendant quelques jours. Est-ce quelqu'un que tu connais ?

Oh non. Un nœud m'enserre l'estomac.

— Non, tu plaisantes ? C'est un collègue de Valentin, je suis foutue s'il lui raconte que tu l'as tabassé, protesté-je, stressée.

— Premièrement, je ne l'ai pas tabassé. Juste un peu cogné. Deuxièmement, Emma, ce charmant jeune homme t'a droguée dans le but certain d'abuser de toi. Je doute qu'il aille se plaindre de son sort auprès de qui que ce soit.

Il n'a pas tort. Il attrape le sac qu'il a déposé auparavant sur le comptoir et me le lance en ajoutant :

— Tiens, je t'ai acheté quelques vêtements, une brosse à dents et un dentifrice. Le shampoing et le gel douche de ma fille se trouvent dans le placard. Si tu comptes rester quelques jours chez moi, pense à t'en servir, je ne supporte pas le manque d'hygiène et, pour l'instant, tu laisses un peu à désirer sur ce plan-là.

Il me jette un regard entendu puis s'éclipse dans sa chambre. Par réflexe, je souffle dans mes mains pour sentir mon haleine, renifle mes aisselles et touche mes cheveux. Le bilan est en effet catastrophique. Même si je ne supporte pas sa condescendance, je ne peux décemment pas me pointer chez moi – chez Valentin ? – sans m'être rafraîchie. Je file donc dans la salle de bain pour redevenir présentable.

Une fois propre, je fouille le sac pour trouver des vêtements. Matthias connaît bien mes goûts apparemment. Je choisis un débardeur gris, avec une petite jupe noire. Me voilà fin prête pour affronter Valentin. À cette pensée, une angoisse se fait sentir au fond de mon ventre. Je devrais d'abord l'appeler avant de passer par la maison. Matthias a oublié de me donner mon portable. Je prends mon courage à deux mains et me dirige vers sa chambre.

— Matthias, rends-moi mon… commencé-je en avançant dans son antre avant de m'interrompre, troublée par ce qui se passe sous mes yeux.

Matthias se trouve à côté de son lit, torse nu, en train d'effectuer une série d'abdominaux. Sa peau luit de sueur, et je dois me retenir pour ne pas me jeter sur lui immédiatement. La pièce me semble brûlante subitement.

L'objet de mon désir se redresse en position assise et me sermonne :

— Peux-tu frapper à la porte et attendre mon autorisation avant d'entrer la prochaine fois ? J'aurais pu être occupé avec quelqu'un, tu sais.

Son air triomphant me coupe toute envie et me permet de retrouver le fil de mon propos.

— Bien, j'y penserai. Maintenant, rends-moi mon portable, s'il te plaît.

Matthias attrape la serviette posée sur le sol et me répond en s'épongeant :

— Non.

J'ai dû mal entendre.

— Pardon ? Peux-tu me restituer mon téléphone ?

Matthias me dévisage.

— Emma, je crois que tu devrais consulter, car ta compréhension des choses me laisse perplexe. Je t'ai répondu que non, je ne te rendrai pas ton téléphone portable.

Pour qui se prend-il ? Quelle question, il se prend pour le grand Matthias Simeo, qui a tous les pouvoirs.

— De quel droit te permets-tu de me prendre mes affaires ? Je ne suis pas ta fille et j'exige que tu me rendes ce qui m'appartient, enragé-je.

Face à ma colère, il déclare très calmement :

— Au coin de la rue se trouve un commissariat si tu souhaites porter plainte.

Il se remet ensuite à ses abdominaux comme si je n'existais pas. Je fulmine en sortant de la chambre pour me rendre dans celle qu'il m'a attribuée. Je ne me prive pas de claquer la porte, puis m'assois sur le rebord du lit, la tête dans les mains.

Je n'ai toujours pas décoléré lorsque la porte s'ouvre, quelques minutes plus tard. Matthias se tient sur le seuil, toujours sans t-shirt, ce qui complique mon implication à rester énervée contre lui.

— Que comptes-tu faire avec ce téléphone ? me questionne-t-il.

— Ce ne sont pas tes affaires, je n'ai aucun compte à te rendre, maugréé-je.

— Ok, je vais te dire ce que je pense. Je pense que tu veux ton téléphone pour harceler ton petit ami et peut-être tes copines aussi.

Je ne trouve rien à répondre puisqu'il a raison.

— Je te connais Emma, tu ne laisses pas les gens respirer. Je peux comprendre, tes enfants, ta vie entière sont en jeu. Mais tu ne gagneras pas en apparaissant désespérée. Ton mec sait qui tu es également et tu verras qu'il reviendra tout seul sans nouvelles de ta part. Tu vas peut-être même l'angoisser un peu et il ne rêvera plus que d'une chose : que tu le contactes pour lui assurer que tout va bien.

— J'en doute, il me déteste. Tu aurais vu la haine dans ses yeux hier, répliqué-je, triste à cette pensée.

— Ne t'inquiète pas, son syndrome du sauveur refera surface bien assez vite, me rassure-t-il.

Je ris à cette mention.

— Toi aussi, tu m'as sauvée.

— Je l'ai fait par obligation, et non par envie. Ton Valentin a un besoin pathologique de secourir les autres.

Il exagère, Valentin ne rechigne pas à porter assistance aux autres, c'est tout.

— Je te promets que je n'appellerai personne alors. Maintenant, peux-tu me le rendre ? insisté-je.

— Non, rigole-t-il, tu es incapable de ne pas entrer en contact avec tes amies et ton copain. Je garde ton portable pendant encore deux jours. Utilise ce temps pour méditer ou je ne sais quelle autre connerie de développement personnel qui t'aidera à remettre ta vie sur les rails.

Deux jours, je ne tiendrai jamais. Et mes enfants ?

— Mais s'il arrive quelque chose à Ethan ou Mia ?

— Donne-moi ton code et je vérifierai tes messages, propose-t-il.

— Certainement pas, protesté-je, tu vas fouiller mon téléphone, je peux le parier.

— Probablement oui, répond-il le plus sereinement du monde comme si ce n'était pas une atteinte flagrante à ma vie privée, je garde ce téléphone pour ton propre bien. Qui sait si tu ne vas pas encore faire quelque chose de stupide comme retrouver un inconnu dans un bar et te faire droguer ?

Quel coup bas.

— C'est sûr que j'en ai fait beaucoup des choses stupides sur l'année qui s'est écoulée, l'accusé-je, cinglante, de façon à peine voilée.

— Exactement, confirme-t-il indifférent à mes paroles, c'est pourquoi il est temps de redresser la barre.

J'enrage. Je ne peux pas le laisser prendre mes décisions à ma place.

— Laisse-moi gérer toute seule, insisté-je, je suis une grande fille, je n'ai pas besoin de ton aide ni de toi pour être forte et me battre pour ce que je veux. Maintenant, rends-le-moi s'il te plaît.

Mes yeux le supplient, mais il me lance un regard agacé puis ajoute :

— Bon, écoute Emma, tu as le choix. Soit tu restes ici quelque temps et tu suis mes règles qui incluent : pas de portable pendant deux jours, ou bien tu peux partir. La porte est ouverte, ou en tout cas elle peut être déverrouillée, si tu en doutes encore.

Il m'énerve ! Je ne me vois pas aller chez Tony. Son appartement fait la taille d'un placard et il ramène toujours une tonne de gens chez lui. D'ailleurs, je me demande bien s'il m'a cherchée hier. J'émets un grognement que Matthias prend pour une approbation, puis il quitte la pièce.

La deuxième journée sans mon précieux outil de communication défile aussi lentement qu'une course d'escargots. J'imagine des scénarios plus catastrophiques les uns que les autres qui nécessiteraient mon téléphone et je pars en crise de panique. Je finis par me balader dans le quartier pour m'aérer. Les alentours arborés de l'immeuble se révèlent très agréables à parcourir. Le soir, je me sens déjà mieux. Bien entendu, j'ignore ostensiblement Matthias qui a l'air de n'en avoir rien à faire.

Je passe la majorité de la troisième journée dehors à réfléchir à mon travail. Je retourne à la galerie dans une dizaine de jours, et je ne peux pas me permettre de perdre ce job. Je rentre, apaisée et excitée, car je retrouve mon téléphone ce soir.

— C'est bon, j'ai joué à ton jeu stupide. Peux-tu me rendre mon téléphone maintenant ? demandé-je à Matthias pleine d'espoir, alors qu'il mange un sandwich en lisant un livre sur la table du salon.

Sans un mot ni un regard, il se lève, se dirige dans sa chambre et revient avec mon portable à la main. Je me rue dessus. L'écran affiche plusieurs textos et appels téléphoniques de Valentin, Sonia, Tony et Tom. Mince, Matthias avait raison : les messages de Valentin, au départ plutôt autoritaires, laissent transparaître l'inquiétude au fur et à mesure. Je me rends dans la chambre d'ami et m'installe en tailleur sur le lit pour prendre le temps de tout lire et de répondre calmement. Son dernier écrit paraît alarmiste :

Emma, donne-moi un signe de vie s'il te plaît, je suis à deux doigts de lancer un avis de recherche.

Je ne peux pas croire que la machination de Matthias ait fonctionné. Je pianote sur les touches que tout va bien, en m'excusant platement de ne pas avoir répondu plus tôt. Je m'apprête à faire partir le message, lorsque Matthias surgit à la porte.

— N'envoie pas ce que tu viens d'écrire, m'ordonne-t-il, toujours très sûr de lui.

— Comment peux-tu bien connaître la teneur de ce texto ? Possèdes-tu encore une tactique dans ta manche que tu souhaites me partager ?

— Dis-lui simplement que tu vas bien. Ne rajoute rien d'autre. Ne te confonds surtout pas en excuses ou en explications. L'indifférence reste le meilleur moyen pour qu'il revienne à toi.

L'attitude de Matthias m'intrigue. Alors que je réponds à Valentin en suivant ses conseils, je ne peux m'empêcher de noter :

— Pourquoi est-ce que tu fais ça ? Pourquoi m'aides-tu à réparer mon couple ?

Il souffle et s'assoit au pied du lit avant de me répondre :

— Je ne veux pas réparer ton couple Emma. J'aimerais te réparer toi. Réparer ce que j'ai détruit dans ta vie lorsque j'ai insisté pour en faire partie. Je ne peux pas revenir en arrière ou effacer ce qu'il y a eu entre nous, mais je peux essayer de colmater les brèches que j'ai ouvertes.

Touchée par ses mots, je me penche pour attraper sa main posée sur le lit. Un courant électrique me parcourt lorsque nos peaux entrent en contact, et mon corps se rapproche de lui presque instinctivement.

Il prend une profonde inspiration et retire sa main.

— C'est une très mauvaise idée, Emma. Tu as pris la décision de rester avec ton fiancé et tu as eu raison de faire ce choix. L'attraction que nous éprouvons l'un pour l'autre est certes magnétique, mais également destructrice. Notre relation a consumé nos vies et maintenant, tu dois reconstruire la tienne avec les cendres qu'il te reste.

Ses mots m'atteignent en plein cœur. Je me retiens de fondre en larmes devant lui, mais ne peux m'empêcher de constater, tremblante :

— Tu parles de *nos* vies, mais la tienne n'a pas non plus été trop affectée par notre histoire. Ta décision de reparaître d'un coup juste après mon accouchement, après des mois sans nouvelles, n'a pas bouleversé ton quotidien. Moi, ma vie est devenue un enfer depuis.

Sa mâchoire se contracte et son regard inflexible ne lâche pas mes yeux, m'intimidant presque.

— Je n'ai pas voulu te le dire plus tôt, m'annonce-t-il enfin, malgré tes tentatives pour me soutirer l'information, mais mon divorce résulte en majeure partie de notre rencontre, il y a onze ans. Notre relation est aussi grandiose que toxique. Je pense qu'elle a causé assez de dégâts comme ça.

Sa confession m'assomme et me chamboule bien trop pour réagir.

Nous restons là, sans bouger, à nous regarder dans le blanc des yeux, comme deux oiseaux dont les ailes auraient brûlé de s'être trop approchées du soleil. Puis le son de mon téléphone nous sort de notre apathie : Valentin me demande de passer à la maison demain.

CHAPITRE 18
Emma

Je reste cinq bonnes minutes devant la porte sans bouger. Je crains ce qui m'attend derrière. Parmi les vêtements à ma disposition, j'ai choisi ceux qui correspondent le mieux aux goûts de Valentin : une robe à bretelle, droite, beige, simple, et mes ballerines. J'inspire profondément et me lance. Quelle sensation étrange de frapper à la porte de sa propre maison, telle une inconnue. Lorsque le battant s'ouvre, je ressens comme un coup de poing au ventre. Emily se tient sur MON palier dans MA maison. Mais qu'est-ce qu'elles ont toutes à ouvrir chez les autres ?

— Où est Valentin ? demandé-je sèche et sans préambule.

— À l'étage avec Mia, répond-elle sur le même ton, Ethan se trouve dans le jardin.

Je ne supporte pas qu'elle sache mieux que moi où sont mes enfants et ce qu'ils font. Avant de courir dans le jardin, je ne peux m'empêcher de lui asséner :

— Tu peux jouer à l'hôtesse d'accueil autant que tu veux, mais cette famille, c'est la mienne quoi qu'il arrive. Ne t'amuse pas à essayer de me la prendre, car je ne vais nulle part et tu sais maintenant que je suis moins gentille que j'en ai l'air.

— Je ne suis là que pour aider, Emma, réplique-t-elle les dents serrées.

De l'intérieur, j'observe Ethan qui joue dans le jardinet. Des larmes brouillent ma vision. Je les essuie avant de franchir la baie vitrée.

— Maman ! crie mon petit garçon en me voyant.

Je ne peux empêcher l'eau de remonter à mes yeux.

— Pourquoi tu pleures, maman ? me questionne Ethan.

Je me baisse pour le prendre dans mes bras.

— Parce que je suis trop heureuse de te voir mon chéri, réponds-je, émotive.

Je le serre si fort, comme si je pouvais m'imprégner de lui et ne jamais le laisser partir.

— Aïe, maman, tu serres trop fort, rouspète mon fils.

— Excuse-moi mon amour, c'est parce que tu m'as trop manqué.

— Moi aussi, tu m'as beaucoup, beaucoup manqué Maman, répond-il, papa m'a dit que tu étais partie pour un voyage sirituel.

— Spirituel ? le reprends-je.

— Oui voilà, spirituel, répète Ethan tout heureux.

Drôle de manière d'expliquer mon départ. Soudain le garçon se redresse et un sourire fend son visage lorsqu'il regarde derrière moi.

— Papa, s'écrie-t-il, regarde maman est revenue de son voyage.

Valentin se tient dans l'embrasure de la baie vitrée. Mon cœur se comprime de le voir ainsi, le visage fermé, m'accueillant plus par obligation que par envie.

— Retourne jouer, j'arrive dans cinq minutes mon petit lapin, l'invité-je.

Ethan s'exécute. Une fois qu'il se trouve dans le fond du jardin, je m'approche de Valentin, la gorge serrée.

— Où étais-tu ? commence-t-il sans me saluer, les yeux rivés sur notre fils.

— Tu m'as mise dehors Valentin, je suis allée où je pouvais.

— C'est-à-dire ? Et pourquoi tu ne répondais pas à ton téléphone ?

Je repense aux paroles de Matthias : ne pas s'excuser. Pourtant, l'envie me démange. Je voudrais me jeter à ses pieds pour lui dire que je regrette de le faire souffrir et que je veux retrouver ma vie. Je déteste cette sensation d'être une intruse chez moi, de ne pas arriver à être naturelle avec mon fils parce que je ne sais pas combien de temps je vais le voir, ni quand sera la prochaine fois. Cette impression que je dois profiter de chaque instant sans connaître la suite. Le flou total. J'esquive la première question.

— Parce que j'avais besoin de réfléchir, riposté-je tranchante, tout mon monde s'est effondré d'un seul coup, je devais juste retrouver mes esprits.

— Tu crois que mon monde ne s'est pas effondré, Emma ?

— Je n'ai pas dit le contraire, je t'explique simplement mon processus à moi.

J'hésite avant de poser la question suivante, mais elle me brûle trop la langue :

— Et qu'est-ce qu'Emily fait ici ? Vous avez décidé de rallumer la flamme que vous n'auriez jamais dû éteindre il y a dix ans ?

Les yeux de Valentin s'écarquillent tellement que je crois que ses globes oculaires vont sortir.

— Comment oses-tu poser cette question ? Tu as un sacré culot après t'être tapé un mec dans mon dos pendant un an. De toute façon, ça m'est égal, demande-moi ce que tu veux, je ne rentre pas dans ce jeu de cachotteries. Non Emma, Emily et moi sommes amis seulement. Et même s'il y a eu une attirance entre nous par le passé, nous sommes des êtres civilisés et nous pouvons nous retenir de nous sauter dessus. J'imagine que tu ne comprends pas.

Bam, prends-toi ça Emma. Bon je l'ai cherché, mais quand même. Je détourne le regard pour qu'il ne voie pas combien ses paroles me touchent.

— Je veux revenir à la maison, déclaré-je pour recentrer le sujet, je dormirai dans le salon ça ne me dérange pas, mais je veux être présente pour les enfants, pas qu'Emily, ou qui que ce soit d'autre, s'occupe d'eux.

Valentin me détaille, secoue la tête et dévie de nouveau le regard.

— Ce n'est pas possible Emma. Je suis désolé, mais ces derniers mois ont été une torture pour moi, énonce-t-il, ému, me tenir près de toi aujourd'hui me demande un effort surhumain. Je t'ai préparé des affaires dans une valise. Elle t'attend à côté de l'entrée. Si je t'ai appelée, ce n'est pas pour toi, certainement pas pour moi. Ethan te réclame et tu manques à Mia également, je le ressens.

— Donc, tu ne vas pas essayer de m'enlever les enfants ? osé-je pleine d'espoir.

Valentin souffle puis répond :

— Bien sûr que non. J'ai dit ça sous le coup de la colère. Les enfants ont besoin de toi. Nous pouvons établir un calendrier.

Comme tu reprends le travail, certains soirs où tu ne finis pas trop tard, tu peux passer à la maison pendant que je sors, ou bien je resterai en haut, pendant que tu seras en bas avec eux. Et pour le week-end, tu peux passer la journée avec eux le samedi et moi le dimanche, si cela te convient.

Je n'arrive pas à savoir si je suis heureuse ou complètement anéantie. La façon dont Valentin me présente les choses me paraît tellement clinique, factuelle, qu'un vent glacial me parcourt.

J'acquiesce puis lui demande :

— Et que vas-tu expliquer à Ethan ? Que je suis partie dans une retraite bouddhiste qui ne m'autorise plus à dormir à la maison ?

Un miracle se produit et un sourire se dessine sur le visage de Valentin.

— Oui je sais. Sur le coup, je n'ai rien trouvé de mieux que le voyage spirituel.

Il se tourne vers moi pour me regarder enfin et ajoute :

— Je trouvais que cela correspondait bien à la situation, sans l'inquiéter. Tu aurais préféré que je lui dise la vérité ?

Ses yeux sont vides et froids.

— Non, tu as eu raison, réponds-je, contrite.

— Je lui dirai que nous nous sommes disputés et que, comme quand il se dispute avec ses copains à l'école, il n'aime pas jouer avec eux, nous préférons ne pas rester dans la même maison pour le moment, reprend Valentin toujours très pragmatique.

J'opine, ne trouvant rien à ajouter de plus. L'air devient soudain irrespirable, j'ai besoin de m'éloigner de lui.

— Où se trouve Mia ? Je veux la voir également.

— Elle dort à l'étage, m'indique-t-il, tout en se décalant pour me laisser entrer.

Je monte les escaliers, pressée, mais en essayant de rester discrète pour ne pas la réveiller. J'entre dans sa chambre à pas de loup. Elle dort, là, dans son petit lit, les yeux clos, paisible. Une vague de sérénité m'envahit. Les doutes concernant sa paternité ayant disparu, je sens maintenant que je peux être sa mère pleinement, et plus celle qui a fait commencer sa vie sur un mauvais pied, brouillant les pistes de ses origines. J'aimerais tellement la prendre dans mes bras pour lui donner tout l'amour que j'ai retenu durant ses premiers mois de vie. Mais je ne veux pas la réveiller. Je redescends donc dans le jardin pour jouer avec Ethan, en attendant de pouvoir la serrer contre moi.

Les heures s'écoulent beaucoup trop vite et, au moment de partir, mon cœur se serre. Mais je reste forte pour ne pas laisser les larmes couler à nouveau. J'embrasse Ethan et le câline un long moment, puis fais de même avec Mia.

Emily squatte toujours ma maison. Nous ne nous sommes pas adressé la parole de la journée. Valentin se tient en retrait, à côté de l'escalier, et nous observe sans prononcer un mot. Je me relève et lui adresse un demi-sourire, avant de quitter la maison, ma valise à la main.

Lorsque j'arrive chez Matthias, j'utilise le trousseau qu'il m'a prêté pour entrer. Personne. Tant mieux, je n'ai pas du tout envie de le croiser après notre discussion d'hier. Je me réfugie dans sa chambre d'amis, dépose la valise contre le mur, et m'assois sur le lit pour réfléchir à un plan. Ces derniers jours, j'ai laissé Matthias et Valentin contrôler entièrement mes actes et cette situation doit cesser. Je dois retrouver mon libre arbitre, ainsi que mon indépendance. Pour commencer, il faut que je quitte cet appartement. La cohabitation avec Matthias doit se terminer dans les plus brefs délais. Oui, mais, pour cela, j'ai besoin d'un emploi stable, et pour l'instant je n'en ai pas l'assurance. Ok, donc ma première mission : retourner dans les grâces d'Adam, et pourquoi pas dans celles de Saori, pour m'assurer d'un chèque à la fin du mois. Puis trouver un logement décent pouvant accueillir Ethan et Mia. Les histoires d'amour passeront après. Ou mieux, elles ne passeront plus. Je n'ai pas besoin d'un homme dans ma vie pour la réussir.

Revigorée par ces nouvelles perspectives, je m'apprête à sortir me balader lorsque mon téléphone sonne. Tom. Comme ce n'est pas son premier appel ces derniers jours, je décide de décrocher :

— Allô sœurette, comment vas-tu ? me décoche-t-il immédiatement.

Son ton est tellement transparent.

— Tu es au courant, n'est-ce pas ? questionné-je.

J'entends son bruitage de bouche qu'il utilise pour signifier qu'il est désolé.

— Emily m'a appelé dans la seconde où elle l'a appris. Franchement, si elle n'était pas aussi remontée, j'aurais cru à une blague. D'ailleurs, j'ai encore du mal à y croire.

Son attitude détachée me rassure. Comme si mon adultère n'était pas si grave finalement.

— La sage petite Emma qui a un amant, continue-t-il en riant, et pas n'importe qui en plus. Votre fameux prof de français de première. Je peux te dire que tu m'as scotché sur ce coup-là sœurette.

— Arrête Tom, ce n'est pas drôle, le sermonné-je, Valentin m'as mise dehors et Sonia et Emily m'en veulent à mort. Si je pouvais, je reviendrais en arrière.

— Non, ne pense pas comme ça. Alors oui, tu aurais pu gérer les choses différemment, mais si tu as agi de cette manière, c'est que ta situation avec Valentin ne te convenait pas.

Son analyse me fait réfléchir. Je n'ai jamais regardé mes actes sous cet angle. Peut-être qu'effectivement, quelque chose manquait à notre relation, mais je ne l'avais pas réalisé avant de retrouver Matthias. Pendant mes réflexions, je fais tourner ma bague de fiançailles autour de mon doigt. Je ne m'étais même pas rendu compte que je la portais encore. J'hésite à l'enlever, mais je ne suis pas prête. Trop de choses se sont passées et ce petit anneau me rassure.

— Du coup, où loges-tu ? me demande mon frère, curieux.

Je ne veux pas répondre. Personne ne doit savoir que je reste chez Matthias. Tom se marre au bout du fil et répond par lui-même :

— Ne me dis pas que tu es chez lui ?

Je soupire pour ne pas avoir à confirmer.

— Tu m'épates ma sœur, reprend Tom en pleine crise de rire.

— Allez, Tom, calme-toi s'il te plaît, et ne le dis à personne. Il ne faut surtout pas que ça revienne aux oreilles de Valentin.

— Je serai muet comme une carpe, ne t'en fais pas.

Ma curiosité sur ce qu'il sait précisément me démange.

— Que t'as raconté Emily exactement ?

— Tout, je pense. Elle m'a retranscrit religieusement ce qu'elle a entendu, puis votre conversation mouvementée.

— Tu savais pour Valentin et elle ? l'interrogé-je.

Je peux ressentir son malaise à travers le téléphone.

— Oui, elle me l'avait expliqué à l'époque. Écoute, leur histoire appartenait déjà au passé quand il s'est mis avec toi, je te le promets, même si c'était un passé très proche. Je ne te l'ai pas dit pour ne pas te blesser. Et sinon, Emily m'a également sommé d'avertir papa et maman.

Quelle garce parfois.

— Et tu l'as fait ? demandé-je la boule au ventre.

— Non, Emma, je trouve ridicule d'aller balancer ta vie privée à nos parents. Nous ne sommes plus des enfants qui rapportent les bêtises de l'autre. Mais, si tu veux que je leur parle, je le ferai.

— Non, non, je m'en chargerai. Ils vont me détester, non ? Tout le monde se rangera du côté de Valentin et se liguera contre moi.

— Maman te reniera, c'est certain. Kelly jouera l'outragée, mais juste parce qu'elle sera jalouse. Et papa, je lui donne le bénéfice du doute. Même s'il n'a jamais aimé ton prof.

Un silence pesant règne avant qu'il reprenne.

— En tout cas, moi, je serai toujours de ton côté, quoi qu'il arrive, sache-le, en plus, je suis quand même le plus drôle de la famille donc tu ne perds rien. On se fera des repas de Noël que tous les deux si tu n'es plus invitée à la table familiale, et, tu verras, ce sera beaucoup plus fun.

Il arrive à me faire rire même dans le moment le plus terrible de ma vie. J'aimerais l'avoir près de moi pour le serrer dans mes bras.

— Je t'aime frérot, lui confessé-je.

— Je t'aime sœurette, répond-il.

Je suis sur le point de raccrocher, lorsque j'entends de nouveau la voix de Tom dans l'appareil :

— Ah oui Emma, désolé, il faut que je te prévienne quand même. Ne tarde pas trop à l'annoncer à papa et maman. Kelly veut te faire une surprise et va probablement débarquer à New York le mois prochain.

Oh non, comme si ma vie n'était pas déjà assez compliquée comme ça.

Chapitre 19
Emma

Aujourd'hui, je retourne à la galerie. La cohabitation avec Matthias se révèle être un supplice. Je dors très mal de le savoir à côté. Mon corps se remplit de tensions dès que je l'imagine allongé sur son lit, à quelques mètres à peine. Et, en plus de ça, il est carrément infect avec moi. D'accord, il n'a pas aimé que je choisisse Valentin puis de devoir me récupérer à la petite cuillère, mais tout de même, un peu de gentillesse n'a jamais tué personne. Puis, qu'est-ce qu'il est maniaque ! Moi qui suis ordonnée, j'ai l'impression d'être une souillon à ses côtés. Si seulement je n'étais pas autant excitée qu'exaspérée par lui, je pourrais encore tenir, mais je ne vais pas continuer à m'imposer la souffrance morale de vivre avec le fruit défendu à côté de moi. Je croise donc les doigts pour que cette journée se passe bien et m'assure un emploi et donc, un revenu stable pour partir.

Le planning d'alternance concernant la garde des enfants fonctionne plutôt correctement pour le moment. Valentin m'évite à tout prix donc nous ne nous retrouvons que très rarement dans la même pièce. Mais, au moins, je profite de mes deux anges et, pour l'instant, c'est tout ce qui m'importe.

Je pousse la porte de la salle d'art, gonflée à bloc, et prête à me battre pour mon travail. Parée de mon plus beau tailleur, mes plus beaux talons, mon plus beau sourire et surtout des meilleurs arguments en ma faveur. Adam se tient derrière le comptoir de l'accueil, un sourire crispé aux lèvres. Étant un as dans l'art de ne froisser personne, l'idée de devoir m'annoncer un avertissement doit beaucoup le chiffonner.

— Emma, quel plaisir de te revoir, me lance-t-il en s'avançant vers moi pour me donner une accolade cordiale.

— Ravie également, Adam, répliqué-je un peu tendue à la perspective de la conversation qui va suivre.

Il se racle la gorge et m'annonce :

— Tu nous as beaucoup manqué, mais je dois te dire quelque chose de très important avant que tu ne reprennes ton poste, hum hum.

Son malaise est palpable. J'attends que le couperet tombe, comme prévu.

— Voilà, Saori n'a pas beaucoup apprécié ton travail les derniers mois de l'année dernière avant que tu ne partes en congé, reprend-il mal à l'aise, et heu, hum hum, elle voulait que je t'avertisse qu'au moindre problème, je serai dans l'obligation de te licencier.

Et il me gratifie d'un sourire contrit. Heureusement que Tony m'avait prévenue, car ma réaction aurait été complètement différente. Là, je suis toute préparée et je réponds calmement :

— Bien entendu, Adam, j'en ai conscience et ça ne se reproduira plus, sois-en certain.

Mon patron semble enchanté par ma réaction.

— Parfait alors, conclut-il en se frottant les mains, surtout que, Emma, je dois te l'avouer entre nous : je prépare mon départ dans un ou deux ans et j'aimerais te recommander pour reprendre cette galerie. Je ne veux pas la laisser aux mains d'un total inconnu.

Et voilà, un rayon de soleil dans ma journée. Mon visage s'illumine et Adam se dirige dans le bureau à l'arrière, heureux que sa mauvaise nouvelle se soit transformée en bonne. Bon, maintenant, à moi de jouer pour mériter cette place.

Dès que mon patron a disparu, Tony surgit de nulle part.

— Tu m'as fait peur, sursauté-je.

— Désolé, alors qu'est-ce qu'il t'a dit ?

— Ce que tu m'avais annoncé. Mais il a dit aussi que si les choses évoluaient dans le bon sens, je pourrais peut-être reprendre la galerie quand il partirait.

Les yeux de Tony s'élargissent et il hurle :

— Waouh Emma, on doit fêter ça ! Ce soir chez moi.

— Tony, premièrement ne t'emballe pas trop, pour l'instant, je suis mise à l'épreuve. Et ensuite, fini pour moi les sorties le soir, je redeviens une fille sage.

— C'est pour ça que je ne t'ai pas trouvée au bar, la dernière fois ?

Après l'incident à côté de chez lui, je n'ai échangé que trois textos rapides avec Tony, sans plus d'explications.

— Ah, je préfère oublier cette soirée, si tu le veux bien, lui réclamé-je.

— D'accord. En revanche, passe aux aveux concernant ton couple. Tu sautes le beau ténébreux c'est ça ?

J'ouvre la bouche, choquée par ses propos.

— Tony ! m'exclamé-je, ne parle pas comme ça.

Mais je ne peux m'empêcher de rire bêtement juste après.

— Mais, oui, c'est vrai. En tout cas, ça l'était. Maintenant, je ne saute plus personne, si tu veux tout savoir.

— Quel dommage, un corps comme le tien en jachère, c'est du gâchis. Sans parler de celui de l'Apollon.

— Arrête de me faire rire, je dois redevenir sérieuse et tu perturbes mon premier jour, le disputé-je.

— En tout cas, ton copain t'a offert un beau caillou, remarque Tony en lorgnant sur ma main, je ne comprends pas : vous êtes fiancés ou séparés ?

Je cache ma bague de fiançailles de mon autre main et fais tourner le bijou autour de mon annulaire, gênée par cette pierre que je n'aurais jamais dû accepter.

— Nous sommes séparés, réponds-je simplement, ne souhaitant pas m'étendre sur le sujet.

— Puis-je quand même te donner mon avis sur ta situation complexe ? me questionne Tony, décidément plus enclin à bavasser qu'à travailler.

— De toute façon, tu vas me le partager, donc vas-y, exprime ta pensée.

— Ton Valentin, je l'ai toujours trouvé un peu trop... lisse, prince charmant à mon goût. Mais ton autre français, j'en aurais bien fait mon quatre heures. Il n'a pas l'air commode en plus, je les aime bien comme ça. Mais bon, je suis sûr que tu n'es pas du genre à te laisser faire non plus. Sous tes airs de fille gentille, je sais qu'il ne faut pas t'énerver. Et pourquoi vous ne couchez plus ensemble alors ? Je pouvais sentir la tension sexuelle jusque dans mes orteils lorsque je m'étais retrouvé dans la même pièce que vous.

Je n'ai pas vraiment envie de tout expliquer à Tony. Donc je lui résume :

— Quand je me suis retrouvée à devoir choisir entre les deux…

— Tu as choisi, monsieur Parfait, me coupe-t-il.

— J'ai choisi ma famille, le contredis-je.

— Oui, enfin, si tu es malheureuse toute ta vie parce que tu es en couple avec la mauvaise personne, ta famille ne sera pas non plus épanouie.

— J'étais très heureuse avant de revoir Matthias, affirmé-je.

— Oh Matthias, quel doux prénom, s'éparpille mon collègue, concernant ton bonheur, je ne pense pas que tu nageais complètement dedans sinon, tu n'aurais pas trompé ton mec. Ce n'est pas ton genre.

— Je ne sais plus très bien quel est mon genre.

— Bon, j'ai quelques conseils pour toi si tu veux récupérer ton adonis, propose Tony.

— Non, je ne veux pas le récupérer. Je suis contrainte de vivre chez lui en attendant de trouver un logement et il est odieux avec moi.

Tony me lance un regard suspicieux, me montrant qu'il ne se laissera pas duper.

— À ton avis, pourquoi se comporte-t-il de manière aussi horrible avec toi ? Y as-tu songé ? Et puis, Emma, si tu veux vraiment quitter cette colocation de l'enfer, ma porte reste ouverte.

Son petit sourire m'indique qu'il croit que je reste chez lui par espoir d'un renouveau dans notre relation.

— Tony, je ne viens pas chez toi parce qu'il n'y a de la place que pour une personne et tu en invites toujours au moins trois. J'ai besoin d'un minimum d'espace. Et Matthias est imbuvable avec moi tout simplement parce que c'est sa personnalité.

— Permets-moi de douter de ces deux affirmations et de t'exprimer ma pensée : tu restes chez lui parce qu'une fois que tu auras mis le pied en dehors de son appartement, ce sera réellement fini et, au fond de toi, ce n'est pas ce que tu veux, et au passage, je te comprends totalement. Et si ton Matthias se comporte mal, c'est tout simplement parce qu'il a des sentiments pour toi et que tu l'as envoyé bouler.

— N'importe quoi, rétorqué-je, j'espère que tu ne répondras jamais au courrier du cœur parce que tu es complètement à côté de la plaque.

— Je n'ai jamais tort, m'assure Tony, surtout en ce qui concerne les relations amoureuses. Allez, je te laisse travailler maintenant. Mais réfléchis à ce que je t'ai dit.

Mon charmant collègue s'en va, en me lançant un dernier regard appuyé. Je décide de me concentrer sur le travail que je dois fournir plutôt que sur les mots de Tony. Après tout, mon but de la journée est de regagner la confiance d'Adam pour m'assurer un gagne-pain, et non de déblatérer sur le capharnaüm que constitue ma vie.

Vers 15h, je suis lessivée. J'ai abattu plus de travail en quelques heures que d'habitude en plusieurs jours. J'ai remis en ordre beaucoup de choses laissées à l'abandon depuis mon départ. Adam surgit de l'arrière-boutique et déclare :

— Emma tu peux rentrer chez toi, pour une première journée, tu as accompli un boulot extraordinaire. Continue comme ça et tu peux être certaine que ta place sera bien gardée. Mais, pour aujourd'hui, tu peux t'arrêter, on se reverra demain.

Je ne me fais pas prier. Après avoir remercié Adam, je prends la direction de l'appartement de Matthias, en espérant que ce soit l'une des dernières fois. Mais est-ce vraiment ce que je souhaite ? Tony m'a embrouillée avec ses suppositions. Bien sûr que je veux avoir un logement rien qu'à moi et ne plus dépendre des sautes d'humeur de Matthias. Et puis, c'est évident qu'il n'attend que mon départ, c'est pour cela qu'il se montre affreux avec moi. Quelle idée de croire qu'il puisse avoir des sentiments pour quelqu'un d'autre que lui-même. Pour lui, je n'ai toujours été qu'un trophée de plus sur son mur de conquêtes, son ancienne étudiante en couple, coincée, qui représentait un défi sympa. Non vraiment, il ne peut pas avoir de sentiments pour moi… et certainement pas autant que j'en ai pour lui.

Alors que je sors du métro, mon téléphone sonne. L'écran m'indique Sonia. J'hésite à répondre. Elle a essayé de m'appeler presque tous les jours depuis notre conversation au cours de laquelle elle a refusé de m'accueillir chez elle. Étant d'humeur plutôt joyeuse après ce retour réussi, je décide de décrocher malgré mes réticences.

— Allô, soufflé-je dans l'appareil.

— Allô Em ? Enfin j'arrive à te joindre ! Je m'inquiétais pour toi. Comment vas-tu ?

Son ton a complètement changé en comparaison de celui qu'elle avait adopté depuis la naissance de Mia. Cette stratégie d'ignorance que Matthias m'a apprise a l'air de bien fonctionner.

— Mieux, réponds-je sans préciser que ce n'est certainement pas grâce à elle, et toi ?

— Je me sens vraiment mal, me confie-t-elle, je suis désolée de t'avoir laissée seule quand tu en avais besoin. Il faut que tu saches que je voulais vraiment t'aider, mais je me suis retrouvée entre vous trois et je n'ai plus su où donner de la tête. Ces dernières semaines, je me suis rendu compte que j'avais été très dure avec toi. Je ne t'ai pas laissé le temps de te retourner ou d'encaisser ta situation. Je n'ai pas réussi à écouter tes sentiments parce que je craignais trop de perdre l'amitié de Valentin et notre trio finalement. Tu es mon amie et j'aurais dû être présente quoi qu'il arrive, quoi que tu fasses. Emily repart en France demain, cherches-tu toujours un logement ?

Sa proposition tombe à pic. Et, enfin, Emily s'en va. Je ne sais pas quel type de visa elle a obtenu pour rester autant de temps, mais enfin ça se termine. C'est le moment de prouver à Tony que je ne cherche pas à rester auprès de Matthias.

— En effet, je n'ai toujours rien trouvé de permanent. Merci.

— Tu peux venir t'installer dès demain matin si tu le souhaites. Où loges-tu actuellement ?

Oups…

— Je préfère ne pas te répondre, admis-je en espérant qu'elle n'insiste pas.

— Ok. Et si tu en as toujours besoin, je peux t'aider à trouver un bon avocat.

Décidément, elle cherche à faire amende honorable.

— Merci, mais ça s'est arrangé avec Valentin. On a trouvé un terrain d'entente.

— Oh, je suis soulagée, je me doutais quand même qu'il ne resterait pas sur sa première idée.

— Ne lui as-tu pas parlé depuis ?

— Non, réplique Sonia triste, je ne sais pas trop comment me comporter avec lui pour le moment. Et il m'en veut énormément de lui avoir caché ta relation alors que j'étais au courant.

— Désolée, m'excusé-je, ne pouvant m'empêcher de me sentir coupable.

— Ne t'en fais pas, ça ira.

— D'accord, je t'appelle demain quand j'arrive chez toi alors ?

— Oui, à demain.

— À demain.

Et je raccroche, déterminée à changer ma situation de colocation forcée. Décidément, quelle belle journée.

Pour mon plus grand bonheur, l'appartement est désert. Je fonce dans la chambre, me débarrasse de ma veste, mon corsage ainsi que de ma jupe de tailleur et m'effondre en sous-vêtements sur le lit.

Après un temps indéterminé, j'émerge en état de semi-conscience. Je sens une présence à mes côtés et me force à ouvrir les paupières. Une paire d'yeux bleus cristallins fixe mon corps dénudé. Cette couleur d'iris ne peut appartenir qu'à Matthias. Sauf que ce n'est pas lui. Sa fille me mitraille du regard, un air furieux sur son visage de poupée, puis sort de la chambre en trombe en hurlant :

— Papa ! Pourquoi est-ce qu'il y a une de tes poufs à poil dans mon lit ?

CHAPITRE 20
Matthias

Kiara devait récupérer Louise au cinéma après notre séance père-fille. Mais, évidemment, elle préfère passer plus tard. Depuis notre petite session de sport déshabillée suivie de notre altercation, elle me rend la vie impossible.

Comme Emma reprend le travail aujourd'hui, nous ne la croiserons pas. Heureusement, car je n'ai pas envie d'expliquer sa présence à Louise. Je propose donc à ma fille de rentrer chez moi en attendant mon ex.

Louise s'installe, comme à son habitude, sur le canapé, s'amusant avec son téléphone. J'en profite pour déposer mes affaires dans la chambre, quand ma fille, dans un cri suraigu me rappelant étrangement sa mère, m'octroie d'un :

— Papa ! Pourquoi est-ce qu'il y a une de tes poufs à poil dans mon lit ?

— Louise ! Langage ! m'écrié-je immédiatement.

Bon en revanche, je me demande également ce que fait Emma, apparemment nue dans son lit, en pleine journée, alors qu'elle devait se trouver au travail.

Je retourne au salon pour découvrir ma fille, dans tous ses états, suivie d'Emma, non pas nue, mais en sous-vêtements, un peu dépassée par les événements.

— Oh Louise, tu ne vas pas en faire une montagne, la réprimandé-je, tu as déjà vu des femmes en maillot de bain, c'est la même chose.

Sans nul doute que sa propension à l'exagération lui vient de sa mère également.

— Mais pas dans mon lit ! Garde tes grognasses dans le tien ! continue-t-elle sur sa lancée vulgaire, emplie de colère démesurée.

Je déteste entendre de tels mots sortir de sa bouche. Ce vocabulaire fleuri vient, encore une fois, très probablement de mon ex-femme.

— Louise ! Surveille ton langage, merde !

Bon d'accord, je ne suis pas exemplaire non plus.

— Mais papa, pourquoi va-t-elle dans ma chambre ? C'est ma chambre à moi, geint-elle.

— Emma a besoin d'un hébergement temporaire donc je lui prête ta chambre.

— Elle ne peut pas s'héberger ailleurs ? se lamente de nouveau ma fille, en lançant un regard noir à Emma.

L'attitude de Louise déclenche un instinct de protection envers Emma qui me met hors de moi.

— Ça suffit maintenant Louise, arrête de pleurnicher ! grondé-je du ton ferme qui fait toujours aussi peur à ma fille.

Celle-ci se laisse tomber sur la chaise à ses côtés, la mine complètement déconfite. Et maintenant, je m'en veux. En même temps, je n'arrive pas à réfléchir avec Emma qui se tient en sous-vêtements au milieu du salon, avec sa moue de jeune fille effarouchée complètement perdue. Heureusement que Louise est présente, sinon je crois que j'aurais déjà perdu le contrôle de moi-même. Vivre sous le même toit qu'Emma est un calvaire. J'ai besoin qu'elle s'en aille très rapidement pour mon bien-être moral, et celui de mes élèves également, sur lesquels j'ai tendance, je dois l'admettre, à parfois passer ma frustration. Je pince le haut de mon nez pour m'aider à garder la tête froide.

— Emma, l'interpellé-je, peux-tu s'il te plaît…

Et je lui indique son corps de haut en bas, tout en fermant les yeux, pour lui faire comprendre d'aller se rhabiller.

— Oh oui désolée, s'excuse-t-elle en s'éclipsant dans la chambre.

Louise m'observe d'un œil soupçonneux.

— Qu'est-ce que c'était ça ? demande-t-elle circonspecte.

— Je t'ai déjà demandé d'être plus spécifique lorsque tu t'exprimes. « Ça » ne désigne rien en particulier, la corrigé-je pour gagner du temps.

— Votre attitude l'un envers l'autre, précise-t-elle, elle te bouffe des yeux et, du jamais vu encore, tu n'arrives pas à la regarder en face. Qui est cette fille papa ?

Je m'assois à côté d'elle, pas prêt du tout pour cette conversation. Mais le serai-je finalement un jour ?

— C'est compliqué, me défilé-je.

— Tu es amoureux d'elle ? me demande Louise inquiète.

— L'amour est un concept adolescent qui se complexifie lorsqu'on devient adulte, philosophé-je pour ne pas me poser la question.

Ma fille secoue la tête et lève les yeux au ciel comme si j'étais un vieux con. Ce que je suis peut-être finalement.

— Maman va être furieuse, soupire mon ado.

— Les états d'âme de ta mère ne sont pas vraiment mon problème.

— Ça devrait, me met en garde Louise.

Emma ressort alors de la chambre, dans une robe d'été qui laisse apparaître bien trop de chair encore pour me calmer. Au même moment, un son désagréable résonne à mes oreilles.

— Bonjour, bonjour, lance la voix de Kiara derrière nous.

Depuis quand rentre-t-elle chez moi sans y avoir été invitée ? Un recadrage s'avère nécessaire chez les différentes femmes de ma vie.

Les yeux de Kiara se posent sur Emma et son visage se décompose.

— Qu'est-ce qu'elle fait là, elle ? crache-t-elle furieuse.

— Maman la connaît ? s'enquit Louise, déroutée.

— Oh oui je la connais ma puce, répond Kiara, pleine de venin, toi qui as toujours voulu connaître la raison de notre départ de France, la voilà !

Pourquoi n'ai-je pas choisi la voie du célibat endurci ?

— Ok Kiara, tu te calmes, la sermonné-je fermement, Louise, descends attendre ta mère dans la voiture, Kiara reste là et Emma retourne dans la chambre et ferme la porte.

Elles s'exécutent toutes à mon grand soulagement. En même temps, la seule qui aurait pu poser un problème, c'est celle qui n'a rien à faire.

Une fois Louise et Emma parties, je mets les points sur les i avec mon ex-femme.

— Écoute Kiara, tu réussis très bien à me faire comprendre que tu es en colère à cause de mon attitude la dernière fois, mais arrête ton manège. Tes changements de dernière minute, ainsi que tes apparitions impromptues doivent cesser. Ici, tu es chez moi et tu ne rentres pas comme dans un moulin.

Je m'attendais à un retour de bâton agressif, à une de ses piques dont elle seule a le secret, mais à la place elle arbore une mine si triste que j'en ai presque de la peine.

— Pourquoi se trouve-t-elle ici Matty ? Et pourquoi se réfugie-t-elle dans la chambre de notre fille ? se lamente-t-elle.

— Ça ne te concerne pas, répliqué-je espérant vainement éviter la conversation.

Mon ex-femme affiche un visage déçu.

— Donc tu oublies tout ce qu'elle t'a fait ? Tes principes n'ont plus aucune importance lorsqu'il s'agit d'elle ? Pourquoi la choisis-tu ?

— C'est toi qui es partie K, déclaré-je pour noyer le poisson.

— Elle aussi, elle t'a quitté, m'assène Kiara.

Devant ma mine surprise, elle ajoute :

— Tu me sous-estimes Matty. Je sais très bien qu'elle est la raison pour laquelle tu m'as appelée pour me sauter, après toutes ces années. Tu peux duper les autres, mais pas moi. Tu avais cet air noyé de chagrin. Le même que lorsqu'on a déménagé aux États-Unis, et le même que lorsqu'elle t'a annoncé qu'elle était enceinte et donc qu'elle t'avait menti.

Elle marque une pause en me détaillant.

— J'aurais dû me battre pour toi, me révèle-t-elle.

— Cela n'aurait rien changé, objecté-je, tu avais raison lorsque tu as pris ta décision. Nous sommes un moins mauvais modèle pour notre fille lorsque nous sommes séparés.

— Si je t'avais trahi comme elle l'a fait, tu ne m'aurais jamais pardonnée, affirme-t-elle, espérant que je la contredise.

— Probablement pas, confirmé-je.

Les larmes lui montent aux yeux. J'ai horreur de la voir ainsi.

— Je suis désolé si je te blesse, reprends-je, ce n'est pas mon intention, mais tu sais que je suis incapable de…

— Mentir, complète-t-elle un voile de tristesse sur les yeux, j'ai vraiment cru, pendant longtemps, qu'elle ne représentait qu'une obsession inassouvie. Quand tu m'as annoncé, l'année dernière, que tu l'avais croisée, j'en étais presque soulagée. Je me suis dit que tu allais coucher avec elle, et que le charme serait rompu. Qu'enfin elle quitterait tes pensées, comme toutes celles qui passent dans ton lit. Mais j'avais tellement tort. Je ne t'ai jamais vu aussi heureux que pendant les mois de votre relation. Ni aussi malheureux, de façon assez contradictoire. Probablement parce qu'elle était en couple, ce que je ne t'ai jamais vu accepter pour quelqu'un d'autre.

Je ne trouve rien à lui répondre.

— Donc tu pourrais vraiment tout lui pardonner ? implore-t-elle.

— Kiara, je crois que tu devrais y aller, soufflé-je en fermant les yeux pour ne pas voir son abattement.

Elle se rapproche de moi pour déposer un baiser sur ma joue.

— Au revoir, Matty, lâche-t-elle avant de quitter mon appartement

Une fois la porte refermée, je me dirige vers la chambre dans laquelle loge Emma, pour m'assurer qu'elle ne va pas rester trop longtemps traumatisée par le spectacle de Louise et Kiara.

Je pousse le battant et Emma fait un bond en arrière pour l'éviter. Son oreille devait y être collée quelques secondes plus tôt.

— Emma, étais-tu en train de m'espionner ? soupiré-je, agacé par son attitude enfantine.

Elle ne répond rien et me fixe, la bouche semi-ouverte, comme si elle attendait quelque chose. Sa poitrine se soulève et s'abaisse dans sa tenue légère que j'aimerais arracher. Puis elle s'avance, pose ses mains sur mes joues et sa bouche vient accrocher la mienne. Un courant me parcourt le dos. La douceur de ses paumes contraste avec l'avidité avec laquelle elle se saisit de mes lèvres et l'atmosphère se charge d'électricité.

Un combat interne se joue en moi. Je dois réunir toutes mes forces pour me reculer et m'arracher aux sensations que son baiser me procure.

— Emma arrête, murmuré-je dans un effort surhumain.

Je sais qu'elle va se renfermer, comme elle le fait chaque fois que je la repousse. Alors que tout mon être la supplie silencieusement d'insister. Mais, au lieu de m'ordonner de partir ou de me fuir, elle me fait face sans bouger et me désarçonne de son regard plein de détermination, accroissant encore la tension presque palpable qu'elle vient de recréer.

CHAPITRE 21
Emma

L'oreille collée à la porte, je ne perds pas une miette de la conversation entre Matthias et son ex-femme. Et je n'arrive pas à croire ce que j'entends. Tony avait raison. Même si, quelque part au fond de moi, l'idée devait exister, je réalise juste maintenant combien passer outre ma trahison pour recommencer notre relation a dû être douloureux pour Matthias. Il ne l'avait jamais fait pour personne d'autre avant. Il affirme même qu'il n'aurait pas pardonné à la mère de son enfant. Et, après lui avoir préféré Valentin, il m'a acceptée chez lui malgré la difficulté de me voir tous les jours. Mince. Depuis le début de notre relation, je regarde les choses de mon point de vue, des blessures que lui m'a infligées. De combien il a été compliqué pour moi qu'il disparaisse puis de le revoir, de m'injecter une dose de lui et de m'en priver de nouveau ensuite. Jamais je ne m'étais rendu compte que lui aussi avait souffert. Je n'ai pas cherché à comprendre les événements de sa perspective. Derrière sa grande carapace autoritaire, je découvre enfin son cœur, avec ses fêlures et ses doutes. Trop d'idées s'affolent dans mon esprit. Les événements des derniers mois m'apparaissent sous un jour complètement nouveau et me laissent complètement confuse. Toutes mes certitudes sont bouleversées, je ne sais plus où j'en suis.

Soudain, l'évidence m'apparaît enfin. Je le veux lui. Tout entier. Avec ses forces et ses faiblesses, son caractère de cochon, qui laisse apparaître sa sensibilité lorsqu'il accepte de baisser la garde, sa franchise, brutale certes, mais finalement tellement indispensable.

La porte s'ouvre. Je recule rapidement pour qu'elle ne m'assomme pas.

— Emma, étais-tu en train de m'espionner ? me demande-t-il de cet air que je trouve si exaspérant d'habitude et qui est devenu subitement touchant.

Je ne peux rien répondre. Mon cœur exécute des saltos dans ma poitrine et me crie d'agir. *Maintenant Emma.* D'instinct, mes mains se déposent sur son visage, déclenchant immédiatement ce courant électrique qui me parcourt chaque fois que je le touche, et ma bouche affamée croque la sienne.

J'absorbe en cet instant la bouffée de bonheur que je pensais ne plus jamais retrouver. Il me résiste, je le sens, puis se recule.

— Emma arrête, chuchote-t-il presque, comme s'il n'était pas convaincu lui-même.

Mes yeux ne lâchent pas les siens. Je n'abandonnerai pas avant d'avoir essayé.

— Pourquoi ? lui demandé-je, en espérant qu'il ne se rembrunisse pas.

Je peux entendre sa respiration au milieu du silence écrasant de la chambre.

— Parce que je ne joue plus, m'annonce-t-il comme un aveu.

— Moi non plus, affirmé-je immédiatement, plus sûre de moi que jamais.

Tout en parlant, je me rapproche une nouvelle fois de lui. Nos corps ne se touchent pas, mais sont si près que je peux ressentir toute la tension qui émane de lui. Comme si les énergies invisibles qui entouraient nos deux êtres, elles, étaient entremêlées.

Mes doigts s'aventurent sur son avant-bras et je savoure ce nouveau contact, peut-être éphémère. Il ne bouge toujours pas, mais ses yeux emprisonnent les miens des mille pensées qui doivent se bousculer en ce moment dans sa tête.

— Je ne te regarderai pas courir vers lui une deuxième fois Emma, me prévient-il, il reviendra, j'en suis persuadé. Si tu décides de saisir cette dernière chance pour nous, ne la gâche pas.

— Ça n'arrivera pas, le rassuré-je, je n'irai nulle part, quoi qu'il décide.

Mes pointes de pieds se redressent pour que mon visage puisse rencontrer le sien.

— Je te le promets, susurré-je contre sa bouche alors que je mange ses lèvres à nouveau.

Il me rend mon baiser, d'abord imperceptiblement comme s'il me picorait pour goûter chaque recoin de ma bouche. Puis son appétit grandit, et avec lui, la ferveur avec laquelle il me dévore. Ses mains se glissent dans mes cheveux et tout mon corps s'électrise.

Ses doigts s'enfoncent dans ma peau et je retrouve cette sensation exquise que lui seul fait naître. Cette manifestation de désir ardent qui me donne l'impression d'être la seule et l'unique, de l'avoir toujours été, et qu'il n'aspire à rien d'autre au monde que de me posséder.

Ses mains descendent le long de mon dos dans une délicieuse caresse, se glissent sous mes fesses et frôlent adroitement mon entrejambe, m'arrachant un gémissement.

— Putain, qu'est-ce que j'aime ce son, me glisse Matthias à l'oreille.

Son souffle allume un brasier dans mon bas-ventre et ses paroles fendent mon visage d'un sourire béat.

— Tu sais ce qu'il te reste à faire alors, lui susurré-je à mon tour.

Il saisit mes cuisses vigoureusement pour les remonter sur ses hanches, et mes pieds se nouent naturellement dans son dos. Nos langues s'entremêlent, encore et encore, comme si nous n'en avions jamais assez. Ses mains s'aventurent dans le creux de mes reins et je frissonne jusqu'à mes orteils.

Très lentement, il se détourne, m'emportant avec lui toujours accrochée autour de sa taille. Pendant que nous traversons le salon, je taquine son cou avec ma langue et perds mes doigts dans ses mèches noires. Juste avant d'entrer sa chambre, il s'arrête et me plaque contre le mur pour m'embrasser à nouveau, comme s'il ne pouvait pas attendre plus longtemps. Ses mains chatouillent mes jambes, qui se parent de chair de poule. Il reprend son chemin et avance jusqu'à son lit, où il me dépose, délicatement, en position allongée. Tout en remontant ma robe, assis à califourchon sur mon bassin, il entreprend une exploration minutieuse de chaque parcelle de mon corps, me mettant au supplice. Chacun de ses baisers déclenche une décharge dans mes entrailles, chacun de ses effleurements embrase mes nerfs. Il prend son temps, pour laisser sa marque brûlante sur chaque fragment de ma peau. Le frisson de l'interdit a été remplacé par la magie d'un moment sans fin déterminée. Et je savoure chaque seconde de sa délicieuse torture, sans une once de culpabilité au fond de moi, pour la première fois. Il finit par passer ma tunique au-dessus de ma tête. Puis il se redresse pour retirer son t-shirt. D'où je suis, coincée entre ses jambes musclées, j'ai une vue imprenable sur ses tablettes de chocolat que je croquerais si je n'avais pas peur de les abîmer. Ses mains remontent ensuite le long de mon dos, suivant le chemin de ma colonne vertébrale parcourue de frissonnements. Il s'allonge de tout son poids sur moi, nos bouches se rencontrant de nouveau. Pendant que son immense main gauche enserre ma nuque, la gardant sous son emprise, la droite détache mon soutien-gorge d'un mouvement de poignet. Ses yeux regardent maintenant ma poitrine avec une telle avidité, qu'il s'avère difficile pour moi de ne pas lui demander de me prendre sur le champ. Mais je me tais, pour lui laisser un contrôle complet de la situation. En cet instant, je veux être son jouet, sa marionnette. Il peut disposer de moi comme il l'entend.

Après avoir fait subir à mes seins le même sort qu'au reste de mon corps, me laissant complètement pantelante, il descend enfin sa bouche où je l'espère. Sa langue joue avec mon clitoris alors que ses doigts s'amusent à effleurer l'intérieur de mes cuisses, m'obligeant à gesticuler pour qu'ils me touchent. La situation a l'air de l'amuser particulièrement.

Il remonte sur moi, m'immobilisant, puis, avec son visage pratiquement collé au mien, m'ordonne :

— Patience Emma, on a tout notre temps.

Puis il redescend sa tête dans mon entrejambe, m'offrant, en plus de sa bouche experte, la dextérité aguerrie de ses doigts. Il prend son temps, savourant chaque seconde.

Mes yeux se ferment, mon être n'est plus que plaisir. Des gémissements s'échappent de ma bouche. Ils se font de plus en plus fort à mesure que ses gestes s'intensifient. Ses lèvres remontent alors sur mon nombril me privant de l'aboutissement de ses manœuvres.

Il veut que je l'implore et nous savons tous les deux que je vais le faire.

— Encore, Matthias, le supplié-je en me cambrant pour le rappeler.

Son sourire, que je sens se dessiner sur mon aine, m'envoie une onde de chaleur supplémentaire. Il s'exécute ensuite, me donnant entière satisfaction. Ses doigts vont et viennent en moi à un rythme de plus en plus saccadé, me touchant exactement là où sa langue s'active à l'extérieur. Il sait parfaitement manier sa bouche et ses mains pour exacerber ma sensibilité, et chaque fibre de mon corps le réclame encore. Je jouis sous sa langue, me provoquant un spasme, alors qu'un cri de jubilation traverse mes lèvres pour résonner dans la pièce.

— Finalement je préfère ce son-là, exulte-t-il.

Après avoir retrouvé mes esprits, j'ouvre les yeux et le vois m'observer, se délectant du résultat de son œuvre. Je me redresse, empoigne ses cheveux à l'arrière de sa nuque et agrippe ses lèvres aux miennes. Je passe mes pieds derrière lui de sorte que nous sommes assis tous les deux, moi sur lui. Lentement, tout en suçotant ses lèvres, je défais la ceinture qui maintient son jean et la jette à terre. Je mordille ensuite son lobe d'oreille avant d'y chuchoter :

— Fais-moi jouir encore… avec toi.

— À ton service, répond-il, une pointe de malice virevoltant dans ses yeux.

Matthias passe alors une main dans mon dos pour me soulever et enlève son pantalon, puis son boxer, de l'autre. Il m'entraîne ensuite avec lui lorsqu'il se penche pour ouvrir le tiroir de sa table de chevet pour attraper un préservatif.

Ses pupilles se dilatent alors qu'il ouvre l'emballage avec ses dents puis le déroule sur son membre. Je me rassois sur ses hanches et nous nous faisons face. Le temps se suspend à cet instant alors que nous nous regardons, avides l'un de l'autre, sachant que nous pouvons maintenant pleinement assouvir ce désir sans contrainte morale. Tout en maintenant notre contact visuel, j'attrape son sexe et le dirige à l'entrée du mien. Lorsque je le sens en moi, une effusion de chaleur remonte de mon pubis à ma poitrine.

Nos corps ne font plus qu'un. Le mien ondule sur le sien et ses mains attrapent mes fesses pour accompagner leurs mouvements. Son souffle s'accélère et se fait plus rauque à mesure que mes va-et-vient s'accroissent. Nos rétines restent scotchées l'une à l'autre, nous permettant d'y lire le plaisir que nous nous procurons mutuellement. Nos gémissements respectifs se font plus fort et je crois l'entendre murmurer mon prénom, augmentant encore, si cela était toutefois possible, l'état d'extase dans lequel je me trouve. Dans cette danse de nos deux êtres, je sens que je ne m'appartiens plus. Je suis à lui. Mon âme lui appartient tout entière.

Notre étreinte s'intensifie alors que je sens poindre le paroxysme de mon plaisir. Toutes mes terminaisons nerveuses se mettent en alerte, prêtes à exploser. Dans un dernier mouvement de bassin, mon corps est terrassé par un second orgasme. Le cri bestial qui sort de la bouche de Matthias m'indique qu'il est lui aussi sous le coup du plaisir qui l'assaille.

Nous nous écroulons sur le lit, dans les bras l'un de l'autre, à bout de souffle, dans une douce euphorie. Je ressens un sentiment de plénitude qui m'était inconnu jusqu'alors.

CHAPITRE 22
Matthias

J'ouvre les yeux avec l'impression d'un poids en moins sur ma poitrine.

Emma dort toujours. Sa tête, tournée vers moi, repose sur mon biceps qui s'engourdit doucement. Je préfère que le sang ne s'achemine plus jusqu'à mon bras plutôt que de la réveiller. Sa bouche s'ouvre légèrement, la faisant ressembler à un petit poisson. Même avec un filet de bave, je la trouverais sexy. Surtout sans ses vêtements. Et là, elle est nue sous ces draps. Cette pensée suscite un début d'érection chez moi. Cette fille me rend dingue. Pourtant, je m'étais promis de ne pas m'embarquer de nouveau avec elle. Malheureusement, avec Emma, j'ai tendance à rompre les promesses que je me fais à moi-même. C'est plus fort que moi, je ne lui résiste pas. Avec elle, je perds le contrôle. Plus qu'avec n'importe qui d'autre. Et maintenant je doute, sentiment encore inconnu jusque-là. Et il n'y a pas à dire, je déteste cette désagréable sensation. Ma crainte n'est pas que son Valentin revienne, mais qu'il lui promette de retourner à sa petite vie parfaite. Sans ses enfants, il n'aurait aucune chance. S'il veut la récupérer, il lui fera miroiter un retour à son existence de faux semblants avec sa maison, son futur mari et ses deux enfants. Son fils et sa fille sont ses points faibles. Et je ne peux pas le lui reprocher. Je ferais n'importe quoi pour Louise. S'il revient en lui offrant de tout retrouver, je ne sais pas si elle résistera. Elle m'a juré que oui, mais elle était prise dans l'intensité du moment.

Ma main libre caresse son bras. Sa peau douce tressaille à mon contact. Je lui fais de l'effet même dans son sommeil. De quoi gonfler un peu plus mon ego, qui se porte déjà bien.

Je descends jusqu'à ses mains, puis ses doigts et me heurte à un anneau serti d'un diamant autour de son annulaire. Je le roule entre mon pouce et mon index puis retire ma main, comme s'il me brûlait, pour éviter de le lui arracher.

Après tout ce dont il l'a menacé, elle le garde encore. Rien qui ne m'aide à me rassurer sur sa propension à résister à l'appel de sa vie de panneau publicitaire, s'il la lui offre sur un plateau d'argent.

J'attrape mon téléphone sur la table de nuit. L'écran affiche un appel manqué de ma fille. Je la rappellerai sur le chemin du boulot. Dans une heure à peine, je dois être en route pour l'université. Mince, j'espérais vraiment faire l'amour à Emma avant de partir.

Comme si elle entendait mes pensées, sa tête remue de gauche à droite et ses bras passent autour de mon torse. Puis elle bouge encore, et finit par se gratter les yeux. Lorsqu'elle les ouvre enfin, elle me paraît décontenancée.

— Bonjour, l'accueillé-je dans le monde des vivants, je ne savais pas que tu avais des tendances de marmotte.

Elle frotte ses paupières de nouveau puis sourit, tout en posant sa tête sur ma poitrine.

— Grosse, grosse marmotte, réplique-t-elle, évidemment, toi tu te lèves à 5h tous les jours pour pratiquer du sport, non ?

Dans le mille.

— Je croyais être plus mystérieux que ça, lui réponds-je, l'air déçu, en dessinant des ronds dans son dos.

— Pourquoi n'y es-tu pas allé ce matin ? me questionne-t-elle, la moue innocente.

Sa façon de se mordiller la lèvre devrait être interdite. Bon, tant pis si j'arrive en retard à l'université. Je me relève pour m'installer sur elle et lui annonce :

— J'ai simplement décalé ma séance pour favoriser une activité en duo.

Elle écarquille les yeux, choquée et excitée.

— Là, maintenant ? Je dois me préparer pour aller à la galerie, glousse-t-elle.

— Donc, après avoir amené un peu d'originalité à ta vie sexuelle sur les lieux, je vais devoir te convaincre sur les horaires ? demandé-je taquin, ne t'inquiète pas, on peut s'exercer en missionnaire pour que cela ne te déstabilise pas trop.

Sa mine renfrognée m'indique qu'elle se vexe. Je dois changer son état d'esprit si je veux pouvoir profiter de son merveilleux corps avant une journée éprouvante.

Penché au-dessus d'elle, ma langue s'aventure sur sa clavicule et remonte jusqu'à son cou, lui déclenchant un fou rire. Elle attrape ma nuque et agrippe ma lèvre avec ses dents. Je me glisse entre ses cuisses et ses pieds se croisent dans mon dos pour m'emprisonner sur elle. Nos corps nus sont collés l'un à l'autre, ainsi que nos bouches. Chaque point de contact me brûle. Je me délecte de sa langue habile, alors que nos mains s'emmêlent au-dessus de sa tête. Je pourrais rester des heures contre son corps, à m'injecter des endorphines en continu. Malheureusement, la vie à l'extérieur de cette chambre ne s'est pas arrêtée et nous devons tous les deux répondre à nos obligations. Je me penche pour prendre une capote dans mon tiroir. Je dois me noter d'en racheter. Pendant que nos langues se caressent toujours, mes doigts descendent le long de son ventre qui frissonne à mon passage, jusqu'à son point le plus sensible. J'adore les manifestations physiques de l'effet que j'ai sur elle. Alors que mon pouce effectue de petits cercles sur son bouton magique, j'insère mon majeur dans sa fente mouillée. Elle couine dans ma bouche et ce bruit me rend fou. Je ne peux pas bander plus ou ma bite va exploser.

— Matthias, murmure-t-elle tout en gondolant sous mes mains, tu m'as promis un missionnaire, prends-moi, maintenant.

Ses mains enserrent mes hanches pour les inciter à aller plus loin.

Quelle impatiente ! J'aime imaginer que son empressement constant à terminer l'acte vient de l'incompétence en la matière de son fiancé. Bon, de toute façon aujourd'hui, je n'ai pas le temps de la faire languir. Après avoir déroulé le bout de plastique sur mon membre, celui-ci se fraie un chemin en elle. Il n'y a pas plus délicieux que ce moment où je prends possession de son corps. Chacun de mes muscles se tend. La sentir autour de moi déclenche des milliers de petits courants électriques dans mes cellules.

Mes hanches cognent contre les siennes, d'abord doucement, puis de plus en plus frénétiquement. Ses yeux ne me lâchent pas. Je me rappelle la première fois où nous avons succombé au plaisir charnel. Elle n'osait pas me regarder, comme si la fusion de nos deux corps la mettait trop mal à l'aise. Maintenant, elle me fixe toujours avidement et ce regard me met dans un état insensé. Cette connexion visuelle accroît notre plaisir lié à notre connexion physique. Sa respiration devient erratique, ses doigts s'enfoncent dans mon dos puis remontent le long de ma nuque pour m'attirer à elle. Elle murmure dès « encore », « plus fort », elle me semble si fragile sous moi que je crains de la casser. Mais sa satisfaction reste mon moteur, donc je relève ses jambes pour m'enfoncer encore plus profondément.

Sous mes assauts, son ventre se contracte puis ses jambes se resserrent sauvagement contre moi dans un cri exquis. La sentir jouir me procure un plaisir indescriptible et j'explose dans un orgasme phénoménal, puis m'écroule sur elle.

Une fois remis de mes émotions, je me redresse, pose un baiser sur le front d'Emma qui semble vouloir replonger dans les bras de Morphée, puis me dirige vers la salle de bain. Avant de quitter la chambre, je lance :

— Emma, n'oublie pas de te lever, tu travailles, il me semble.

— Hum hum.

Puis je m'éclipse sous la douche. Lorsque je ressors, toujours pas d'Emma. Cette indiscipline m'agace.

— Emma, clamé-je assez fort, lève-toi si tu espères garder ton emploi.

Elle sursaute et se redresse.

— Bien, c'est mieux, remarqué-je.

— Oh tais-toi, assène-t-elle, je n'ai pas l'habitude d'être réveillée de cette façon.

Son mec ne lui a donc jamais apporté de démonstrations d'affection dès le matin. J'avais raison, il était incapable de la satisfaire. Elle s'étire, puis s'avance vers moi pour m'embrasser. Je me délecte de la sensation de sa langue sur mes lèvres et suis à deux doigts de la ramener dans le lit. Mais, heureusement, mon caractère pragmatique reprend le dessus et interrompt notre contact. Sinon, je risque d'être vraiment en retard cette fois, et elle aussi.

— Bonne journée, lui signifié-je en m'écartant pour passer la porte.

— Bonne journée, grogne-t-elle la mine boudeuse.

Une fois dehors, une partie de moi me hurle de remonter passer la journée avec elle, mais je ne peux pas. Mes étudiants m'attendent et je n'ai pas pour habitude d'arriver en retard ou de me faire porter pâle. Je me rappelle alors de joindre Louise.

— Allô Papa, décroche-t-elle, je n'ai pas beaucoup de temps, mon cours commence dans cinq minutes.

— Es-tu autorisée à utiliser ton portable maintenant ?

— Non pas vraiment, mais pour mon père je braverais tous les interdits, rigole ma fille qui sait que je ne peux pas lui résister.

— Bon, au lieu de dire n'importe quoi, tu m'as appelé hier soir, as-tu quelque chose à me dire ?

— Oui, reprend-elle d'un ton plus bas, presque gêné, je voulais m'excuser pour avoir insulté ta copine. Maman m'a expliqué qui elle était avec ses propres mots. Tu imagines bien que l'histoire ainsi que le vocabulaire employé n'ont pas été très flatteurs.

J'imagine bien.

— Mais ne t'inquiète pas, je ne suis pas stupide, et je sais lire entre les lignes, continue-t-elle, cette fille compte pour toi, c'est évident. Et si elle compte pour toi, elle mérite que je lui laisse le bénéfice du doute et lui donne une chance. Elle est la première femme depuis maman à qui je te vois accorder de l'importance, donc je ne veux pas gâcher ça pour toi.

La maturité et l'attention de Louise me touchent en plein cœur.

— Merci Lou, réponds-je ému, ton opinion reste la seule qui m'importe, donc j'apprécie énormément.

— Je t'aime papa et je veux te voir heureux. Mais la prochaine fois que je viens, dis-lui de s'habiller.

Je ris en repensant à l'embarras d'Emma.

— Je t'aime aussi ma Lou.

Je suis sur le point de raccrocher lorsque j'entends Louise ajouter :

— Papa, je préfère te prévenir quand même, je n'ai jamais vu maman furieuse à ce point-là. Je resterais attentif si j'étais toi.

— Merci pour la mise en garde, mais ne t'en fais pas, je sais gérer ta mère.

Pourtant, lorsque la conversation se coupe, je ne suis qu'à moitié rassuré.

CHAPITRE 23
Emma

Je regarde Matthias franchir la porte, et me sens flotter sur un petit nuage. Je ne réalise pas encore qu'hier n'était pas un rêve. En me réveillant ce matin, j'ai eu un doute, puis j'ai vu son torse parfait en ouvrant les yeux, et cette sensation de sérénité, qui m'était inconnue jusqu'alors, est revenue. Et l'amour au réveil, quel bonheur. Je me demande comment j'ai pu m'en passer toutes ces années. J'attaque ma journée de travail remplie de bonne humeur. Perdue dans mes rêvasseries, je tombe sur l'heure affichée sur le four de Matthias et réalise que je suis à la bourre. Vite, une douche et direction la galerie.

Lorsque j'arrive, Tony et Adam préparent un projet à l'entrée. Je les salue et me dirige vers le bureau au fond. Tony me fixe d'un air suspect. Je me défile et entre dans la pièce croyant être tranquille.

Deux minutes plus tard, la porte s'ouvre et mon collègue entre dans la pièce sans un mot, mais toujours avec des yeux suspicieux. Il me dévisage sans bouger. Je lui jette des petits coups d'œil, mais il ne se décide pas à parler.

— Bon, qu'est-ce que tu as ? Je n'arriverai jamais à me concentrer si tu continues à me fixer de cette manière, m'énervé-je.

— Ne fais pas l'innocente, m'envoie-t-il d'un ton trop dur pour qu'il ne soit pas joué.

Je pouffe de rire à voir Tony se prendre au sérieux.

— Arrête, cette attitude ne te va pas du tout, remarqué-je amusée.

Tony s'assoit en face de moi, un sourire d'enquêteur sur le visage et me lance :

— Allez, balance tout Emma, tu es aussi transparente que les vitres de la galerie lorsque Saori doit venir les inspecter. Tu as bien du mal à t'empêcher de sourire et, là tout de suite, je peux voir ton rictus des jours heureux. Quand tu essayes de le cacher, tu ressembles à une gamine prise en faute.

— Je n'ai rien à te dire, réponds-je innocemment.

— Mensonge, déclare-t-il théâtralement, tu as recouché avec lui hier soir, ça se voit comme le nez au milieu de la figure.

— Pas seulement hier soir... avoué-je sur le ton de la confidence.

Tony prend un air choqué.

— Oh mon dieu, mais qu'est-ce que cette divinité a fait de ma petite prude d'Emma ?

Tony en fait toujours trop. Et pourtant, je ne peux pas me passer de ses commentaires toujours excessifs.

— Lorsque l'on s'est rencontrés, j'avais déjà un enfant, donc arrête d'exagérer, le corrigé-je.

— Probablement conçu entre 20h et 21h, un samedi soir, dans un lit, en missionnaire, se marre-t-il.

— Mais pourquoi faites-vous tous une fixette sur cette position sexuelle ? Le missionnaire est une position très pratique, m'indigné-je.

Parfois, les discussions avec Tony me donnent l'impression de perdre une partie de ma cervelle. Et, en même temps, il m'apporte un peu de légèreté dans la lourdeur des événements de ces dernières semaines. Il se penche vers moi et me renifle.

— Tony, pourquoi me flaires-tu tel un animal ? m'interrogé-je.

— J'adore l'odeur des phéromones, explique-t-il tout en continuant d'essayer de mettre son nez sur moi.

— Tu es vraiment irrécupérable, Tony, ris-je en prenant un ton exaspéré, allez va-t'en avant qu'Adam arrive et nous vire tous les deux pour comportements inappropriés.

— De toute façon, je dois y aller. J'ai un rendez-vous avec Saori et lui, déclare-t-il tout en se levant un air triomphant sur le visage.

— Ah bon ? Pourquoi ? demandé-je parcourue par un léger frisson d'épouvante toujours familier à l'évocation de ma patronne.

Tony arbore un demi-sourire.

— Ils veulent m'offrir un poste permanent. Je suis un électron libre, mais je me lasse de mon contrat précaire où ils m'appellent quand ça les arrange, et dans lequel je ne sais pas de quoi demain sera fait. Je ne sais jamais combien d'heures je serai payé à la fin de la semaine et ils peuvent parfois passer des jours sans m'appeler. Normalement, ils vont m'offrir le même contrat que toi.

Un vent de bonheur souffle sur moi.

— C'est formidable ! Je suis trop heureuse pour toi. Tu l'attendais depuis tellement de temps cette opportunité !

Après une accolade, mon collègue quitte la pièce, prêt à recevoir sa bonne nouvelle.

Je m'apprête à commencer ma journée de travail lorsque mon téléphone sonne. Le nom de Sonia s'affiche. Mince, je devais poser mes affaires chez elle ce matin, ça m'était totalement sorti de la tête. En même temps, mes aventures depuis hier m'ont entièrement chamboulée.

— Sonia, commencé-je en décrochant, j'ai complètement oublié de t'appeler. Finalement, je ne vais plus avoir besoin de ton aide. J'espère que tu ne m'as pas attendue ce matin.

Hormis le fait qu'habiter chez Sonia n'aidera certainement pas ma relation avec Matthias, que je ne voudrais surtout pas fragiliser en déménageant, je réalise également que j'en veux quand même à mon amie pour son comportement.

— Ah d'accord, pas de souci, répond-elle déçue, as-tu trouvé quelque chose d'autre ?

Je décide d'être frontale. S'il y a bien une leçon que je tire de toute cette année, c'est que les mensonges n'amènent rien de bon.

— Si tu veux le savoir, Matthias m'héberge. Il était là pour moi, même s'il n'en avait pas envie, quand tout s'est cassé la gueule. Et je pense, So, que tu aurais dû être celle qui était présente.

Sonia reste muette, je décide donc de lui envoyer tout ce que j'ai sur le cœur.

— Bien entendu, j'ai conscience d'avoir mal agi. Et que tu restes l'amie de Valentin. Mais tu étais censée être ma meilleure amie, So. Celle qui est là pour moi si un jour je me retrouve avec un cadavre sur les bras. Tu aurais dû me soutenir face à l'hystérie hypocrite d'Emily qui, à peine ai-je eu le dos tourné, s'est précipitée chez moi pour soi-disant aider Valentin avec les enfants.

— Je ne sais pas quoi te dire d'autre à part que je suis désolée, encore une fois. J'ai déconné, je m'en rends compte. Je me suis laissée aveuglée par la colère d'Emily puis par celle de Valentin, sanglote-t-elle presque, donc je vous perds tous les deux dans cette histoire ?

S'il y a bien un son qui me fend le cœur, c'est celui de Sonia qui pleure. Mais je ne peux pas me laisser attendrir. Je me suis quand même retrouvée aux mains d'un tordu parce qu'elle n'a pas eu l'amabilité de m'aider quand j'en avais besoin.

— Non, tu ne m'as pas perdue, So. Mais je vais avoir besoin de temps, chose que tu n'as pas eu la bonté de me donner, tempéré-je, et probablement, d'un vrai soutien dans les prochains mois.

— D'accord, je comprends, affirme Sonia, je voulais tout de même te faire part d'une nouvelle. J'espérais te l'apprendre autour d'un verre ce soir, mais tant pis. J'aimerais t'inviter à ma crémaillère.

L'annonce de Sonia me laisse perplexe.

— Ta crémaillère ? Je ne savais même pas que tu voulais déménager. Du coup, comment comptais-tu m'héberger ?

— Je pensais te laisser l'appartement quand je partirai si tu en avais toujours besoin. En fait, je m'installe avec Alejandro.

Le choc me cloue sur ma chaise. Alejandro ! J'avais complètement oublié son amoureux secret dans la tourmente de ma vie.

— Il n'aime pas l'ambiance de New York City, continue-t-elle, donc nous allons emménager dans une maison dans le New Jersey.

— Mais tu adores New York ! objecté-je.

— Oui, mais lui déteste. La vie en couple doit être faite de concessions, non ? ajoute-t-elle.

— Probablement… réponds-je, pas convaincue, tu sais, ma situation actuelle résulte d'un trop plein de concessions pour les beaux yeux de Valentin, donc j'ai du mal à appuyer tes propos.

— Je ne m'étais pas rendu compte que c'était à ce point-là, murmure mon amie, concernée.

Elle marque une pause pendant laquelle je peux presque l'entendre réfléchir puis elle reprend :

— Nous signons le compromis de vente dans un mois et demi et donc nous pendrons la crémaillère deux semaines plus tard, en août. Ça me ferait terriblement plaisir que tu viennes, surtout qu'avec tout ce qu'il s'est passé, tu ne l'as jamais rencontré.

Une pensée me tracasse tout de même.

— Est-ce que Valentin est invité ?

— Oui, me confirme-t-elle, mais il n'a pas répondu encore et…

Je sens qu'elle hésite sur ses prochaines paroles.

— Tu pourras venir avec Matthias si tu veux, finit-elle par lâcher.

Certainement pas. Déjà, je ne sais pas si nous serons encore ensemble dans deux mois, mais, en plus, il est hors de question de prendre le risque que Valentin et lui se croisent.

— Merci So, ça me touche, réponds-je tout de même pour lui montrer que j'apprécie l'attention, et je m'excuse d'avoir pris tellement de place que j'en ai oublié de m'intéresser à ce qu'il se passait pour toi.

— Ce n'est rien. On fait tous des erreurs, non ?

Je ris à l'ironie de sa phrase avant de lui dire au revoir et de raccrocher.

À la fin de la journée, alors que je me lève pour rentrer, mes affaires sur les épaules, Tony entre dans la pièce avec une tête d'enterrement très inhabituelle pour lui.

— Est-ce que tu vas bien ? lui demandé-je concernée.

Tony déglutit difficilement avant de m'annoncer :

— Je n'aurai pas le poste permanent. Apparemment le budget soudain pour me l'offrir résultait de ton probable licenciement…

La nouvelle me rassoit. Je maudis Adam et Saori d'avoir fait miroiter un boulot à Tony sur la base possible de mon renvoi.

— Je suis désolée Tony, dis-je, je sais combien tu tenais à cette position.

— Ne le sois pas, me réconforte-t-il, je préfère travailler avec toi avec un contrat instable, plutôt que d'être ici à temps plein sans toi.

Je le prends dans mes bras, un goût amer dans la bouche.

CHAPITRE 24
Emma

La colocation avec Matthias se passe beaucoup mieux depuis que nous avons de nouveau des contacts physiques. Bizarrement, son côté maniaque me dérange bien moins et sa mauvaise humeur a pratiquement disparu. Et puis, lorsque l'on sent poindre le début d'un désaccord, quelques exercices de corps à corps nous remettent rapidement sur la même longueur d'onde.

Deux semaines passent et, alors que je me prépare pour ma journée de travail, un texto de Tom apparaît sur mon téléphone :

Sœurette, j'espère que tu n'as pas oublié la visite « surprise » de notre petite sœur. Elle débarque chez toi (dans ta maison à Brooklyn…) dans deux jours. J'ai réussi à avoir les informations sur les horaires de son avion si cela t'intéresse. Mais j'ai eu beau essayer de la dissuader, rien n'y a fait et je ne trouve pas vraiment de raison valable pour gâcher sa venue impromptue puisque tu n'as pas encore parlé aux parents…

Mince, Kelly ! Je l'avais oubliée. Je dois trouver une solution. Sinon elle va se pointer chez Valentin et je ne veux pas que ce soit lui qui lui annonce notre séparation.

Le soir venu, j'appelle mon ex, qui accepte que je vienne à la maison à l'heure à laquelle ma sœur devrait faire son apparition. De cette manière, elle pourra profiter un peu d'Ethan et Mia avant que je l'avertisse de mes péripéties.

Deux jours après, j'attends, anxieuse, qu'elle arrive. Je suis censée ne pas être au courant de son débarquement imminent, mais je ne me sens pas capable de jouer la comédie.

Soudain, quelqu'un frappe à la porte. J'ouvre et Kelly me gratifie d'un « tadam ! » avec un sourire immense et les bras grands ouverts qui font remonter son micro t-shirt rose au-dessus de son nombril et son short en jean au-dessus de ses cuisses. J'essaye de paraître surprise, mais mon jeu d'actrice se révèle très mauvais.

— Qui t'as prévenue ? me demande ma sœur, la mine plus que déçue.

— Personne, mens-je pour protéger Tom, j'ai deviné.

Ma sœur me regarde d'un air complètement incrédule.

— On s'en fiche, reprends-je, l'important c'est que tu sois là pour profiter de ton neveu et ta nièce ! Allez, entre !

Avant même que Kelly puisse rejoindre mes enfants dans le salon, Valentin descend l'escalier et apparaît dans le hall. Ma sœur se jette presque sur lui.

— Val ! Comment vas-tu ?

Elle le serre dans ses bras tout en lui distribuant des bises interminables. Valentin lui rend, mais de façon plus froide qu'habituellement.

— Tu lui as dit ? me lance-t-il à peine ma sœur décollée de lui.

— Est-ce qu'elle m'a dit quoi ? interroge ma sœur en nous regardant alternativement Valentin et moi.

Je lance à mon ex-fiancé un regard de désapprobation. Il aurait pu patienter avant de balancer la bombe.

— Tu ne vas pas attendre plus longtemps, non ? réagit-il, nous sommes séparés depuis plus d'un mois, il est temps que tu communiques la nouvelle.

Puis il remonte l'escalier, me plantant avec ma sœur dont les yeux ont doublé de diamètre.

— Pardon ? hurle-t-elle presque, vous me faites une blague ? Où sont les caméras ?

Alors qu'elle fouille mon entrée pour vérifier qu'elle n'est pas filmée, je réponds :

— Nous sommes bien séparés, c'est la vérité.

— Mais, mais… reprend ma sœur, pourquoi ? Je ne comprends pas. Aux dernières nouvelles, vous étiez fiancés, vous venez d'avoir un deuxième enfant, vous ne vous disputez jamais… vous êtes l'incarnation du couple idéal.

Elle semble si déçue que j'ai presque envie de lui dire que, finalement, il s'agit d'une farce.

— Je l'ai trompé, lâché-je pour éviter de tourner autour du pot plus longtemps.

Kelly me fusille de ses yeux noisette et semble se retenir de me sauter à la gorge.

— Mais qu'est-ce qui t'a pris ? crie-t-elle, tu es complètement timbrée !

Et voilà, une mini Emily. Elle me sert une crise d'hystérie sur un sujet qui ne la concerne pas du tout.

— Peux-tu baisser d'un ton s'il te plaît, requiers-je, les enfants jouent dans le salon.

Ma sœur se rapproche et me souffle au visage dans une colère à peine contenue :

— Non, mais vraiment, pourquoi as-tu agi ainsi ?

Toutes ces confrontations m'auront au moins appris à dédramatiser.

— Écoute ma petite Kelly, lui déclaré-je calmement en passant mon bras autour de ses épaules, je ne te dois aucune explication, mais on pourra en discuter quand tu auras digéré la nouvelle autour d'un verre, un soir, pendant ton séjour. En attendant, profite de ton neveu et de ta nièce maintenant, parce qu'après nous partons.

Ma sœur semble s'être calmée, mais elle me lance un regard interloqué.

— Nous ne restons pas dans ta maison ?

— Non, Valentin m'a demandé de partir.

— Normal, murmure-t-elle.

Je ne relève pas.

— Et où loge-t-on ?

Après une grande inspiration, je lui lance sans détour :

— Chez mon amant. Qui, au passage, est mon ancien prof de français. Voilà, comme ça, tu sais tout.

Elle ouvre de grands yeux de nouveau.

— Mon Dieu, qu'avez-vous fait de ma sœur ? s'interroge-t-elle avant de s'avancer pour jouer avec les enfants, maman va péter un câble.

Oui je sais, Tom me l'a déjà fait remarquer.

Au moment de repartir, mon fils s'approche avec une mine qui me fend le cœur sur le visage.

— Maman, tu reviens quand à la maison ? Tu me manques trop et maintenant, j'ai peur des cauchemars. Papa, il sait pas les chasser comme toi.

Ne pas pleurer, ne pas pleurer, ne pas pleurer.

— Mon chéri, je ne rentrerai pas tout de suite. Mais bientôt, moi aussi j'aurai mon appartement et tu viendras chez moi.

— Oui, mais moi je veux que tu reviennes ici, avec moi, papa et Mia, pleurniche mon fils.

— Ce n'est pas possible mon lapin, renchéris-je, mais tu verras, ce sera encore mieux ! Tu auras deux chambres et deux fois plus de jouets.

— Je m'en fiche des jouets, ronchonne Ethan, difficilement convaincu, je veux que vous soyez là tous les deux.

— Tu sais mon chéri, avec papa on ne s'entend plus. Nous ne sommes plus heureux ensemble. Et, pour le bien-être de tout le monde, y compris Mia et toi, c'est mieux que l'on vive maintenant dans deux maisons séparées.

Les larmes sont au bord de mes yeux. Je l'embrasse une dernière fois, puis quitte la maison avec une boule au ventre, suivie de Kelly.

— Pourquoi je ne peux pas rester moi ? me demande-t-elle.

— Certainement pas, refusé-je, persuadée que Valentin aurait accepté de son côté.

Lorsque nous arrivons chez Matthias, celui-ci n'est pas encore rentré. Je fais le tour du propriétaire à ma sœur puis nous nous installons dans le salon.

Quelques minutes plus tard, Matthias franchit la porte et jette un coup d'œil à Kelly et moi.

— Hello, lance-t-il en traversant la pièce d'un pas rapide.

Puis il s'éclipse dans sa chambre.

— Ferme cette bouche, sermonné-je ma sœur, dont la mâchoire a atterri au sol après avoir vu Matthias.

— Ah oui, d'accord, je comprends mieux, me déclare-t-elle, bavant presque, comme si mes tromperies pouvaient se justifier par le physique de Matthias.

Entre l'ours mal léché asocial et la chatte en chaleur, je me tâte à ouvrir une animalerie, moi.

— Reste-là, intimé-je à Kelly, et reprends-toi, on dirait un chien affamé devant un steak haché.

Je me dirige vers la chambre de Matthias. À peine ai-je franchi la porte, qu'il me plaque contre et ses mains s'infiltrent sous mon chemisier pendant que sa bouche cherche mon cou. L'excitation surgit immédiatement, mais je lutte en me rappelant que ma sœur se trouve à côté et me dérobe :

— Matthias, lui dis-je en m'éloignant, as-tu remarqué que l'on avait une invitée ?

— Oui. Mais je m'en fous. J'ai envie de toi maintenant.

Décidément entre Valentin et lui c'est le jour et la nuit.

— J'espère que tu ne l'as pas conviée à se joindre à nous, reprend-il, s'avançant de nouveau vers moi dangereusement, quand j'ai dit que je ne te partageais pas, c'est aussi bien avec les hommes qu'avec les femmes.

Je me recule en ouvrant de grands yeux choqués.

— Non !! m'offusqué-je, c'est ma sœur !

— Ah pardon, vous ne vous ressemblez pas du tout, remarque-t-il.

— Oui je sais. Bon, j'ai oublié de te prévenir, mais elle va rester quelques jours. Peut-elle dormir dans ta chambre d'ami ?

— Ça dépend, grommèle-t-il, vas-tu m'empêcher d'approcher ce corps si elle dort dans la pièce à côté ?

Ses yeux gourmands me mangent à distance et je dois réunir toute ma concentration pour ne pas me jeter sur lui immédiatement.

— Non, mais nous essayerons d'être un peu plus discrets que d'habitude, si ça te convient, lui proposé-je.

— Je ne promets rien, surtout en ce qui te concerne, répond-il dans un sourire irrésistible.

Je me dirige vers la porte et il essaye de m'attraper au passage. Je fais un écart puis cours pour rejoindre le salon afin de ne pas me laisser avoir par ses tactiques pour me mettre dans son lit.

Kelly passe ses journées à arpenter les rues de New York pendant que Matthias et moi travaillons. Nous visitons ensuite régulièrement Ethan et Mia selon notre calendrier avec Valentin. Le soir, elle nous raconte ses aventures puis minaude auprès de Matthias, en le harcelant de questions auxquelles il fait l'effort de répondre poliment. Mais je vois bien que ça le soûle.

Un soir, allongés dans le lit, et encore essoufflés par l'effort physique que nous venons d'effectuer, Matthias se penche vers moi et m'annonce :

— Ta sœur me drague, Emma.

— Oui j'ai remarqué, soufflé-je.

— Elle me fait penser à… à…, hésite-t-il.

— Emily, le coupé-je exaspérée, oui je sais. Elle a passé son enfance à l'imiter donc, forcément, ça laisse des traces. Parfois je me dis qu'à la naissance ils se sont trompés. Emily aurait dû faire partie de ma famille. Et moi, j'aurais eu ses parents absents, au lieu d'avoir quatre pots de colle, et j'aurais pu étudier en paix.

— Ah ma studieuse Emma, me susurre Matthias en rapprochant sa bouche de la mienne.

Il lèche mes lèvres avidement et je sens son érection contre ma cuisse.

— Tu plaisantes ? rigolé-je, tu as encore envie ?

— Toujours, affirme-t-il, et encore plus quand tu me rappelles combien tu es une fille sérieuse. Pourquoi ? Tu en as eu assez pour ce soir ?

— Jamais, lui confirmé-je dans un sourire tout en nouant mes pieds dans son dos pour l'attirer sur moi.

Pas sûr que j'arrive à contrôler mon niveau sonore une deuxième fois de suite.

Lors du dernier soir de Kelly sur le territoire américain, Matthias décide de nous laisser l'appartement pour toutes les deux. Je crois que le comportement de ma sœur lui tape un peu sur les nerfs.

Nous commandons de la nourriture chinoise, avant de discuter de ses projets de vie. Elle vient de terminer ses études pour devenir designer de mode, mais elle craint de ne pas réussir à se faire une place parmi les grands dans ce milieu si fermé.

— Les opportunités se présenteront Kelly, essayé-je de la réconforter, tu dois être préparée à saisir ta chance et ça fonctionnera.

— Mouais, me répond-elle, moi et la chance nous ne sommes pas copines. Ma sœur a pris toute celle de la famille Gatinel.

Elle me lance un clin d'œil complice.

— Mon fiancé m'a mise à la porte, ris-je, mes enfants me manquent terriblement et je peux être expulsée du pays à tout moment, tu appelles ça de la chance ?

— Alors tu conviendras que ça ne s'appelle pas de la malchance. Ta situation, tu l'as un peu cherchée. En revanche, avoue quand même que vu les mecs que tu te tapes, tu as quand même beaucoup de chance.

— Kelly ! m'exclamé-je, outrée.

— Oh ça va, nous ne sommes plus des enfants madame « oh oui Matthias continue », répond-elle, excédée.

Ma peau doit prendre une couleur rouge tomate tellement mes joues me brûlent. Pour la discrétion, il me reste encore des efforts à faire, je crois.

— Mais je dois admettre, reprend-elle sans prêter attention à ma gêne, que si j'ai été choquée par tes écarts de conduite, je ne t'ai jamais vue aussi épanouie. Tu rayonnes, ma sœur. Moi qui t'ai toujours connue avec un petit côté pincé, là je dois dire que tu es bien plus détendue. En revanche, quand vas-tu arrêter de te comporter comme une gamine prise en faute et cacher à papa et maman ce qu'il se passe avec Valentin ? Ils comptent vous envoyer une invitation pour Noël et, d'après ce que j'ai pu observer, s'ils appellent directement chez toi, Valentin ne se gênera pas pour leur apprendre la nouvelle. Il a l'air plutôt remonté, je ne l'ai jamais vu comme ça.

— Je sais, admis-je triste à l'idée que même ma sœur ait remarqué le changement chez mon ex-compagnon.

— Il est minuit, continue Kelly, en heure française ils viennent juste de se lever et papa ne va pas tarder à aller au travail. Nous pouvons les appeler ensemble maintenant si tu veux.

Je réfléchis. Je repousse ce moment depuis tellement de temps maintenant que je me suis habituée à faire l'autruche. Finalement, ne vaut-il pas mieux arracher le pansement maintenant d'un coup sec, plutôt que de laisser le sujet en suspens dans ma tête ?

— D'accord, annoncé-je à ma sœur alors qu'une boule se loge dans mon estomac, je les appelle, et tu écoutes, mais tu ne dis rien ok ?

Kelly me fait un signe qu'elle ferme sa bouche à double tour et jette la clé.

La sonnerie retentit dans mon téléphone. Mon cœur bat de plus en plus fort.

— Allô, décroche ma mère.

— Maman, c'est Emma, peux-tu mettre le haut-parleur et appeler papa s'il te plaît ?

— Emma ? Mais il est 6 h du matin. Pourquoi appelles-tu à cette heure-ci ? panique ma mère immédiatement, est-ce que quelque chose est encore arrivé à Ethan ? Mia est malade ? Valentin a eu un accident ? Oh mon dieu, Badi, vient là, il est arrivé quelque chose à Valentin !

Ma sœur secoue la tête en levant les yeux au ciel.

— Maman, calme-toi ! Valentin va très bien ainsi que les enfants, pouvez-vous, avec Papa, vous installer à côté du combiné s'il te plaît ?

— Es-tu encore enceinte ? Mais quelle merveilleuse nouvelle ! Badi, viens ici je te dis ! Emma est enceinte !

Je n'en peux déjà plus.

— Maman ! Pour la dernière fois, ramène papa à côté du téléphone et arrête tes spéculations ! intimé-je, afin qu'elle cesse enfin ses commentaires.

— Très bien, répond-elle, penaude, nous sommes tous les deux, nous t'entendons.

— Merci, reprends-je en essayant de contenir le stress qui monte dans mes entrailles, j'aimerais que vous m'écoutiez sans m'interrompre, cela va-t-il être possible ? demandé-je à l'attention de ma mère en particulier.

— Promis, répondent mes parents en chœur.

J'inspire profondément et lâche tout le plus rapidement possible :

— Valentin et moi sommes séparés parce que j'ai eu une aventure avec Matthias Simeo, mon ancien professeur de français. Je ne vis plus à la maison et j'attends de trouver un appartement pour accueillir les enfants. Non ce n'est pas une blague, oui c'est un choc, mais il s'agit de la vérité.

Plus aucun son ne sort de l'autre côté du combiné. J'attends pendant presque une minute une réaction puis finis par vérifier s'ils sont toujours présents.

— Allô ? Papa, Maman ?

— Ma chérie, répond mon père, ne panique pas, mais ta mère hyperventile un petit peu. Nous te rappellerons plus tard.

Puis il raccroche. Kelly se marre à côté de moi.

— Si j'avais su qu'en trompant ton mec tu en ferais perdre sa voix à maman, je t'aurais encouragée à le faire plus tôt, rit-elle à gorge déployée.

Son hilarité m'arrache un sourire. Je préfère ce scénario à celui où ma mère me hurle dessus que je ne suis plus sa fille.

CHAPITRE 25
Emma

Les jours se suivent sans que je ne touche terre. Je suis ravie de voir mes enfants aussi souvent, mais les aller-retour constants Brooklyn-Manhattan m'épuisent. Puis, quand je rentre chez Matthias, les soirées sont en général très animées. Que ce soit physiquement ou psychologiquement.

Depuis que nous formons un couple, mes émotions, positives et négatives, sont décuplées. Comme si j'avais été sous anesthésiant toutes ces années. Je ressens tout de façon beaucoup plus extrême : la joie, l'excitation, le manque, mais aussi la colère et l'exaspération.

Matthias a la manie de me pousser dans mes retranchements. Bien entendu, je m'en étais rendu compte avant. Il le faisait quand j'étais son élève et quand nous avons commencé cette relation. Mais aujourd'hui, je vis avec lui et je frise la surstimulation mentale.

Un soir, je rentre complètement lessivée, les larmes au bord des yeux après que Saori a déchargé sa mauvaise humeur sur moi. Je m'installe à table, où Matthias dépose les assiettes pour le repas.

— Que s'est-il passé ? me demande-t-il en me scrutant.

— Saori n'a pas été particulièrement agréable aujourd'hui, réponds-je espérant couper court à la conversation.

Matthias s'assoit sur la chaise en face de moi, me fixant de ses yeux sévères.

— Ce doit être un euphémisme puisque tu es sur le point de pleurer, reprend-il, qu'a-t-elle dit pour te mettre dans un pareil état ?

— Je n'ai vraiment pas envie d'en parler, soupiré-je, peut-on discuter d'autre chose s'il te plaît ?

— Pourquoi la laisses-tu te traiter ainsi ? insiste-t-il, après ce qu'ils ont fait à Tony, tu aurais déjà dû partir. Leurs actes ne correspondent pas à tes valeurs, donc réagis.

— Parce que j'ai besoin de ce travail pour mon visa, le fustigé-je sentant mon irritabilité s'accroître, et pourquoi est-ce que je TE laisse me traiter ainsi ?

Matthias prend son air condescendant qui m'exaspère et réplique :

— Si tu trouves que je me comporte mal avec toi, rien ne t'oblige à me laisser faire non plus.

Ma journée pèse sur mes épaules m'empêchant de me calmer.

— Tu me rabaisses tout le temps, exagéré-je en haussant le ton, je voudrais juste que tu me soutiennes.

— Désolé, mais si une situation ne te convient pas, tu la changes. Je déteste la complaisance et l'attentisme et c'est exactement l'attitude que tu adoptes dans le cadre de ton boulot.

Il prend une inspiration sonore puis ajoute :

— Tu as l'air d'avoir pris l'habitude qu'on décide pour toi, de t'en plaindre, puis d'être réconfortée parce que tu acceptes un état de fait qui ne te satisfait pas. Tu manques cruellement d'indépendance, Emma. Probablement parce que tu n'as jamais été seule et que tu t'es laissé porter pendant dix ans par quelqu'un d'autre.

Mes poings se ferment sur la table et je me retiens de lui hurler dessus.

— Si je manque tant d'indépendance, il est peut-être temps que je me trouve un appartement, crié-je à bout de nerfs.

— Oui en effet, me répond-il d'un ton grave mais calme, qui contraste avec l'état d'agitation dans lequel je me trouve, cela te permettra certainement de grandir un peu.

— Bien, grincé-je entre mes dents, pour prendre un peu plus d'autonomie, je dormirai dans ta chambre d'ami ce soir.

— Ok, très bien, dormir seule constitue un bon premier pas, affirme-t-il comme si ça ne le touchait pas.

Je me lève, retenant des larmes de fureur, me dirige vers la chambre en question, puis referme la porte brutalement dans mon emportement.

Peu après, alors que je ne décolère pas, je l'entends entrer dans sa caverne.

Malgré mes tentatives d'endormissement, je ne ferme pas l'œil. Comme si mon corps avait maintenant besoin de faire l'amour avec lui pour s'endormir. Je me tourne et me retourne en ressassant ses paroles. Mais je préfère rester éveillée toute la nuit plutôt que de me soumettre à aller le voir. Il est une heure du matin, et je suis à deux doigts de craquer, lorsque la porte s'ouvre, plaquant immédiatement un sourire immense sur mon visage. Sans un bruit, au milieu de l'obscurité, Matthias monte sur le lit et se penche au-dessus de mon corps, déjà bouillant, pour me dévorer la bouche. Un million de fourmillements se propagent dans ma chair.

— J'ai gagné cette fois, soufflé-je à son oreille alors qu'il s'allonge sur moi en m'embrassant dans le cou.

— Ne t'habitue pas trop, grogne-t-il en infligeant à mes cuisses de délicieuses caresses de ses mains expertes, car ça n'arrivera pas souvent.

À la suite de la discussion avec Matthias, je réalise quand même qu'il est temps que je me libère des chaînes de mon visa. Je m'attelle donc à demander enfin ma citoyenneté américaine, dont les démarches administratives me prennent un temps fou. Mais aujourd'hui, je me change les idées avec la crémaillère de Sonia. Kiara a planifié la fête d'anniversaire de Louise le même jour, mettant fin aux tergiversations sur la possible venue de Matthias. Nous avons en effet trouvé plus sage qu'il y aille seul et que je célèbre de mon côté l'acquisition de la nouvelle maison de mon amie. Même si je m'entends plutôt bien avec Louise, je préfère ne pas me retrouver en présence de Kiara.

J'arrive à l'adresse indiquée par Sonia, l'estomac un peu en vrac. Je ne sais pas si Valentin viendra. Nos interactions se limitent à des salutations froides lorsque je m'occupe des enfants, puis il disparaît. Et les trois dernières semaines, une baby-sitter servait d'hôtesse d'accueil à sa place.

Je sonne à la porte affichant le numéro noté sur mon bout de papier. La bâtisse me semble plutôt grande. La façade est bien entretenue et typique des maisons de banlieue.

— Je suis tellement heureuse que tu sois venue, m'accueille Sonia en me prenant dans ses bras, suis-moi, on a installé l'apéritif dans le jardin.

Après avoir traversé un hall carrelé et dépassé un escalier en bois sur la droite, je passe un séjour-salle à manger spacieux dont l'immense baie vitrée donne sur un espace vert de dix fois la taille du nôtre à Brooklyn.

— Tu ne vis peut-être plus à New York, mais au moins tu ne manques pas d'espace, signifié-je à l'attention de mon amie après qu'elle s'est arrêtée à côté d'une table de jardin surmontée de nourriture et de boissons.

— Oui, acquiesce Sonia, les avantages de la vie loin de la ville, je suppose. Viens, je te présente Alejandro.

Je reconnais le jeune homme que j'avais aperçu rapidement l'année dernière, lorsque je me cachais dans la voiture de Matthias. Je n'ai jamais raconté cette anecdote à Sonia donc je préfère agir comme si je n'avais aucune idée de qui il s'agissait. Alejandro mesure à peu près la même taille que Valentin. Sa large carrure et son corps ciselé lui donnent une allure de sportif de haut niveau. Ses yeux et cheveux sont bruns, sa peau olive et il a un sourire très doux.

Lorsqu'il me voit m'avancer vers lui, il me prend dans ses bras. Même si je suis peu habituée aux effusions de tendresse de la part d'un étranger, je lui rends son accolade. Sonia semble aux anges. Nous discutons, mangeons, puis je rencontre certains de ses collègues et amis. L'après-midi se passe au mieux, mais je n'arrive pas à enlever ce pincement d'angoisse au fond de ma poitrine.

— So, finis-je par lui demander, sais-tu si Valentin compte faire une apparition ?

— Non, me répond-elle confuse, il a dit qu'il essayerait en fin de journée.

Plus tard, je ramasse quelques tasses qui traînent, ainsi que la cafetière avec les restes de café encore brûlant, pour commencer à ranger, et les dépose sur un plateau. Je me dirige vers la baie vitrée et, au moment d'enjamber la petite marche qui mène au salon, Sonia m'interpelle :

— Emma, pourras-tu ramener de l'eau s'il te plaît ?

— Bien sûr, réponds-je la tête tournée et le pied levé prêt à se poser à l'intérieur.

Sauf que j'ai sous-estimé la hauteur de la dalle de pierre et trébuche. Alors que je tombe à terre face la première, dans la cacophonie de la vaisselle qui s'écrase au sol, j'entends un hurlement. En essayant de me redresser, je me coupe la main sur un morceau de verre. Lorsque je relève enfin la tête, j'aperçois Valentin allongé sur le carrelage à l'agonie, la chemise pleine de café.

— Oh je suis trop désolée, m'excusé-je en me précipitant sur lui, es-tu brûlé ? J'appelle les secours.

— Non, non Emma, c'est bon, affirme-t-il tout en ayant de la difficulté à articuler, demande à Sonia où se trouve son armoire à pharmacie, elle doit avoir de quoi soulager la brûlure.

— So, hurlé-je la main en sang, peux-tu venir ?

Sonia se précipite.

— Que s'est-il passé ? s'exclame-t-elle.

— J'ai trébuché, bégayé-je, Valentin doit être brûlé, as-tu de la pommade et des bandes de gaze quelque part ?

— Oui à l'étage, m'informe-t-elle, suivez-moi.

Nous aidons Valentin à se relever puis à monter l'escalier. Arrivés dans la salle de bain, Valentin s'assoit par terre, contre la baignoire.

— Emma, désinfecte-toi la main, m'ordonne Sonia.

— Non, non je vais aider Valentin d'abord, déclaré-je sous le regard réprobateur de mon amie.

— Ok, tout est là, explique Sonia en m'indiquant le placard, je vais retourner en bas m'occuper des invités. Ça va aller ?

Elle nous jette un regard anxieux, mais je la rassure en acquiesçant d'un air confiant, tout en fouillant dans le placard. Je trouve du tulle gras ainsi que de la crème type Biafine. Ça fera l'affaire.

Je m'approche de Valentin qui respire bizarrement.

— Es-tu certain que tu ne veux pas que j'appelle les urgences ?

Je me penche pour l'aider à enlever sa chemise.

— Aïe, aïe, articule-t-il les dents serrées, non n'appelle personne Emma, je vais survivre. Ma chemise en revanche, entre le café et le sang, c'est moins sûr. Tu devrais faire quelque chose pour cette coupure quand même.

— Après, réponds-je en faisant passer délicatement le vêtement par ses bras l'un après l'autre, d'abord, je m'occupe de toi.

Son torse est si rouge que je crains que des cloques se forment. J'applique la pommade délicatement, mais je vois bien qu'il souffre. Pendant que je le tartine, son regard pèse sur moi, mais je n'ose pas lever les yeux de peur de le croiser.

— Encore une fois, je suis terriblement désolée, pour ça et...

J'hésite puis rassemble tout mon courage et continue :

— Et pour tout le reste.

Mes yeux finissent par se poser dans les siens pour le sonder.

— Je n'ai jamais voulu te faire souffrir Valentin, reprends-je, la voix remuée par l'émotion.

Ses pupilles sont arrimées aux miennes. Elles ont été mon point de repère pendant dix ans et les voir s'emplir de nouveau de douceur m'émeut plus que ce que je n'aurais cru.

— Je sais Emma, affirme-t-il la voix encore secouée par la douleur, mais ça fait quand même terriblement mal.

J'acquiesce, acceptant d'être responsable de sa peine.

— Les dernières fois que je suis passée, tu n'étais pas à la maison, remarqué-je en me raclant la gorge pour changer de sujet.

— Oui, je suis retourné au cabinet. Pour l'instant, je n'ai pas de place en crèche pour Mia, donc une baby-sitter s'en occupe. Mais ça devrait changer en septembre.

— Peut-être que je peux aider ? demandé-je, pleine d'enthousiasme.

Valentin semble interloqué par ma proposition.

— Tu ne travailles plus ? me questionne-t-il.

— Si, bien sûr, mais peut-être qu'en accordant nos emplois du temps, nous pouvons trouver le moyen de limiter le temps de gardiennage.

Valentin approuve d'un hochement de tête puis continue :

— D'ailleurs, comment s'est déroulé ton retour à la galerie ?

Sans vraiment savoir pourquoi, je ressens le besoin de m'épancher sur l'attitude de ma patronne.

— Globalement, ma reprise a été un succès. Mais j'ai de plus en plus de mal à supporter les comportements de Saori. Elle me crie dessus pour un rien et mon travail semble catastrophique à travers ses yeux. Heureusement qu'Adam me rassure.

— Elle a toujours eu un sale caractère, tu ne pourras rien y changer, commente-t-il, tiens bon, Em, tu verras, tes efforts finiront par payer. Lorsqu'elle te saute dessus, rappelle-toi que le problème vient d'elle et non de toi. Au fur et à mesure, si elle ne t'atteint plus, elle se lassera.

— Tu ne penses pas que je devrais partir ? m'enquis-je en me remémorant les paroles de Matthias.

— Non, s'insurge-t-il, honnêtement tu as une place en or, ce serait bête de la compromettre parce que tu n'apprécies pas ta patronne.

Les visions diamétralement opposées de Matthias et Valentin se confrontent dans ma tête. Raconter mes malheurs à mon ex-fiancé a toujours été très réconfortant. Mais d'un autre côté, il ne m'a jamais poussée à aller chercher plus que ce qu'on voulait bien me donner.

Alors que je me rapproche pour lui appliquer la compresse de gaze sur le torse, il attrape ma main abruptement. Ce contact me déclenche un tumulte de sensations que je ne parviens pas à identifier. Il maintient fermement mes doigts dans les siens puis m'ordonne :

— Emma, prends soin de ta blessure maintenant. Tu risques l'infection.

Je retire ma main, troublée. Je place une compresse sur l'entaille, puis bande le tout en silence. Valentin finit de se poser le sparadrap puis renfile sa chemise.

— Je vais rentrer, annoncé-je, encore un peu ébranlée.

— D'accord, me répond Valentin toujours assis par terre, peut-être que l'on peut prévoir un dîner tous les deux la semaine prochaine, pour discuter d'un nouveau planning pour les enfants ? Mercredi soir te convient ?

— Oui, oui, mercredi soir me semble parfait, confirmé-je, à bientôt.

— Au revoir, Em, conclut-il d'une voix affectueuse qui me perturbe un peu.

Sur le trajet, très long, du retour, je ressasse les événements de l'après-midi qui me laissent bouleversée. Je ne sais que penser de l'incident avec Valentin, de son attitude puis de la flopée d'émotions qui a suivi.

Je franchis la porte d'entrée de l'appartement et trouve Matthias l'air bougon, assis dans le salon.

— Je ne pensais pas que tu rentrerais si tôt, lui fis-je remarquer en refermant le battant, tout s'est bien passé ?

— Pas exactement comme je l'espérais, me répond-il la mine renfrognée, mais qu'est-ce qu'il t'est arrivé à la main ?

Il se lève et s'approche pour examiner la coupure que j'ai recouverte d'un bandage.

— J'ai fait tomber un plateau plein de tasses en verre, bredouillé-je, honteuse de ma maladresse.

J'hésite puis ajoute :

— Dans le processus, j'ai également brûlé Valentin avec du café.

— Intentionnellement ? me questionne Matthias les sourcils relevés.

Je ne parviens pas à déceler s'il plaisante ou pas.

— Bien sûr que non, ris-je, il arrivait en face, je ne l'avais même pas aperçu avant de trébucher.

— Il n'a pas dû apprécier votre rencontre alors, note Matthias, tout en continuant d'examiner mon pansement.

Je ne réagis pas, incertaine de ma réponse.

Chapitre 26
Matthias

Emma vient de quitter l'appartement pour se rendre à la pendaison de crémaillère de sa copine. De mon côté, je rechigne à partir. La perspective de passer la journée avec Kiara ne m'enchante pas du tout. Depuis qu'Emma vit chez moi, mon ex-femme est insupportable. Elle n'a jamais été l'incarnation d'une personne facile à vivre, mais maintenant elle s'est transformée en véritable démon. Et puis, j'adore ma fille, mais l'idée qu'elle fête ses quatorze ans ne me réjouit pas. Elle grandit trop vite. On devrait trouver un médicament qui empêche les enfants de grandir. Ou au moins de devenir adolescents.

Je débarque sur le lieu réservé par Kiara pour les festivités. L'immense salle a été recouverte de millions de ballons roses et blancs. Une gigantesque banderole dans les mêmes tons indique "Happy Birthday Louise". Et le nombre 14 se retrouve un peu partout. De l'autre côté de la pièce, Kiara m'aperçoit et se dirige vers moi, laissant de côté la préparation des tables, un immense sourire aux lèvres. La hauteur de ses talons est inversement proportionnelle à la longueur de sa jupe. Elle arrive presque à ma taille perchée sur ses échasses.

— Matty, s'exclame-t-elle, accourant autant que ses pieds lui permettent, enfin, on ne t'attendait plus.

Sa main se lève et caresse mes cheveux. Je me retiens de la repousser pour ne pas commencer la journée sous de mauvais augures.

— Kiara, quelle joie de te voir, répliqué-je ironique, peux-tu retirer tes pattes de mes cheveux s'il te plaît ?

Elle s'exécute tout en commentant :

— Tu m'as l'air de mauvais poil. C'est ta petite Emma qui t'énerve autant ? D'ailleurs, elle ne nous fait pas l'honneur de sa présence ?

Kiara jette des coups d'œil à droite et à gauche faisant mine de chercher Emma.

— Tout se passe à merveille avec Emma, merci de t'en inquiéter, l'informé-je.

— Oh Matty, Matty, reprend-elle l'air faussement concerné, rien ne va jamais si bien. Si tu as besoin de te rassurer de cette manière, c'est que probablement votre histoire va très mal.

Elle repasse ensuite sa main dans mes cheveux, en les ébouriffant, puis retourne s'occuper de la mise en place de la salle. La journée s'annonce très longue. J'espère qu'il n'y a pas de couteaux trop facilement accessibles parce que je risque de la tuer avant que les bougies ne soient soufflées.

Mon humeur s'améliore soudainement lorsque ma fille apparaît au fond, en sortant d'une porte dérobée. Elle est magnifique, comme d'habitude, même si son accoutrement de princesse m'exaspère. Ses boucles brunes cascadent sur ses épaules, encadrant parfaitement son visage tacheté d'éphélides sur le bout du nez et illuminé par ses yeux clairs. Si seulement elle ne portait pas de maquillage, elle serait parfaite.

— Papa, s'écrie-t-elle en passant ses bras autour de mon cou, comment me trouves-tu ?

Elle se recule et tournoie sur elle-même. Sa robe bouffante, dans les tons violets, virevolte.

— Tu es magnifique, ma Lou.

— Tu n'aimes pas la robe, non ? s'enquit-elle, lucide.

— Effectivement ce n'est pas ma tasse de thé, réponds-je craignant de la vexer, mais l'important c'est qu'elle te plaise à toi.

— Tu es trop difficile, affirme-t-elle en continuant sa danse.

Elle dépose un baiser sur ma joue, m'arrachant un sourire, puis elle s'en va pour accueillir ses amis. Alors que je savoure ce côté enfantin qui disparaîtra trop tôt à mon goût, je sens une présence à côté de moi.

— On l'a bien réussie quand même, déclare Kiara, satisfaite.

— Notre plus grande réussite, c'est certain, confirmé-je, tout en continuant d'observer ma fille.

Kiara se rapproche encore et reprend :

— Te rappelles-tu le jour de sa naissance ? Quatorze ans, mais je pourrais croire que c'était hier.

— Le plus beau jour de ma vie, confessé-je, ému en repensant à sa venue au monde, je m'en rappelle très bien, mais j'ai l'impression que cet événement date d'il y a bien longtemps, maintenant.

Je marque une pause avant de me tourner vers mon ex-femme.

— Trop de choses ont changé depuis, ajouté-je.

— À commencer par toi, affirme-t-elle, acide.

— Moi, toi, nous, ajouté-je, effectivement beaucoup d'évolutions se sont produites depuis cette époque.

Kiara caresse mon avant-bras avant de l'attraper et de me susurrer à l'oreille :

— N'es-tu pas un peu nostalgique de cette période ?

Doucement, pour ne pas exciter le fauve, je retire mon bras et murmure :

— Non, K, la nostalgie s'apparente aux regrets ainsi qu'à l'insatisfaction et je ne supporte aucun de ces deux sentiments.

Kiara sourit malicieusement.

— Tu es un incorrigible joueur, Matty, suppose-t-elle, pleine d'espoir.

— Je ne joue pas, la contredis-je fermement pour qu'elle comprenne.

— Tu n'arrêtes jamais, insiste-t-elle en caressant ma joue.

Ne pas s'énerver. Rester calme. Ne pas finir en prison.

Je parviens à rester éloigné de Kiara la majorité du temps. Louise souffle ses bougies, ouvre ses cadeaux et un pincement se fait sentir au fond de ma poitrine. Ma fille brille par sa présence, on ne voit qu'elle. Je m'approche d'une table pour me servir du punch, en veillant à ne pas être trop près de mon ex. En buvant le liquide, le goût m'indique qu'un des adolescents a voulu rendre la fête un peu plus folle. Je me saisis du saladier pour le vider dans l'évier de la cuisine.

— Mais qu'est-ce que tu fais ? m'interpelle Kiara.

— Un gamin a mis de l'alcool dans le jus, on ne peut plus le laisser en libre accès.

— Mais non arrête, c'est moi qui ai ajouté un peu de vodka.

Mes yeux s'arrondissent de surprise. Même pour Kiara, cette action me paraît trop inconsciente.

— Tu ne peux pas être sérieuse, déclaré-je, choqué.

— Ben si, répond-elle étonnée, le saladier était sur la table des adultes et je n'ai pratiquement rien mis. L'alcool est complètement dilué dans la tonne de jus de fruits, je ne vois vraiment pas le problème.

— Ma pauvre Kiara, tu es complètement irresponsable. N'importe qui peut se servir sur cette fameuse table des adultes. Ces jeunes ont entre treize et quinze ans et nous sommes censés les surveiller.

— Franchement il n'y a pas de quoi en faire un fromage, moi à cet âge-là je goûtais déjà à l'alcool.

Je ne vois même pas l'intérêt de continuer cette discussion. L'attitude de mon ex-femme dépasse l'entendement.

— Si jamais je m'aperçois qu'une seule autre goutte d'alcool a touché une boisson, j'appelle les flics, la préviens-je.

— Quel dramaturge tu fais ! s'amuse-t-elle avant de retourner sur la piste de danse.

Même si je comprends ma part de responsabilité dans l'attitude de Kiara, je n'arrive pas à croire à son comportement. Agit-elle ainsi parce que je suis avec Emma ? Elle a été blessée, je l'entends, mais ça ne justifie pas d'alcooliser une bande d'adolescents.

L'anniversaire devrait se terminer en début de soirée. Il ne me reste donc que quelques heures à tenir. Alors que je me pense sorti d'affaire, une voix trop familière lance dans mon dos :

— Toi qui es devenu si puritain, devine ce que j'ai trouvé dans les toilettes.

— Je ne sais pas, mais tu vas me le dire, rétorqué-je, excédé.

— Un couple d'amoureux en train de se manger le visage. Si je n'étais pas intervenue, qui sait jusqu'où ils seraient allés, rit Kiara.

— Des adolescents invités par notre fille ? l'interrogé-je, des amis à elle ? Mais ils sont bien trop jeunes pour cela.

— Matthias, vraiment, tu dois te calmer, me somme-t-elle, tu paniques pour pas grand-chose. Il me semble que lorsqu'on s'est rencontrés, tu étais déjà pas mal expérimenté et tu venais tout juste de fêter ta majorité. Donc, ne me fais pas croire que tu n'as pas commencé jeune.

Ces discussions me font suffoquer. Je ne peux m'empêcher de penser à Louise.

— Détends-toi Matty, m'enjoint mon ex-femme en me massant les épaules, si tu veux, j'ai un moyen de te relaxer. Et puis, comme j'ai viré le petit couple de jeunes, la voie est libre.

Elle glisse ses doigts dans les miens et m'attire en direction de la porte au fond de la salle. Lorsque je réalise ce qu'elle est en train de faire, je retire ma main et sors de mes gonds.

— Écoute Kiara, j'ai été patient avec toi toute la journée. Fous-moi la paix maintenant. J'ai compris que ma relation avec Emma ne te plaît pas. Mais arrête de te comporter comme une enfant. Quel genre d'exemple donnes-tu à ta fille ?

— Quitte-la Matthias, m'ordonne-t-elle le plus naturellement du monde, tu t'entêtes à ne pas me laisser faire avec toi donc maintenant tu la quittes.

— Tu es totalement folle, réponds-je, désespéré, je ne vais ni tromper Emma ni la quitter. Kiara, le monde ne tourne pas autour de toi. Ma relation ne te concerne pas.

Elle m'attrape le bras et, avec une lueur de détermination dans le regard, m'assène :

— Tu aurais pu choisir n'importe qui, mais pas elle. Quitte-la ou je te donnerai une raison d'avoir des regrets.

Dans ma vision périphérique, je vois Louise nous observer. Je dégage mon bras puis souffle à Kiara :

— Fais bien ce que tu veux K, je ne céderai pas à ton chantage.

Je me dirige ensuite vers Louise pour lui dire au revoir. Je préfère partir avant que la situation ne dégénère et que ma fille ne garde pas un bon souvenir de son anniversaire.

J'espère qu'Emma s'amuse plus que moi à sa pendaison de crémaillère. Enfin, pas trop quand même. Surtout si son ex est là.

CHAPITRE 27
Emma

Mon mascara appliqué, mon chignon perfectionné à l'arrière de ma tête, ma robe passée et mes chaussures enfilées, je suis prête à partir. Le miroir me renvoie une image d'il y a quelques mois en arrière. La sensation est étrange. Je sors de la salle bain pour récupérer mon sac à main et quitter l'appartement.

— Je ne t'ai jamais vue avec un chignon avant, remarque Matthias qui range la cuisine, pourquoi veut-il dîner avec toi déjà ?

— Pour qu'on établisse un nouveau calendrier pour la garde des enfants, expliqué-je, espérant qu'il n'insiste pas.

— Vous ne pouvez pas en discuter au téléphone ? demande-t-il de nouveau.

Je vois son regard lorgner furtivement sur ma main. Il ne m'en a jamais parlé, ce que j'apprécie énormément, mais je sais que ma bague de fiançailles le gêne. Et je n'arrive pas à comprendre pourquoi je ne me résous pas à l'enlever.

Je m'avance vers lui et pose mon front sur son torse.

— Je ne sais pas, réponds-je en passant mes bras dans son dos, c'est plus simple en face à face probablement.

— Probablement, répète-t-il à moitié convaincu, tout en me caressant la nuque.

Je relève la tête pour le regarder. Ses yeux sont inquiets. Mais il n'y a pas de raison.

— J'y vais maintenant, l'informé-je à contrecœur.

Il attrape mon menton dans sa main puis m'embrasse. Ses lèvres accrochent les miennes comme s'il souhaitait les conserver avec lui. Je me régale ensuite des caresses de sa langue contre la mienne, allumant une flamme dans mon bas-ventre. Les mains de Matthias se déposent sur mes hanches, puis me soulèvent pour m'asseoir sur la table du salon. L'envie pressante dans mon corps lutte contre ma raison. Ses doigts se faufilent sous ma robe puis à l'intérieur de mes cuisses et un frisson remonte du bas de mon dos jusqu'en haut de ma colonne vertébrale. La partie rationnelle de mon cerveau se réveille.

— Matthias, je dois y aller, murmuré-je assaillie par le désir.

— Ça ne sera pas long, susurre-t-il à mon oreille sensible.

Je ne peux pas lutter. De toute façon, chaque particule de mon corps lui est entièrement soumise. Sa main écarte ma culotte et son pouce vient dessiner des cercles sur mon clitoris. Il insère ensuite un doigt, puis deux, en moi. Le plaisir est immédiat. Ses gestes sont si précis, il sait exactement où et comment me toucher pour enflammer mon être. Je me tortille sous ses gestes habiles, tout en me mordant les lèvres pour contenir mes gémissements dans ma bouche.

— Si tu continues à gesticuler Emma, je ne peux plus promettre que tu partiras à l'heure, chuchote-t-il, et même si j'adore tes petits couinements de chaton perdu, n'oublie pas d'ouvrir la bouche pour respirer.

Je ne peux pas répondre, le plaisir devient trop intense. Tout en continuant ses mouvements divins, son autre main attrape mon cou pour rapprocher ma bouche de la sienne et la dévorer. Je suis sur le point de jouir. La façon dont il m'embrasse, combinée à la gymnastique de ses doigts, me fait perdre complètement la tête. Lorsque l'orgasme déferle sur moi, je mords sa lèvre pour ne pas crier.

Matthias détache sa bouche de la mienne et arbore un air satisfait. Sa lèvre inférieure porte les marques de mes dents. Il passe son doigt dessus puis constate :

— Je ne savais pas que tu pouvais te transformer en animal sauvage.

— Désolée, m'excusé-je, confuse.

— Ne le sois pas, une blessure comme celle-ci j'en réclame tous les jours. Passe une bonne soirée.

Il dépose un baiser sur mon front et s'éclipse dans la chambre, me laissant étourdie sur la table du salon.

Sur le chemin qui me conduit jusqu'à mon rendez-vous, je reçois un texto de Tom. Durant ces dernières semaines, il m'a tenue régulièrement informée de l'état psychologique de mes parents, et surtout de ma mère. Apparemment, elle va mieux, mais n'est pas encore prête à discuter de ma nouvelle vie. Je continuerai donc de me contenter de quelques échanges par SMS avec mon père, en attendant qu'elle se remette de mon annonce.

Le restaurant choisi par Valentin me parait d'un standing assez élevé. Par la fenêtre, je le vois déjà installé. Je prends une grande inspiration puis franchis la porte. Lorsque Valentin m'aperçoit, il se lève pour me faire signe. Sa chemise blanche s'accorde bien avec son pantalon de costume bleu marine.

— Je nous ai commandé une bouteille de rosé, je sais que tu aimes en boire pendant les dîners à l'extérieur, me lance-t-il en se rassoyant alors que je prends place face à lui, tu verras le menu est à se damner.

— L'endroit semble très chic en effet, noté-je en regardant autour de moi.

Les yeux de Valentin se posent sur moi avec une tendresse que je n'avais plus décelée depuis trop longtemps.

— Tu es resplendissante, me complimente-t-il, les cheveux relevés te vont à ravir. J'adore.

Je sais, dis-je pour moi-même dans mon for intérieur. Une part de moi exige que je défasse ma coiffure immédiatement, mais une autre me réclame d'adresser à Valentin une expression reconnaissante. Évidemment, j'écoute la deuxième.

— Merci, réponds-je dans un sourire timide, tout en scrutant le menu, tu es toi-même très élégant.

— Merci. On commande ? demande-t-il.

J'acquiesce même si je ne suis pas encore sûre de mon choix.

— Tes brûlures vont mieux ? l'interrogé-je, inquiète, après avoir indiqué mon plat au serveur.

— Oui, ne t'en fais pas. Je n'ai même pas de cloques et la douleur s'est beaucoup atténuée, me rassure-t-il, et toi, ta main ?

Je lui montre ma paume bandée.

— Mieux aussi. La cicatrisation s'effectue assez rapidement.

Je marque une pause pour observer de nouveau la décoration du lieu.

— Comment vont les enfants ? m'enquiers-je, toujours en manque d'information sur eux.

Valentin boit une gorgée d'eau puis m'informe :

— Ethan est prêt à attaquer la grande école en septembre. Et Mia sait quasiment se tenir assise toute seule. Mais tu as dû le remarquer non ?

— Oui, oui elle y arrivait presque quand je suis venue hier. D'ailleurs, tu as trouvé une baby-sitter géniale. Elle a une patience formidable avec les enfants, noté-je en sirotant mon vin.

— Oui, elle les adore, ajoute-t-il heureux, elle accepte de faire beaucoup d'heures sans demander à être payée en horaires majorées. Dommage qu'on ne l'ait pas trouvée avant.

Il fait référence à toutes les fois où nous avons repoussé une soirée en amoureux à cause du manque d'un moyen de garde.

— Peut-être que si ça avait été le cas… reprend-il en laissant sa phrase en suspens.

— Je ne crois pas que ça aurait changé le cours des choses, le contredis-je, espérant le rassurer, donc, concernant notre planning, que voulais-tu modifier ?

Le serveur s'approche et dépose nos plats devant nous. L'assiette semble délicieuse, mais mon estomac est trop serré pour que j'avale quoi que ce soit.

— Oui, confirme-t-il une fois le garçon parti, en effet, je voulais qu'on ait une discussion.

Il me paraît mal à l'aise, ce qui est très inhabituel chez lui.

— Je voudrais que tu reviennes à la maison, finit-il par lâcher en me fixant de ses yeux suppliants.

Une pierre s'abat sur ma poitrine. Je vois le sourire d'Ethan, la petite bouille de Mia et une étincelle de bonheur s'allume dans mon cœur.

— Heu, je… je ne sais pas, bégayé-je, je dois y réfléchir.

Valentin pose sa main sur la mienne, qui traîne sur la table. Je retiens mon souffle et mes palpitations cardiaques s'accélèrent.

— Pourquoi ? demande-t-il les yeux pleins d'espoir, tu pourrais dormir dans la chambre, j'irai dans le salon si tu veux.

— Parce que, parce que… je pense que pour l'instant notre arrangement fonctionne et que si je reviens vivre à la maison, cela compliquera les choses, bredouillé-je en me frottant le front de ma main libre.

Valentin caresse mes doigts et s'arrête sur la bague qu'il fait rouler autour de mon annulaire.

— Je ne t'ai jamais demandé, mais où loges-tu actuellement ? s'enquiert-il soudain curieux, les yeux rivés sur l'anneau.

Courage Emma, tu peux le faire, tu peux lui dire. Après une grande inspiration, les mots sortent le plus vite possible de ma bouche :

— Je vis chez lui, articulé-je difficilement, sans réussir à mentionner Matthias nommément.

Valentin retire sa main et affiche une mine déçue, peut-être même triste. Je n'ai jamais supporté cet air sur son visage. J'ai passé dix ans à essayer de l'éviter.

— Alors vous êtes ensemble, déclare-t-il pour lui-même, en dépeçant de sa fourchette le plat posé devant lui.

Je ne dis plus un mot. Ma respiration s'accélère, je ne discerne pas pourquoi cette conversation me stresse autant.

— Depuis combien de temps ? me questionne-t-il le regard beaucoup plus dur maintenant.

J'aimerais ne plus le regarder, trouver un point dans le restaurant et m'en servir pour ne surtout pas croiser ses yeux. Mais ce serait ridicule.

— Deux mois et demi, énoncé-je doucement, en jouant avec ma nourriture.

Valentin hoche la tête de haut en bas. Il s'est reculé sur sa chaise et ses mains caressent sa barbe naissante.

— Donc ce n'était pas simplement une passade comme tu me l'as affirmé ? m'accuse-t-il.

— Tu aurais préféré ? demandé-je, sincèrement intéressée par la réponse, que la relation qui a détruit notre couple ne soit finalement qu'une amourette sans importance ?

— Ce que j'aurais aimé, c'est que ça n'arrive pas, assène-t-il froidement.

Je souffle, fatiguée de revenir sans arrêt sur ce même sujet.

— Excuse-moi, reprend-il, nous ne sommes pas là pour discuter de cela. Nous sommes séparés, si tu souhaites être en couple avec quelqu'un d'autre c'est ton droit.

Ses yeux dérivent rapidement sur mon annulaire, mais ne s'y attardent pas. Valentin se rapproche de nouveau au-dessus de la table et me confesse :

— C'est juste que tu manques beaucoup aux enfants et si tu revenais, ça les comblerait de joie.

Il caresse mon bras tout en parlant. Je me sens comme une mère horrible. Bien sûr que je pourrais revenir à la maison. Après tout,

Matthias et moi sommes un jeune couple, nous ne devrions pas vivre ensemble. Logistiquement parlant, la solution de Valentin reste la meilleure. Et le bonheur des enfants passe avant tout.

Je réfléchis sérieusement à la question lorsque le serveur revient débarrasser nos assiettes que nous avons à peine touchées.

— Veux-tu un dessert ? propose Valentin.

— Non merci, j'ai gâché assez de nourriture pour ce soir. Je crois que je vais rentrer, déclaré-je en me tournant pour récupérer mon sac à main.

— Attends, je viens avec toi, m'affirme Valentin en levant la main pour demander l'addition.

Je m'exécute et patiente jusqu'à ce que Valentin règle la note. Nous sortons sur le trottoir, alors que l'obscurité commence doucement à poindre.

— Nous n'avons jamais vraiment profité de New York la nuit ensemble, remarque-t-il.

— Non c'est vrai, confirmé-je, d'abord j'étais trop enceinte puis nous étions trop fatigués.

Valentin acquiesce et nous rions doucement.

— Veux-tu que je te raccompagne en taxi ? me demande-t-il.

Je suis sur le point d'accepter puis me rends compte que je devrais lui donner l'adresse de Matthias. Trop de scénarios catastrophes se bousculent alors dans ma tête.

— Non merci, je vais prendre le métro et marcher, ça me fera du bien.

Valentin se penche vers moi et m'embrasse sur la joue. Il s'y attarde plus longtemps que nécessaire et je le laisse faire.

— Au revoir Valentin, lui dis-je avant de tourner les talons pour rejoindre la bouche de métro.

Après avoir effectué quelques mètres, je sens une main saisir mon bras violemment et m'entraîner sur le côté. Sans réaliser ce qui est en train de se dérouler, une gifle m'assomme et je sens qu'on tire mon sac. Je le retiens de toutes mes forces, ne voulant pas perdre son contenu. Cette résistance me vaut une deuxième claque et je heurte le mur derrière moi, m'effondrant au sol. Complètement abasourdie, je parviens à distinguer des pas qui accourent ainsi que des cris. Mon agresseur s'enfuit et la voix de Valentin me parvient aux oreilles :

— Em, Em, ça va ?

Il me secoue un peu puis m'entoure de ses bras et je reprends connaissance peu à peu. Mes tempes pulsent sous la douleur et ma lèvre me fait horriblement souffrir.

— Oui, ça va aller, articulé-je difficilement en me redressant.

Je parviens à me remettre sur pieds, avec l'aide de Valentin, et m'appuie contre le mur derrière moi.

— Je suis désolé, s'excuse-t-il, je n'ai pas réalisé plus tôt ce qu'il se passait. Je t'ai vu disparaître d'un coup et le temps d'arriver, ce déchet de l'humanité levait la main sur toi. As-tu vu à quoi il ressemblait ?

Je secoue la tête, préférant ne pas parler. Tout s'est passé trop vite.

— Emma, me fustige-t-il en montrant mon bien que je maintiens fermement dans mes mains, pourquoi ne lui as-tu pas laissé ton sac ? Il aurait pu avoir un couteau ou un flingue.

— Ma vie tient dans ce sac, marmonné-je à travers la douleur.

— Bien sûr que non, ta vie c'est nous, me sermonne-t-il, et nous ne serions plus rien sans toi, donc s'il te plaît, sois plus prudente la prochaine fois.

Sa voix tremble et je ressens une réelle inquiétude de sa part. Il me tient par les épaules pour s'assurer que je peux tenir debout.

— Je t'emmène à l'hôpital, viens, m'ordonne-t-il.

— Non, non ça va aller, le rassuré-je, je dois juste retrouver un peu mes esprits.

Ma respiration reprend peu à peu un rythme normal, sous l'œil inquiet de Valentin, qui n'a pas bougé. Il m'observe attentivement, comme si je pouvais m'effondrer à tout moment. Sa main glisse maintenant le long de mon bras, comme s'il cherchait à me réchauffer. Les minutes défilent alors que nous nous regardons pendant que je me remets de mes émotions.

— Tu es certaine que tu te sens bien ? reprend-il, vraiment ça ne me dérange pas de t'emmener te faire soigner.

Je secoue la tête en signe de négation. Ma volonté face à sa détermination de me faire voir un médecin s'amenuise. Peut-être qu'il a raison et qu'un docteur devrait vérifier que tout va bien ? Mon dos est toujours collé contre les briques derrière moi et Valentin s'approche doucement. Il caresse mon visage, là où probablement un hématome apparaîtra demain, puis il passe son doigt sur ma lèvre endolorie.

— Décidément, tu n'as pas de chance niveau blessure ces derniers jours. Ce connard t'a fait une belle entaille.

Un nœud s'est formé dans ma gorge, m'empêchant d'avaler ma salive correctement. Le corps de Valentin se trouve bien trop proche du mien et son toucher me perturbe.

— Tu me manques Emma, murmure-t-il, en s'avançant encore plus et réduisant à néant l'espace entre nous.

Mon cerveau m'envoie un message d'alerte, mais je ne réagis pas, et ses lèvres atterrissent sur les miennes.

Chapitre 28
Emma

Le baiser de Valentin m'apporte un réconfort familier instantané, malgré la douleur au niveau de la coupure. L'agression semble déjà derrière moi. Au moment où sa langue rencontre la mienne, un éclair de lucidité me frappe. Je suis en train de lui rendre son baiser pour lui faire plaisir. Parce que lui faire plaisir m'apporte du réconfort. Mon cerveau se mobilise enfin pour ordonner à mes bras de le repousser.

— Valentin arrête, lui intimé-je, je ne te manque pas. L'idée de nous te manque. De ce couple parfait, amoureux depuis le lycée, avec deux beaux enfants, des carrières montantes, qui vit dans la ville où les rêves se réalisent et réussit tout ce qu'il entreprend.

— Non Emma, tu me manques réellement, me contredit-il.

— Je ne peux pas te manquer Valentin. Je n'arrive pas, ou plus, je ne sais pas, à être moi-même avec toi depuis très longtemps. Tu prends toutes les décisions importantes de notre vie. Et parfois même, toutes les décisions tout court. Et moi, je m'efface. Ce n'est pas uniquement ta faute, je t'ai laissé faire. Si je ne sais pas quoi porter ou comment me coiffer, je choisis instinctivement de me donner une apparence qui te plaira. Lorsque ma mère me pose une question pénible, tu réponds à ma place. Quand je suis indécise, tu décides pour moi. Et moi, j'accepte, parce que c'est confortable. Et tu le fais probablement en pensant me rendre service, et j'ai cru pendant de longues années que c'était le cas. Tu ne me sors jamais de cette zone de confort. Tant que mes actes correspondent à tes attentes, tu me dis ce que je veux entendre et moi je m'en satisfais parce que c'est si facile.

Valentin s'est éloigné de moi et semble ahuri par mon discours. Mais maintenant que je suis lancée, je ne m'arrête plus.

— Nous avons déménagé à New York pour toi. Tu voulais absolument un second enfant et je n'étais pas prête, mais comme ça te tenait tellement à cœur j'ai accepté. Je ne supporte pas de te voir déçu, ça en est presque pathologique, ça me rend malade. Donc j'ai préféré te cacher mes réels sentiments et vivre cette existence de faux semblants au lieu de t'affronter. Avant de te rencontrer, je voyais toutes ces filles obnubilées par la gent masculine à en devenir bête, et moi, ma tête dans les bouquins, je me suis juré de ne jamais me laisser dicter ma vie par un homme. Et je suis devenue la pire hypocrite de toutes.

Tout en monologuant, je me frotte les mains et réalise que je porte toujours la bague. De mon pouce et index opposé, je viens la déloger. J'attrape doucement la main de Valentin pour glisser le bijou dans sa paume.

— Merci de me l'avoir offerte. Et aussi de ne pas m'avoir demandé de te la rendre quand tout s'est effondré. Elle m'a donné l'impression de ne pas avoir tout perdu.

Je m'approche pour lui déposer un baiser sur la joue et lui murmure :

— Tu m'as donné les deux plus beaux cadeaux que la vie pouvait m'offrir et je t'en serai toujours reconnaissante. Mais je crois que je suis maintenant prête à m'envoler du nid douillet que tu as confectionné pour toi et ta parfaite épouse.

Je le laisse sur le trottoir et décide finalement d'appeler un taxi pour rentrer, le métro ne me paraissant plus une option sécuritaire.

Lorsque je m'assois sur la banquette, je défais immédiatement les restes de mon chignon, ce qui me procure une sérénité soudaine, une grisante impression d'être en accord total avec moi-même.

J'arrive à l'appartement bien décidée à être la plus honnête possible avec Matthias. Mais la confiance et la quiétude qui m'habitaient dans le taxi ont peu à peu disparu. Dire que je suis angoissée serait un euphémisme. Toutes mes extrémités suent de peur. Je compte jusqu'à trois, puis abaisse la poignée de la porte d'entrée. Je franchis le seuil, cherchant Matthias. Il ne se trouve pas dans le salon. Je me dirige vers la chambre, l'estomac en vrac. Ma lèvre me brûle comme si elle avait été découpée au couteau, mais la douleur n'est rien à côté de mon stress. J'entre dans la chambre et l'aperçois à son bureau. Dès qu'il me voit, il se lève et accourt vers moi.

— Oh mon dieu Emma, que s'est-il passé ? J'espère que ce n'est pas Valentin qui t'a mise dans un état pareil.

Ses doigts caressent ma lèvre et m'apportent une sensation de bien-être immédiate.

— Non, non. Un gars m'a agressée après le restaurant, expliqué-je, fuyant son regard sans savoir comment aborder le sujet du baiser.

— Tu étais seule ?

Je déglutis puis lui décris la scène.

— Nous nous sommes dit au revoir avec Valentin, puis j'ai marché quelques mètres en direction du métro avant qu'un mec m'attrape pour voler mon sac. J'ai résisté et il m'a frappée.

Je marque une pause, les yeux rivés au sol, puis reprends :

— Puis Valentin l'a fait fuir.

Ses deux mains saisissent mes joues pour bloquer mon visage face à lui et me forcer à le regarder. Ses yeux translucides me sondent.

— Et c'est tout ? demande-t-il, comme s'il savait déjà.

Mon cœur bat si fort que je ne serais pas étonnée de le voir bondir hors de ma poitrine.

— Non, articulé-je, il m'a embrassée.

Matthias ne relâche pas son étreinte, ce qui a quelque chose de rassurant.

— Qu'as-tu fait ? me questionne-t-il, l'air impassible.

— Je l'ai repoussé, affirmé-je.

Je marque une pause pour reprendre un peu de courage.

— Mais pas immédiatement.

Matthias recule en levant les mains au-dessus de sa tête.

— Incroyable, déclare-t-il d'un ton égal.

Il passe devant moi et se dirige vers le salon où il récupère ses clés pour sortir.

— Matthias, attends, l'interpellé-je en le suivant, laisse-moi t'expliquer.

Il me tourne le dos, la main prête sur la poignée de la porte.

— Il n'y a rien à expliquer, annonce-t-il, c'est fini Emma. Tu prends tes affaires et tu retournes dans ta petite vie tranquille. Je veux que tu sois partie quand je reviendrai.

Il ouvre la porte puis la claque derrière lui, me laissant seule, complètement désemparée.

CHAPITRE 29
Emma

J'attends assise dans l'obscurité du salon de Matthias. Je ne le laisserai pas disparaître une seconde fois et je ne sortirai pas de cet appartement avant qu'il ne m'ait entendue. La tournure des événements ne me donne pas vraiment envie de continuer sur cette voie de la franchise.

Les minutes défilent sur l'écran du four et il ne rentre toujours pas. Mes émotions sont sens dessus dessous. Je passe de la tristesse, à la colère, à la confusion et enfin à la détermination.

L'horloge numérique affiche presque quatre heures du matin lorsque la porte s'ouvre enfin. Matthias passe à côté du canapé sans me voir.

— S'il te plaît, laisse-moi t'expliquer, répété-je en me levant.

Matthias s'arrête puis se tourne vers moi. Les lumières de la ville s'invitent dans l'appartement, me permettant de distinguer ses traits.

— Je croyais t'avoir prouvé que cette stratégie ne fonctionne pas, déclare-t-il entre ses dents.

— Mais je n'ai pas de stratégie. Je ne veux pas te convaincre de quoi que ce soit ou user de stratagème pour que tu changes d'avis. J'aimerais simplement te dire la vérité, n'est-ce pas ce que tu me demandes depuis que nous nous sommes retrouvés ?

Il ne répond rien, mais ne reprend pas son chemin donc je continue :

— Pendant dix ans, j'ai tenu un rôle dans ma vie. Celui de la fille parfaite, lisse et sage, parce que tout le monde me disait que je ne méritais pas la personne avec qui je la partageais. Mes parents, ma sœur même mes amies m'ont très bien fait comprendre que j'avais de la chance d'être avec lui. Et je ne parle pas de toutes les personnes que nous avons rencontrées lorsque nous formions un couple. Pour moi, le seul moyen de mériter un peu d'être sa partenaire était de ne commettre aucune erreur. Donc je me suis conformée à ses attentes, aux attentes de tous d'ailleurs. Tu m'as parlé de Valentin comme d'une béquille lors de nos premiers rendez-vous. Tu avais raison. Je l'ai laissé être ma béquille alors que je n'en avais pas besoin. Et, comme un muscle sain que l'on repose sans nécessité, je me suis rétrécie. Il a pris les décisions, je me suis comportée de façon à lui plaire et finalement, ça me convenait parce que c'était facile et confortable. Et quand il m'a embrassée, j'ai retrouvé cette sensation de confort qui a été mon quotidien pendant une décennie.

— Et donc cela excuse tous tes comportements ?

— Non, je ne veux rien justifier, ni excuser, affirmé-je, simplement t'expliquer.

Matthias se dirige vers la chambre et je le suis.

— Arrête de me suivre Emma, grogne-t-il.

— Pas tant que tu ne m'auras pas écoutée, répliqué-je déterminée.

Matthias se retourne vers moi. La lumière à travers les vitres me laisse entrevoir la rage sur son visage.

— Quand tu as insisté pour que notre histoire reprenne, j'ai été très clair. Tu m'as assuré que tu ne retournerais pas vers lui, s'écrie-t-il.

Sa colère est palpable.

— Et je ne l'ai pas fait, assuré-je, je n'étais pas complètement cicatrisée, c'est tout. Tu exiges de moi de ne pas mentir alors que ma vie entière était un mensonge. Je commets des erreurs puis j'apprends. Tu veux vraiment tout savoir ? J'ai relevé mes cheveux en chignon pour lui faire plaisir et je l'ai laissé me toucher pendant le repas et le laisser croire qu'il pouvait se passer quelque chose parce que j'ai toujours eu une peur bleue de le décevoir. Je l'ai laissé faire parce que c'est ce que j'ai fait toute ma vie d'adulte. Je me suis contrainte à satisfaire ses exigences parce que je pensais que c'était comme ça que l'on serait heureux.

Matthias déambule devant moi en se prenant la tête entre les mains. Comme il ne sort pas de la chambre, je continue :

— Et tu ne peux pas me demander de changer un schéma d'une dizaine d'années en une nuit. J'ai effacé peu à peu ma personnalité pour vivre ce mensonge toutes ces années. Puis on s'est recroisés et tu m'as réveillée. Tu m'as fait redevenir cette fille de dix-sept ans qui vit pour elle et non pas pour répondre aux attentes de son entourage. Ce qui s'est avéré terriblement exaltant, mais aussi terrifiant. Valentin a toujours été mon parachute et toi, tu m'as proposé un saut dans le vide, sans sécurité.

Je me rapproche de Matthias doucement.

— J'ai pris tous les risques ce soir, ajouté-je, et, peu importe comment ça se termine, je suis heureuse de l'avoir fait. Même si ça signifie que je me retrouve de nouveau à devoir quémander un logis et repartir de zéro. Peu importe ce que tu décides pour nous, je ne retournerai plus voir Valentin. Et même si tu ne veux plus partager ma vie, j'aimerais que tu saches que c'est grâce à toi si je ne suffoque plus, car tu as été ma bouffée d'oxygène.

J'avance de nouveau et lui prends les mains. Malgré la pénombre, je perçois tellement d'émotions dans ses yeux que j'en suis troublée.

— Maintenant, c'est à toi de me prouver que toute cette histoire n'avait pas pour but de gonfler ton ego, le défié-je, mets ta fierté de côté et demande-toi si tu considères réellement mes actes comme une trahison.

Il retire ses mains et m'indique :

— Tu chamboules trop de choses. Trop de principes, trop de cadres, je ne peux pas mener mon existence de cette manière.

— Ne te sens-tu pas plus vivant ainsi ? le questionné-je, moi, en tout cas, je ne me suis jamais sentie aussi vivante que depuis que je suis avec toi. Tous mes sentiments, toutes mes sensations me paraissent plus réels, plus forts. Dis-moi que tu ne ressens pas ça.

— Je te l'ai déjà dit Emma, nous sommes grandioses ensemble, mais nous détruisons tout, abdique-t-il en détournant la tête.

— Si tu crois réellement que nous sommes grandioses ensemble, vas-tu abandonner parce que j'ai blessé ta fierté ? insisté-je, montre-moi que tu es honnête, que ce n'était pas un jeu, et que tu es prêt toi aussi à tout risquer. Prouve-moi que je n'imagine pas cette fusion unique entre nous, qui mérite qu'on devienne ces deux personnes qui essayent de se comprendre et s'aimer avec leurs forces et leurs failles.

Je m'approche encore et, de nouveau, attrape sa main puis caresse mes doigts avec.

— Tu lui as rendu la bague ? note-t-il.

— Oui. Merci de m'avoir laissé le temps. Pendant deux mois, tu n'as rien dit alors que la porter était totalement injuste envers toi. Ton acceptation de cette situation prouve bien que tu es capable de mettre les sentiments que tu ressens pour moi devant ta fierté.

Je lâche ses mains et combats les larmes qui montent à mes yeux.

— Je vais te laisser du temps, annoncé-je, si jamais tu te sens prêt à sauter dans le vide avec moi, je serai là.

Je me dirige ensuite vers la porte.

— Je n'ai pas besoin de temps, déclare-t-il avant d'attraper mon bras et de m'attirer à ses lèvres.

La douceur de son baiser me transporte immédiatement dans un état de bien-être absolu, qui surpasse la douleur physique de ma lèvre abîmée.

— Est-ce qu'elle te fait souffrir ? s'enquit Matthias le regard inquiet, en posant son doigt sous l'entaille.

— Moins que si tu éloignes ta bouche de la mienne, murmuré-je, déjà en manque de son toucher.

— Je peux l'utiliser dans bien d'autres recoins de ton corps, m'affirme-t-il, en passant sa langue sur mes lèvres tout en évitant ma blessure.

Puis sa langue remonte dans mon cou chatouillant ma peau. Ses dents taquinent ensuite mon oreille et déclenchent une vague de chaleur jusque dans mes cuisses. Un sourire se dessine malgré moi sur mon visage. Je me sens libre, complètement, pour la première fois de ma vie. Des larmes de joie se forment au bord de mes paupières. J'ai besoin de le serrer dans mes bras, de toute la force que mon corps voudra bien me donner. Mes mains se glissent sous son t-shirt puis mes bras enlacent son dos, ma tête se colle à son torse et mes yeux se ferment. Je sens ses bras s'enrouler autour de mes épaules, puis il pose sa tête sur la mienne. Je m'imprègne de lui, de son odeur, de sa chaleur et je me plais à croire que nous pourrons durer toujours. Que cet instant s'éternisera encore et encore.

— Ne pars plus s'il te plaît, l'imploré-je en le maintenant contre moi.

Il caresse mes cheveux et je sens son souffle sur le sommet de mon crâne.

— Emma, je ne peux pas faire cette promesse, chuchote-t-il comme s'il avait peur de me réveiller.

— Fais-la quand même. Fais semblant, imagine que c'est pour une scène de théâtre, insisté-je.

Il resserre son étreinte et embrasse mon front.

— Je te le promets, se résigne-t-il, je ne partirai plus.

Ma respiration s'apaise et mes pieds ne touchent plus terre.

CHAPITRE 30
Matthias

Depuis ce matin, une sensation nouvelle et désagréable habite ma poitrine. Je crois qu'il s'agit de stress. Je n'ai jamais été stressé. Mais aujourd'hui, je rencontre les enfants d'Emma et mon cerveau a donc décidé de m'envoyer du cortisol pour me mettre dans les meilleures conditions. Et maintenant, je patiente, sans rien faire, en attendant qu'ils débarquent tous les trois. Heureusement que son Valentin n'a pas posé de nouveaux problèmes concernant la garde de leurs bambins, parce que j'aurais facilement perdu mon sang-froid. Après leur rencontre au restaurant, que je décrirais comme un accident de parcours, il a accepté qu'Emma s'occupe d'Ethan et Mia la moitié du temps et plus forcément dans sa maison.

J'ai installé des dessins, des crayons et d'autres ustensiles dont Emma m'a parlé. Pour sa fille, j'ai récupéré un tapis de sol et quelques jouets, puis poussé le canapé pour lui faire un espace.

La porte s'ouvre enfin. Emma, accompagnée de son petit bonhomme et son bébé dans les bras, la franchit, un sourire extatique aux lèvres. Elle respire le bonheur et me contamine dès que nos yeux se croisent.

— Bonjour Ethan, lancé-je au petit garçon qui manque un peu d'enthousiasme.

— Bonjour, bougonne-t-il en restant dans les jambes de sa mère.

— Ethan, l'encourage Emma, voici Matthias, tu sais je t'en ai parlé.

— Oui, oui, vous êtes le nouvel ami de maman, reprend le garçonnet, sans beaucoup d'entrain.

Je décide de le motiver un peu en m'avançant vers lui pour lui indiquer la table.

— Je t'ai installé un coin pour dessiner. Ta maman m'a dit que tu adorais ça. Et je peux te préparer un goûter aussi.

Emma me lance un regard mécontent. Je lui réponds par un haussement d'épaules lui signifiant que je n'ai pas le choix si je veux que son enfant m'accepte.

— Ah oui, chouette, s'écrie-t-il, je veux bien des gâteaux.

Bon, Emma n'a pas l'air franchement ravie, mais tant pis. Après s'être restauré, Ethan s'attelle à ses dessins pendant qu'Emma et moi jouons avec l'adorable petite Mia.

Mon téléphone sonne de nouveau. Kiara. Encore. Je décide de le poser sur le comptoir de la cuisine pour qu'elle arrête de m'enquiquiner. En passant, je découvre ce que dessine Ethan. Il se rend compte que je l'observe et m'explique :

— Alors, ici, c'est la grande école avec tous mes copains dedans. Et puis plein d'autres enfants parce que c'est vraiment une très très grande école.

— Et tu y vas bientôt à cette très très grande école ? lui demandé-je.

— Oui ! Je vais y aller dans…

Ethan s'arrête et compte sur ses doigts les jours de la semaine puis reprend :

— 9 jours ! À la rentrée de septembre maman elle dit. Et toi, tu vas à l'école aussi ?

— Exactement, confirmé-je, mais moi c'est pour enseigner, plus pour apprendre.

— Ça a l'air quand même moins drôle, réplique l'enfant.

— Tu as raison, c'est beaucoup moins drôle, approuvé-je.

Je retourne m'asseoir à côté d'Emma et de sa petite fille, qui ne s'arrête pas de sourire.

— Tes enfants sont géniaux, Emma, affirmé-je sous le charme.

— Merci, répond-elle, un sourire épanoui sur le visage.

Elle se lève pour récupérer l'assiette de gâteaux sur la table.

— Puisqu'ils sont si adorables, j'imagine qu'il n'y aurait pas de problèmes à ce qu'ils viennent dormir ici de temps en temps, me demande Emma timidement.

Sa retenue me fait rire.

— Bien sûr que non, réponds-je, Ethan pourra dormir dans la chambre de Louise et Mia, je peux lui trouver un lit que l'on installera dans la chambre de ton choix.

Emma sautille sur place puis son regard s'arrête sur le comptoir. Elle prend mon téléphone posé dessus et m'informe :

— Matthias, Louise essaye de te joindre.

Puis elle revient vers moi, avec le téléphone, pour me le donner. Je me lève et m'isole dans un coin de la pièce.

— Allô, décroché-je.

— Papa ! hurle ma fille en pleurs dans le combiné, il faut que tu descendes pour parler à maman, elle est devenue complètement folle.

Rien de nouveau à l'horizon pour le moment. Mon ado renifle puis sanglote de nouveau.

— Louise, calme-toi, essayé-je de la raisonner, et dis-moi ce qu'il se passe.

— Descends, descends, hoquette-t-elle, nous sommes là, devant chez toi.

Ma fille raccroche, apparemment trop secouée pour parler plus longtemps au téléphone. Emma me regarde interloquée.

— Tout va bien ? s'inquiète-t-elle.

— Je ne sais pas, dis-je pas trop rassuré, Louise et Kiara sont en bas. Reste ici avec les enfants, je reviens très vite.

Arrivé en bas de l'immeuble, j'aperçois mon ex-femme et ma fille en train de se disputer sur le trottoir. Louise pleure et Kiara me paraît très remontée, ce qui ne change pas fondamentalement de d'habitude.

— Papa ! crie ma fille en me voyant, fais quelque chose, elle veut m'obliger à partir.

La phrase atteint mes oreilles, mais mon cerveau ne parvient pas à en déterminer les implications. Partir où ?

— De quoi parle-t-elle K ? demandé-je à mon ex.

— Si tu répondais à ton téléphone au lieu de m'ignorer, tu le saurais, m'envoie Kiara, assassine.

— Maman m'a inscrite dans une école en Californie, se lamente Louise, dont les larmes coulent toujours.

La colère et la confusion se mêlent.

— Kiara explique-moi ce qu'il se passe maintenant, lui ordonné-je.

Mon ex-femme n'en mène pas large, mais elle se justifie tout de même avec aplomb :

— J'ai trouvé un travail à Los Angeles. Un contrat en or. Et, bien entendu, Louise vient avec moi. Elle est déjà inscrite au lycée là-bas et je l'ai désinscrite ici de toute façon, en mentionnant le déménagement.

Le choc de l'annonce me cloue au sol. Évidemment qu'elle a cherché un travail à l'autre bout du pays. Et, évidemment qu'elle a déjà fait toutes les démarches pour s'assurer que Louise la suivrait.

— Papa, supplie ma fille.

Après avoir pris une profonde inspiration pour calmer mes nerfs, un emportement satisferait bien trop mon ex-femme, je m'adresse à cette dernière :

— C'était donc ton plan pour te venger, c'est ça ? Pour détruire ma relation avec Emma ? Te rends-tu compte de l'état dans lequel tu mets ta fille pour assouvir un besoin de revanche égoïste ?

Kiara serre les dents puis rétorque :

— Tu devrais t'estimer heureux. Sais-tu pourquoi elle est tant contrariée ? Parce qu'elle a un petit ami, donc remercie-moi au lieu de me critiquer.

Instinctivement, je me tourne vers ma fille l'air sévère. Elle détourne le regard la mine crispée. Je m'occuperai de cette question plus tard.

— N'ose surtout pas insinuer que tu agis dans l'intérêt de Louise. Nous connaissons tous les deux la vraie raison, asséné-je à Kiara, acide, tu ne supportes pas que je sois heureux avec quelqu'un d'autre. Et surtout pas avec elle. La petite élève timide, sans style, tellement peu menaçante, que tu m'as donné ton accord pour passer toutes mes soirées avec elle. La vérité, Kiara, c'est que tu sais que je ne t'ai jamais aimée comme j'aime Emma, et tu ne peux pas t'y résoudre. Donc ta seule solution, c'est de me rendre aussi misérable que toi. Mais quoi que tu fasses ma K, tu ne délogeras pas Emma de la place qu'elle occupe dans mon cœur. Elle y est restée pendant onze ans, même quand nous étions encore mariés. Donc, vas-y, essaye. Gâche ta vie à pourrir la mienne.

Mon ex-femme serre les poings et ses yeux me lancent des éclairs.

— Peu m'importe tant que tu n'obtiens pas ce que tu veux, crache-t-elle, le visage déformé par la colère qu'elle tente de contenir, dans cinq jours, j'emmène Louise sur la côte pacifique, tu ne pourras rien y changer. J'ai pris toutes les dispositions nécessaires et si tu veux te battre juridiquement, cela te prendra des années. D'ici là, elle sera majeure, et tes démarches ne serviront plus à rien. Donc tu as le choix : soit tu abandonnes ta fille, soit tu quittes ta traînée. Tu devrais arrêter de jouer contre moi Matty, tu perds à chaque fois.

Je m'approche d'elle pour être sûr qu'elle comprenne bien mes prochaines paroles.

— Kiara, la seule vraie perdante ici, c'est toi.

Je m'avance ensuite vers ma fille pour la prendre dans mes bras et calmer ses soubresauts, qui se sont ralentis, mais pas complètement arrêtés.

— Ne t'inquiète pas, tu en trouveras d'autres des copains, lui déclaré-je à contrecœur.

Louise hausse les épaules les yeux dans le vide. J'attrape son visage pour qu'elle me regarde.

— Toi et moi, on formera le clan des cœurs brisés, ça te va ? Je suis prêt à regarder tous les films débiles de ton choix avec des popcorn lorsqu'on sera là-bas.

Louise esquisse un demi-sourire et me demande :

— Et aussi avec de la crème glacée ?

— Et aussi avec de la crème glacée, confirmé-je, et dans quatre ans, tu iras où tu voudras.

— Je reviendrai ici pour retrouver Paolo, affirme-t-elle déterminée.

Je ne peux m'empêcher de lever les yeux au ciel, avant de lui murmurer à l'oreille :

— J'y compte bien.

Puis je lui lance un clin d'œil complice et remonte dans l'appartement.

Dans l'ascenseur qui me ramène chez moi, je décide de ne rien dire à Emma aujourd'hui. Elle attendait que je rencontre ses enfants avec tellement d'impatience, que je ne peux pas laisser Kiara ternir sa journée. Je veux qu'elle vive ce moment sans tristesse, avec la naïveté qui l'habite encore. Je pourrai lui annoncer demain.

— Alors, qu'est-ce qui se passe ? m'interroge Emma dès que je franchis le seuil de l'appartement.

— Elles ne sont pas d'accord sur une décision que Kiara a prise, réponds-je en essayant de paraître le plus serein possible, ne t'en fais pas ça s'arrangera. Bon, qui veut reprendre un goûter ?

Emma ouvre de grands yeux fâchés, ce qui me donne envie de rire.

— Ah oui trop cool ! lance Ethan en sautant de sa chaise, maman on revient quand la prochaine fois ?

Emma retrouve instantanément le sourire alors qu'une balle de plomb se loge dans mon estomac.

Le soir, Emma se trouve sur mon balcon, appuyée contre le garde-corps, à observer les lumières de la ville. Je viens dans son dos, balaye ses cheveux sur son épaule et embrasse son cou qui se pare immédiatement de chair de poule.

— La vue est à couper le souffle ce soir, remarque-t-elle en laissant échapper un rire sous l'effet de mes baisers.

— Magnifique, confirmé-je en la regardant elle.

Elle se retourne et j'en profite pour la coincer entre la balustrade et mon corps. Elle enserre mon cou entre ses bras et son nez joue avec le mien, avant que sa bouche ne frôle la mienne. Son souffle m'électrise. Tout mon être se tend. Elle glisse ensuite ses doigts dans ma nuque et croque mes lèvres avec envie. Je ne résiste pas à sa bouche. La première fois qu'elle m'a embrassé, j'en ai perdu toute pensée rationnelle. Et son goût est resté sur mes lèvres toutes ces années. Aujourd'hui, je veux l'imprimer encore une fois. Nos langues se caressent et Emma appuie sur mon cou pour me rapprocher encore plus. Elle me dévore plus avidement maintenant et ses mains descendent sur mon torse. Les miennes s'invitent sur ses hanches et, alors qu'elle remonte mon t-shirt, je roule sa robe entre mes doigts pour découvrir ses fesses.

— On devrait rentrer, non ? murmure-t-elle à mon oreille, tout en baladant ses mains sur mon ventre et en effleurant le haut de mon pantalon.

Son excitation est perceptible et elle s'impatiente. Ce qui n'arrange rien à ma propre agitation. Il n'y a rien que j'aime plus au monde que de lui procurer du plaisir. D'être le témoin du pouvoir de mes gestes sur son état de satisfaction. Et ce soir, je veux qu'elle soit particulièrement satisfaite.

— Non, réponds-je, en caressant sa joue d'une main et en glissant l'autre sous sa culotte afin d'apprécier ses superbes courbes, on va regarder les étoiles.

Elle ouvre de grands yeux paniqués. Mais je sais que sous son air farouche, cette idée l'excite autant que moi.

— Matthias, s'insurge-t-elle, n'importe quel voisin pourrait nous voir.

— Il fait nuit, Emma. Si on s'y prend bien, ils ne s'apercevront de rien. Mais peut-être que tu devras fournir un effort sur le volume sonore, suggéré-je, tout en me baissant pour descendre son sous-vêtement et le lui enlever.

Tout en effectuant la manœuvre, je lui caresse les jambes qui frissonnent sous mes doigts. Un léger gémissement s'échappe de sa bouche. Je me relève et lis l'émoi dans son regard, alors qu'elle mord sa lèvre inférieure.

— Matthias, m'informe-t-elle, si je fais trop de bruit, tu ne peux t'en prendre qu'à toi-même.

Sa réflexion me provoque un sourire instantané. Emma me fixe avec gourmandise, alors que ses mains se débarrassent de ma ceinture puis s'invitent au-dessus de mon boxer pour palper mon érection.

Son empressement me communique son désir brûlant et de mon côté, je ne vais pas tenir très longtemps non plus. Tout en maintenant ce contact visuel qu'elle a créé, je soulève de nouveau sa robe et chatouille l'intérieur de ses cuisses. Je peux voir la concentration sur son visage pour ne pas réagir. Ses doigts passent très lentement sous mon boxer et se baladent sur mes hanches et mes fesses avant de laisser leur empreinte sur mon sexe, qui n'attend plus qu'une chose. Mais apparemment, elle décide de le faire languir. Elle s'améliore à ce jeu. Je ne sais pas si cette configuration me plaît. Je veux qu'elle craque en premier. Mes yeux toujours dans les siens, mes doigts effleurent son point sensible. Emma retient sa respiration. Elle va céder j'en suis sûr. Tout en maintenant la pression sur son clitoris, mon index se faufile en elle. Un délicieux bruit s'échappe de sa bouche alors qu'elle continue de me fixer. Et merde, je ne résiste pas à ses gémissements. Je capitule et m'empare de sa bouche avec ferveur, tout en laissant mes doigts continuer leur danse. Elle gémit de nouveau dans ma bouche et je ne réponds plus de rien. Je la fais pivoter et, pendant que je libère mon membre et le pare de son plastique fétiche, j'écarte les cheveux d'Emma pour dégager sa nuque et chuchote à son oreille :

— Oublie les autres. Ce soir, il n'y a plus que toi et moi sur cette terre. La lune et les étoiles nous appartiennent. Je veux que tu les regardes pendant que je te ferai jouir.

Tout en gardant ma tête dans son cou, je relève sa robe sur ses hanches et m'insère doucement en elle, me délectant de cette délicieuse sensation dont je ne me lasserai jamais.

Emma se cambre instantanément dans un son sublime. Je rêve d'enlever sa robe pour me régaler de la vue, mais je détesterai que quelqu'un d'autre profite du spectacle. Mes mouvements sont lents afin d'apprécier chaque sensation, je me rapproche de son oreille pour lui demander :

— Cette configuration te plaît-elle ?

Alors que je suis complètement enfoncé en elle, elle me répond en tournant sa tête pour attraper ma joue et s'attaquer à mes lèvres. La sentir autour de moi pendant que je goûte sa délicieuse bouche enflamme mes terminaisons nerveuses. Mes mains passent de son cou à ses seins que je saisis pour maintenir son corps le plus près possible du mien. Mon rythme cardiaque s'accélère à mesure que mon plaisir augmente. Mes à-coups s'amplifient lorsqu'Emma se détourne pour observer à nouveau le ciel. Son souffle, saccadé et étouffé, m'indique qu'elle retient les sons de sortir de sa bouche. Découvrir jusqu'à quel point elle peut se retenir m'intrigue et je décide de la mettre un peu plus au supplice. Tout en maintenant l'une de mes mains sur ses seins, l'autre se glisse sous sa robe et vient jouer avec son bouton. Un léger gémissement s'échappe de ses lèvres, mais elle se contient de nouveau. Le rythme de mes hanches s'accélère alors. Son dos se courbe encore plus sous mes assauts. Petit à petit, les gémissements d'Emma se font plus fort et se transforment en cris. Même si je savoure cette musique avec ravissement, je ne veux pas ameuter tout le quartier. Je dois donc trouver un moyen de la faire taire. J'approche mes doigts de sa bouche et elle les mord pour diminuer ses plaintes. Alors qu'elle resserre l'étau sur mes doigts, son bas-ventre tremble avant que son corps ne se relâche complètement. La sentir jouir m'enivre de plaisir et j'atteins à mon tour l'extase, dans un dernier coup de reins orgastique.

Au milieu de la nuit, alors qu'Emma est allongée dans mes bras et que je ne parviens pas à trouver le sommeil, je sens ses doigts taquiner mon torse nu.

— Tu ne dors pas ? s'enquiert-elle d'une petite voix.

— Non, je réfléchis, expliqué-je.

— À quoi ? demande-t-elle.

— Tu es bien curieuse, noté-je afin d'éviter de répondre, et toi pourquoi restes-tu éveillée ?

— Je cogite aussi, m'informe-t-elle, est-ce que tu crois que…

Elle laisse sa phrase en suspens puis reprend :

— Non rien, laisse tomber.

— Dis-moi, maintenant que tu as commencé, lui intimé-je en caressant ses cheveux.

Elle hésite encore quelques secondes, puis se lance, crispée :

— Pas maintenant, évidemment. Mais dans quelques années, si notre couple évolue dans la bonne direction, penses-tu que tu serais d'accord pour éventuellement réfléchir à l'idée d'un enfant ensemble ?

Sa phrase pleine de suppositions et de précautions me déclenche un rire nerveux.

— Si tu ne veux pas, je comprends, s'empresse-t-elle d'ajouter.

En réalité sa proposition m'attriste, car je sais que nous n'aurons pas ces années qu'elle mentionne. Mais je préfère faire abstraction de cette information et me concentrer sur ce que je ressens à l'évocation de son idée.

— Après Louise, je me suis dit que cette partie de ma vie était terminée. Je suis bien trop égoïste pour être père, avoué-je honnêtement.

Emma reste suspendue à mes prochaines paroles.

— Mais, avec toi, éventuellement, peut-être que réfléchir à l'idée d'un enfant ensemble dans quelques années ne me déplaît pas autant, ajouté-je rieur en reprenant ses propres mots.

— Ne te moque pas de moi, s'énerve-t-elle en me frappant doucement l'épaule, Ethan était un bébé surprise. Et Mia n'était pas vraiment désirée de mon côté. Probablement parce qu'au fond de moi, je savais que Valentin n'était pas la bonne personne. Mais là, je sens que je pourrais vraiment avoir envie un jour. Pas tout de suite, peut-être dans cinq ans, parce que je veux d'abord me focaliser sur ma carrière, mais pourquoi pas plus tard. Enfin, si tu veux.

J'attrape son menton pour relever sa bouche vers la mienne. Je me ressource en dégustant ses lèvres puis lui réponds :

— Cinq ans me paraît un délai raisonnable.

Et une partie de moi y croit vraiment.

CHAPITRE 31
Emma

Mon bras cherche Matthias, mais ne trouve que du vide. Voilà, maintenant je suis obligée d'ouvrir les yeux avant d'avoir pu le toucher et je déteste ça. Pourquoi se lève-t-il aussi tôt même le dimanche ?

Après avoir ronchonné pour la forme dans mon coin, je m'extirpe du lit à la vitesse d'une tortue. Je traîne des pieds pour aller jusqu'à la cuisine, où Matthias me concocte un petit déjeuner. Je m'installe dans son dos, alors qu'il manipule une poêle posée sur les plaques devant lui, et passe mes bras autour de ses hanches pour lui caresser le ventre.

— Emma, m'avertit-il, j'adore sentir tes mains sur mon corps, mais vu ton passif au niveau des blessures ces dernières semaines, je serais plus tranquille si tu t'asseyais.

Je grogne un peu puis m'exécute. Je m'assois à la table et l'observe. Quelque chose le tracasse depuis hier. Après qu'il a ramené les différents mets sur notre table, il s'installe sur la chaise à côté de moi. Je le scrute attentivement. Il a l'air crispé.

— Bon, tu vas me dire ce qu'il se passe réellement ? lui ordonné-je.

Sa mine, à la fois triste et anxieuse, n'annonce rien de bon.

— Kiara emmène Louise en Californie, lâche-t-il comme une bombe.

Je ne réalise pas tout de suite ce qu'il essaye de me communiquer.

— Pour les vacances ? demandé-je comme pour me convaincre que je n'ai pas bien compris.

— Non, soupire Matthias, elle l'a inscrite au lycée là-bas, elles s'y installent de façon permanente.

Toutes les implications contenues dans sa phrase me parviennent petit à petit.

— Donc elle déménage avec ta fille à 4500 km de New York sans ton accord ? réalisé-je en sentant un nœud se former dans mon estomac.

Il hoche la tête dépitée.

— Mais elle n'a pas le droit, objecté-je sans vraiment le savoir.

— Si elle l'a. Kiara a obtenu la garde exclusive de notre fille depuis notre divorce. Elle l'a demandée uniquement dans le but de garder le contrôle de la situation. Nous fonctionnons en garde partagée dans les faits, parce que, d'un côté, j'espère au fond de moi qu'elle pense quand même à notre fille, mais également parce que porter la responsabilité parentale toute seule était bien trop lourd pour elle.

Mes pulsations cardiaques s'accélèrent.

— Et qu'est-ce que tu vas faire ? le questionné-je, ma voix montant un peu trop dans les aigus.

Matthias me regarde complètement déconfit.

— Je ne peux rien faire Emma, affirme-t-il doucement, si je veux rester près de Louise, je dois les accompagner.

Non, je ne peux pas accepter qu'une telle chose nous arrive.

— Donc tu me demandes d'agir pour ce en quoi je crois, mais toi, tu abandonnes avant même d'avoir essayé ? asséné-je, révoltée par la tournure des événements.

Les larmes brouillent mes yeux et mon cœur palpite bien trop fort. Je me lève pour aller me calmer dans la chambre.

— Emma, m'interpelle Matthias qui avance à ma suite, ce combat est perdu d'avance. Crois-moi, j'ai déjà essayé de le mener.

Il s'approche de moi, mais je me détourne en ravalant mes sanglots.

— Non, non ! m'écrié-je sous le coup de la tristesse, tu ne peux pas baisser les bras. Donc je ne vaux même pas la peine que tu te battes un peu pour moi ?

— Emma, répète-t-il dans mon dos en caressant mes bras, s'il te plaît. Tu vaux toutes les batailles du monde, tu le sais. Mais si je m'aventure sur ce terrain, tout le temps que j'aimerais passer avec toi sera consacré à cet affrontement judiciaire, qui se soldera par un échec certain. Ne gaspillons pas les jours qu'il nous reste à passer ensemble.

Les mots qu'il prononce cheminent vers mon cerveau malgré moi. J'aimerais ne plus entendre, ne plus comprendre, pour ne pas avoir à me résoudre à cette situation.

— Tu m'as menti, affirmé-je sèchement, pour trouver une raison supplémentaire d'être énervée.

— J'ai omis une partie de la vérité, en effet, rectifie-t-il, pour conserver un jour de plus notre bulle à tous les deux.

Évidemment qu'il a une bonne raison, ce serait trop facile sinon. Sa main caresse ma joue.

— On s'appellera et Louise pourra bientôt prendre ses propres décisions. Connaissant son caractère, elle contredira sa mère dès qu'elle en aura la possibilité. Cette situation ne durera que quelques années, se persuade-t-il en me tournant face à lui.

— Tu n'en sais rien, objecté-je, peut-être que Louise adorera la Californie et trouvera l'amour de sa vie là-bas. Que feras-tu alors ?

L'air qu'il arbore lorsque je mentionne la possibilité d'un amoureux pour Louise me donnerait presque envie de rire.

— Je ne sais pas. Mais je suis certain que nous nous retrouverons, affirme-t-il, sûr de lui.

Je m'écroule, assise sur le lit, les yeux dans le vide.

— Tu vas m'oublier, me lamenté-je complètement défaite.

Il s'assoit à côté de moi et prend mon visage entre ses mains pour que je le regarde.

— Emma, me déclare-t-il, je ne t'ai pas oubliée en dix ans, après un baiser de quelques secondes. Après tout ce que nous avons vécu, plusieurs vies ne suffiront pas pour t'effacer de ma mémoire.

Ses paroles me rassurent, mais ne suffisent pas à réchauffer totalement mon cœur abîmé.

— Quelle garce, lâché-je en posant ma tête dans le creux de son épaule.

— Je ne te contredirai pas sur ce point-ci, me dit-il calmement, en me serrant contre lui.

******

Mes bras entourent Matthias et ma tête repose sur son torse. Je ne crois pas que j'arriverai à le lâcher. Le taxi derrière lui commence à s'impatienter. Louise et sa mère ont pris l'avion il y a deux jours et il les rejoint aujourd'hui.

— Es-tu vraiment obligé de partir maintenant ? me plains-je.

— Si j'espère trouver une place dans une université avant la rentrée, je n'ai pas le choix, me répond Matthias l'air désolé.

Je me suis juré de ne pas pleurer, mais je pressens que cette promesse va être compliquée à tenir. Ses mains caressent mon dos.

— Je ne peux pas laisser Louise seule avec Kiara, ajoute-t-il.

— Tu n'as pas besoin de t'expliquer, le rassuré-je, je comprends très bien.

— Et je ne te demande de m'accompagner pour les mêmes raisons, reprend-il d'une voix masquant difficilement son abattement.

— Je sais, admis-je.

Je relève la tête et unis mes lèvres aux siennes. Ses mains se posent sur mes joues, me brûlant la peau d'un désir contenu, mélangé à de la tristesse. L'émotion qui me submerge pousse une larme hors de mon œil. Matthias l'essuie avec son doigt.

— Tu es beaucoup plus forte que ce que tu crois. Tu te débrouilleras mieux sans moi qu'avec moi, m'affirme-t-il, en essayant de cacher son propre chagrin.

— Ce n'est pas vrai, le contredis-je, sans toi, je serais encore coincée avec Valentin et ses exigences.

Je l'embrasse de nouveau pour imprimer sa bouche sur la mienne.

— Tu vas tellement me manquer, lui confessé-je, émue.

— Tu vas me manquer aussi, murmure-t-il à mon oreille en me serrant encore un peu plus fort contre lui.

— Tu ne dis pas des choses comme ça d'habitude, remarqué-je.

— À femme exceptionnelle, paroles exceptionnelles, me déclame-t-il dans un sourire.

Je ris, alors que l'eau monte à nouveau à mes yeux.

— Je dois y aller, m'annonce-t-il ensuite, l'air plus sérieux.

Mon cœur se serre alors que ses mains quittent mon corps et qu'il monte à l'arrière du taxi. Je me détourne, car le voir partir est trop difficile. Un courant électrique parcourt mon bras alors que je sens ses doigts me rattraper pour m'attirer une dernière fois à lui. Nos langues s'emmêlent au milieu du sel de mes larmes, pendant que sa main replace une mèche de cheveux derrière mon oreille, me caressant délicieusement le visage. Je redescends de mon nuage aussi vite que j'y suis montée, lorsqu'il me relâche sans me regarder et monte dans le taxi qui démarre en trombe.

Au fur et à mesure que la voiture jaune s'éloigne, mon cœur s'émiette.

ÉPILOGUE – 4 ANS PLUS TARD
Valentin

La ville me paraît moins impressionnante vue de la fenêtre de notre nouvel appartement, situé au 32e étage d'une tour en plein Manhattan. Nous y avons emménagé il y a quelques mois. La maison de Brooklyn avait un passif trop chargé et il nous fallait un renouveau. Notre nouvel habitat se constitue d'un immense salon vitré, du sol au plafond, et de trois chambres. Ethan a eu un peu de mal à quitter son école, mais il s'est très bien adapté à son nouvel environnement, et Mia se trouve des amis partout où elle passe.

Je vérifie l'heure et me rends compte que nous devons nous activer pour ne pas manquer l'ouverture. Je déteste être en retard. Je m'avance vers la chambre de mon fils. En ouvrant la porte, je remarque que celui-ci est plongé dans un livre.

— Ethan, l'interpellé-je, prépare-toi s'il te plaît, nous devons partir bientôt.

Évidemment, il ne me répond pas. Parfois j'ai l'impression qu'il n'habite pas la même planète que nous. Sa mère trouve ce trait de caractère charmant, alors que moi, son attitude m'agace sérieusement. Surtout qu'il approche de l'adolescence et que cela risque de s'aggraver.

— Ethan, répété-je, un peu plus fermement.

Mon fils lève la tête et me répond dans un soupir :

— Oui, oui, papa, j'arrive.

Ça promet pour les prochaines années.

Je me rends ensuite dans la chambre de Mia, pour l'avertir également. En les attendant, je retourne admirer la vue. Je me demande si le cabinet est visible d'ici.

Ma sublime femme arrive derrière moi et m'enlace. Après quelques années d'errance, nous avons fini par surmonter les épreuves que la vie avait placées sur notre chemin pour nous retrouver. Aussitôt, nous avons décidé de nous marier pour ne plus perdre de temps. Je me retourne et caresse son ventre arrondi.

— J'ai l'impression qu'il a encore poussé depuis hier, noté-je, heureux de cette évolution.

— Possible, me répond-elle souriante, ce qui est certain, c'est que je ne mincis pas.

— Penses-tu que ce bébé ressemblera plus à Ethan ou Mia ? lui demandé-je curieux.

Tout en regardant sa bosse, elle réfléchit puis m'explique :

— Ethan était un bébé tellement adorable. Rieur, farceur, mais je me rappelle qu'il dormait très mal.

Je ris jaune à l'évocation de ce souvenir qui m'a valu plusieurs nuits blanches.

— Et Mia, reprend-elle, le regard triste, je crois que j'ai un peu occulté les souvenirs de cette époque.

Je réfléchis à la meilleure manière de réagir, lorsque la porte de la chambre d'Ethan s'ouvre et que celui-ci lance :

— Alors on y va ?

— Mia, appelé-je en me dirigeant vers sa chambre, dépêche-toi s'il te plaît.

Ma femme me lance un sourire reconnaissant. Je sais que l'ouverture de cette galerie représente un moment très important pour elle, et je me suis promis de la soutenir du mieux possible dorénavant.

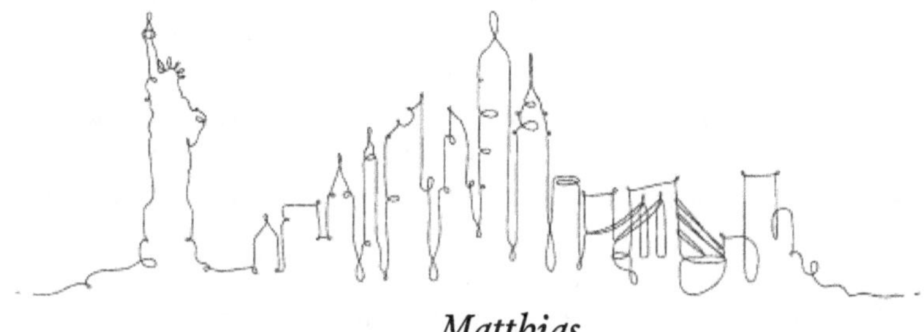

Matthias

— Louise, active-toi un peu, lancé-je à ma fille d'un ton légèrement exaspéré.

Pour la troisième fois, elle s'avance vers le taxi comme si elle allait monter dedans, et elle repart pour récupérer d'autres affaires.

— Mais papa, s'énerve-t-elle, si j'oublie quelque chose, je ne le retrouverai jamais ! Je dois être sûre que j'emmène bien tout ce qui est important.

— Tout se rachète, soufflé-je, en revanche, si nous ratons l'avion, le prochain n'est que demain et nous serons sans abri ce soir. J'aimerais vraiment éviter cette situation.

— D'accord, d'accord, je me dépêche, assure-t-elle en retournant une fois encore dans la maison.

La Californie nous a offert un climat généreux pendant quatre années. Mais ma fille et moi étions impatients de troquer ce soleil permanent contre les Noëls froids et enneigés de New York.

Après notre départ de la grosse pomme, Louise m'a annoncé qu'elle ferait payer à sa mère sa décision. Je n'ai pas eu à cœur de la raisonner, trop remonté contre Kiara à l'époque. Leur relation s'est délitée petit à petit pour devenir presque inexistante aujourd'hui. Je ne vais pas plaindre mon ex-femme, elle l'a bien cherché.

Les premiers mois à Los Angeles se sont avérés très compliqués. Louise et moi balancions entre colère et tristesse. Heureusement que nous étions soudés pour surmonter cette période. Emma et moi nous appelions souvent au début, puis nous avons arrêté, car nous nous faisions plus de mal que de bien à nous parler sans pouvoir nous toucher. Chaque appel se transformait en torture. Au premier Noël, je suis allé la voir. Elle est venue m'accueillir à l'aéroport et ce fut l'un des moments les plus heureux de ma vie. Après deux semaines idylliques, le retour à la réalité a été très violent. Emma a encore moins supporté et nous avons cessé les contacts pendant un temps. L'été suivant, nous nous sommes donné une nouvelle chance et Emma a passé trois semaines sur le sol californien. Encore une fois, elles ont été magiques et son départ bien brutal. Emma m'a demandé alors de ne plus revenir et de ne plus chercher à l'appeler. J'ai compris sa décision puisque je ressentais la même chose. La douleur étant trop intense lorsque nous nous quittions. À partir de ce moment-là, nous n'avons plus communiqué que par e-mail de temps à autre, mais j'ai pu me réjouir de ses succès grâce à la lecture de mon mensuel sur la culture new-yorkaise, dans lequel son nom est apparu quelques fois. Nos échanges se sont raréfiés les deux dernières années. Donc, lorsque Louise a décidé de poursuivre ses études à l'université de New York et que, par conséquent, nous revenions dans la ville qui ne dort jamais de façon définitive, je ne l'ai pas avertie.

Ma fille revient en s'exclamant :

— Cette fois c'est bon, j'ai tout.

Elle met ses ultimes sacs dans le coffre du taxi géant que nous avons réservé pour l'occasion, puis se tourne vers la maison.

— Nous avons tout de même réussi à fabriquer une limonade pas trop mauvaise avec les citrons pourris de maman, non ? me demande-t-elle.

— Mouais, réponds-je à moitié convaincu, la limonade new-yorkaise sera bien meilleure.

Nous nous regardons satisfaits puis montons dans le taxi.

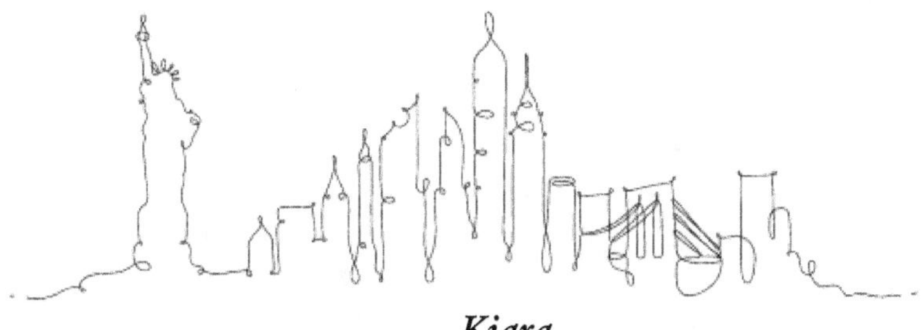

Kiara

C'est aujourd'hui qu'ils s'en vont.

Je le sais, car même après tout ce que je lui ai fait, Matthias m'a tenue informée.

Il avait raison. Je suis la réelle perdante de l'histoire. Ma fille ne veut plus me parler et Matthias ne m'adresse la parole que pour de la logistique, alors que nous étions parvenus à rester amis pendant les six années qui avaient suivi notre séparation.

Je ne comprends plus ce qui m'a pris et à quel moment mon cerveau a commencé à fomenter cette vengeance stupide. Le jour où j'ai compris qu'il m'avait utilisée pour l'oublier, je pense. Ou peut-être celui où j'ai compris qu'il lui pardonnerait. Maintenant il ne me reste que des regrets. J'ai perdu Louise, la seule qui a toujours compté, à cause de mon égoïsme revanchard.

Dans nos derniers échanges, Matthias m'a demandé de leur laisser du temps et c'est ce que je vais faire. Peut-être que d'ici quelques années, ils seront prêts à me pardonner. En attendant, je les laisse repartir sur la côte est, là où ils retrouveront le bonheur auquel je les avais arrachés. J'espère vraiment qu'ils seront heureux. Finalement, c'est peut-être ça l'amour : accepter que l'autre soit heureux même sans nous.

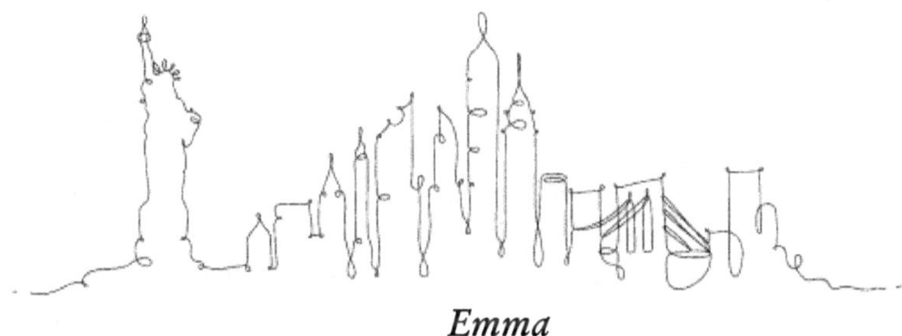

Emma

Le départ de Matthias m'a plongée dans une déprime profonde pendant plusieurs mois. Il m'a proposé de garder son appartement, mais y vivre sans lui s'apparentait à un supplice. J'ai finalement accepté la proposition de Tony d'emménager chez lui. Heureusement qu'il était présent, cela m'a beaucoup aidée à remonter la pente et à réaliser de nouveaux projets.

Chaque appel californien réveillait ma douleur un peu plus intensément que le précédent. Puis Matthias a débarqué à New York pour Noël. Son séjour a été comme une injection continue de bonheur. Et son nouveau départ comme un sevrage violent. Nous avons donc limité les contacts par la suite, pour nous éviter plus de souffrance. Après quelques hésitations, je suis allée le voir à Los Angeles, en été. Mais, encore une fois, si nos retrouvailles m'ont apporté une joie indescriptible, la chute à mon retour a été terrible. La difficulté que j'ai eue à me réveler de ce dernier voyage a scellé ma décision de ne plus avoir de contact avec Matthias. Nous nous sommes donc contraints à ne plus communiquer que par e-mail, pour nous donner des nouvelles de temps en temps, ce qui est devenu rare ces dernières années.

Pour ne pas continuer à me morfondre, j'ai utilisé ma tristesse pour en faire une force. Même à distance, Matthias m'a inspirée. Dès l'octroi de ma citoyenneté américaine, j'ai démissionné de la galerie en embarquant Tony. Tous les deux, nous avons vécu des mois compliqués, à économiser, en effectuant des jobs alimentaires et vivant dans son minuscule logement. Puis notre projet a obtenu une approbation de prêt et nous avons pu ouvrir notre galerie. Nous avons déménagé dans un appartement plus grand, pour accueillir Mia et Ethan. Tony et moi sommes restés un certain temps en colocation, puis nous avons décidé qu'il était plus sage que nous trouvions un appartement, chacun de notre côté. Ce fut la première fois de ma vie que je vivais seule et cette situation m'a fait un bien fou. J'ai pris du recul, et me suis rendu compte que j'avais réellement repris le contrôle de ma vie. Sonia a été également d'une grande aide. Au départ, j'ai eu du mal à lui faire confiance à nouveau, puis elle a vraiment cherché à rattraper le manque de soutien dont elle avait fait preuve précédemment. Chaque fois que nous avions une question juridique ou un souci légal pour la galerie, elle a répondu présente et s'est mise en quatre pour nous prêter main forte. De mon côté, je l'ai épaulée lorsque son couple avec Alejandro a éclaté. Et je crois qu'elle a enfin compris, à ce moment-là, ce qui m'avait poussée à l'infidélité.

Après notre rupture, Valentin a formé pendant quelques mois un couple avec Emily, qui a encore trouvé le moyen de revenir sur le territoire. Je pense qu'il cherchait un peu à se venger de mon rejet. Mais ça ne m'a pas inquiétée. À raison, car leur union a explosé très rapidement. Emily était certainement très attrayante pour le Valentin adolescent, mais le Valentin papa de deux bambins n'a pas eu la patience de s'occuper d'une enfant supplémentaire. À la suite de ce renouveau, Tom m'a affirmé qu'il coupait définitivement les ponts avec mon ancienne amie et rien ne pouvait me faire plus plaisir. Je crois qu'après ça, nous sommes devenus encore plus complices. La relation avec ma sœur s'est également beaucoup améliorée. Alors que nous n'avions jamais été proches, mes péripéties nous ont aidées à mieux nous apprivoiser. Et, comble du bonheur, ma mère a fini par m'appeler après quelques mois. Nous avons discuté comme nous ne l'avions jamais fait et, même si elle ne comprend pas encore complètement mes actes, elle m'accepte telle que je suis et c'est bien le plus important pour moi.

La relation entre Valentin et moi-même est restée platonique et amicale pendant de longs mois. Puis l'année dernière, il m'a conviée à un dîner à la maison, un semblant de stress dans la voix.

En arrivant, il tenait une Sonia anxieuse par la main. L'évidence m'a alors sauté aux yeux et j'ai ri pendant de longues minutes de mon aveuglement. Depuis, ils filent le parfait amour, ce qui me ravit car je n'aurais pas pu souhaiter une meilleure belle-mère pour Ethan et Mia. Ils se sont mariés, ont déménagé dans le même quartier que moi et maintenant, ils attendent un bébé. Cette situation, qui aurait pu s'avérer très étrange, m'apporte en réalité un apaisement, comme si toutes les cases s'étaient rangées au bon endroit. Et, aujourd'hui, une nouvelle aventure commence pour mon amie et moi-même : le succès de la galerie nous a permis à Tony et moi d'en ouvrir une seconde, à laquelle nous avons voulu associer Sonia, pour réellement valoriser son travail sur l'aspect juridique. Tony, accompagné de notre assistante-galeriste Sam, s'occupe maintenant de notre premier bébé, pendant que je m'affaire sur notre deuxième avec Sonia.

Je m'attelle donc, depuis l'aurore, à peaufiner les derniers ajustements pour ce grand événement. Sonia, Valentin et les enfants ne vont plus tarder maintenant. J'arrange les derniers tableaux sur le mur du fond, légèrement cachée de l'entrée, lorsque j'entends la porte s'ouvrir.

— J'arrive, m'écrié-je pour qu'ils sachent que je suis bien là.

Je me dirige ensuite vers le hall pour les accueillir. Lorsque je lève la tête vers la porte, mon corps se fige. Mon cœur tambourine dans ma poitrine et m'empêche de faire un pas de plus.

— C'est bien ici la galerie où l'on vient admirer la propriétaire et non pas les tableaux ? déclare Matthias de sa voix rocailleuse qui me fait fondre.

Un immense sourire fend mon visage alors que des larmes de joie remplissent mes yeux. La surprise passée, mes jambes me précipitent dans ses bras et nos bouches se rencontrent, réveillant instantanément toutes les sensations qui m'ont tant manquée ces quatre dernières années.

Malgré la bouffée de bonheur qui m'emplit le cœur, un pincement de tristesse anticipée me pousse à asséner un petit coup dans l'épaule de Matthias, avant de le sermonner :

— Tu m'avais promis de ne pas revenir. Cette nouvelle galerie m'apporte son lot de responsabilités, je ne peux pas me permettre d'avoir de nouveau les émotions complètement renversées.

Matthias me fixe avec une lueur de malice dans les yeux et un petit sourire se dessine sur son visage architectural.

— Je ne pars plus, m'affirme-t-il, l'œil espiègle.

Je ne veux pas croire ce qu'il est en train de me dire. Si je me laisse convaincre et qu'il s'en va de nouveau, je n'y survivrai pas. Mon cœur s'affole complètement, alors que je tente de savoir si j'ai bien entendu :

— Ne plaisante pas avec ce sujet, Matthias, dis-moi honnêtement, quand as-tu prévu de repartir ?

Il m'embrasse et je me laisse faire parce que c'est trop bon. Puis il s'arrête et arrime de nouveau ses yeux aux miens, avant de me confirmer :

— Emma, je ne partirai plus. Et, cette fois, je ne fais pas semblant.

Son immense sourire finit de me convaincre et, instinctivement, mes bras se nouent derrière sa nuque alors que je saute pour accrocher mes pieds dans son dos.

Nos visages se touchent presque et je peux sentir son souffle lorsqu'il me murmure :

— Je t'aime, Emma.

Mes lèvres se nourrissent des siennes, encore et encore, lui communiquant ce sentiment d'exaltation totale qu'il vient de me transmettre.

FIN

Mes cher(e)s lectrices et lecteurs,

Un grand merci pour votre confiance et d'avoir lu ce second tome qui me tient énormément à cœur.

Si vous souhaitez être tenu(e)s au courant de mes prochains romans, n'hésitez pas à vous connecter à mon compte Instagram :

Instagram.com/a_janes_auteur/

ou Facebook :

www.facebook.com/auteur.james/

Vous pouvez également me joindre par e-mail : auteurjames@gmail.com

Si ce livre vous a plu, cela m'aiderait énormément que vous preniez le temps d'écrire un petit commentaire sur Amazon.

Merci !

REMERCIEMENTS

Tout d'abord, je souhaite remercier toute la communauté Bookstagram, que j'ai découverte à la suite de la publication de mon tome 1 et grâce à qui j'ai rencontré la majorité des personnes mentionnées ci-dessous.

Merci infiniment Bab (alpha en or), pour tes analyses fines, ton entrain et ton soutien permanent. Tu m'as poussée jusqu'au bout pour que mon texte soit le plus abouti possible. Et merci également pour toutes tes suggestions, même si je ne les ai pas toutes intégrées (désolée, je voulais que tout le monde garde ses attributs). Tu es mon coup de cœur de l'été.

Merci du fond du cœur Emma. Tu as été ma motivation pour ce second tome. En plus des idées qui ont germé dans mon esprit grâce à toi, tu m'as aidée à écrire tous les jours en me lisant et en me faisant tes retours.

Merci Irène, avoir réussi à te toucher avec mes romans est l'une de mes plus grandes fiertés. Ton aide sur ce second tome a été précieuse et les mots que tu as employés pour le décrire m'ont atteint en plein cœur.

Merci Élise pour ta solidarité et ta générosité. Non seulement tu as acheté mon premier tome, que tu as lu très vite, mais en plus, tu m'as proposé une bêta-lecture. Ton enthousiasme m'a contaminée et tu m'as beaucoup aidée à améliorer mon écriture (mes virgules solitaires te remercient de leur avoir apporté des copines).

Merci Anaïs pour m'avoir bêta-lue. Tes commentaires constructifs m'ont permis d'améliorer considérablement mon texte.

Merci Valérie également pour ta bêta-lecture et les recommandations que tu m'as faites. Ces retours sont indispensables pour augmenter la qualité du récit.

Merci à ma correctrice, Émilie, qui a traqué la moindre faute d'orthographe, de langue et de grammaire pour que la lecture de ce roman ne vous brûle pas les yeux.

Merci à toutes les chroniqueuses qui m'ont aidée à rendre mon premier roman visible et qui le feront encore avec ce tome. Votre collaboration est indispensable aux auteur(e)s dont les moyens restent limités pour se faire connaître.

Merci à toutes mes amies qui m'ont apporté un soutien infaillible en achetant mon premier tome et en me faisant de merveilleux retours (Anastasia, Tiphaine, Océane, Anaïs, Julie, Steph, Zorni, Louise et Lisa).

Et enfin, merci à Naïs. Parce que même si je ne te connaissais pas pendant l'écriture de ce roman, tu m'aides tous les jours à rester sur la planche et ça n'a pas de prix.

Plein de bisous à vous toutes, vous êtes extraordinaires.